Ulf Geyersbach

MACHANDELS GABE

Roman

ARCHE

»Ich hatte das Privileg, sämtliche anerkannten
Methoden auf den Prüfstand zu stellen –
oft durfte ich das Überkommene verfeinern.
Im folgenden zeichne ich das Tableau all dieser
Verfeinerungen, all meiner unverkennbaren
Verfahren und Techniken, ohne das kleinste
Detail zu verheimlichen …«

Ignaz Machandel, *L'art du cuisinier*, 1814

Erstes Buch

1

Als Ignaz Machandel zur Vigilfeier des Jahres 1769 den ersten eiligen Atemzug tat, um seinen kühnen und noch völlig unbekümmerten Schrei anzustimmen, strömte ein gutes halbes Kubikzoll Luft in seine winzigen Lungenflügel. Die Spitze seiner Nase war weiß wie Rahm, die Finger schrumpelig, und wie alles an diesem Kind schienen sie etwas zu klein geraten.

Allein seine Mutter, die Schäfersgattin Clara Machandel, eine bläßliche Frau mit meergrünen Augen und lokkigem, herbstgelbem Haar, ahnte, daß in ihrem Jüngsten Großes schlummerte. Haderte Ignaz in den folgenden fünfzig Jahren, vier Monaten und dreizehn Tagen seines rauschhaften Lebens damit, daß eine buckelhafte Wölbung seinen Rücken entstellte, dann sah er den Buckel seiner Mutter vor sich, und ein glühender Groll stieg in ihm auf.

Seinen beiden zuletzt geborenen Geschwistern, einem schwächlichen Mädchen und einem Jungen mit nur vier Fingern an der linken Hand, hatte diese Frau jeden Groll erspart. Ohne ihren Mann damit zu behelligen, hatte sie beide Säuglinge nach der Niederkunft in einem Jauchebottich ertränkt.

Ihrem jüngsten Kind wäre es kaum anders ergangen, hätte sie es nicht in einer unversehrten und halb durchscheinenden Fruchtblase auf die Welt gebracht. Es sah aus, als schwimme der Säugling in einem Bottich Milch, und weil das ein Zeichen seiner hohen Geburt sein mußte, sollte es leben, das Kind. Und wie es lebte, es lebte und es schrie, und weil dieses sonderbare Kind schrie wie keines ihrer sieben Kinder zuvor, gab ihm seine Mutter die Brust, um es zu besänftigen.

Statt eines zufriedenen Zutschelns und Glucksens – dem mindesten, was man von einem Säugling erwarten konnte! – umgab sie jedoch ein so zähes und wütendes Geschrei, daß sie irre zu werden glaubte. Nur wenn sie einen Löffel zu einer Schüssel führte, in der ein Rest kalte Hafergrütze klebte, dann schnüffelte, schnäuperte und schnupperte dieses wundersame Kind, dann spannten und strafften und wölbten sich seine beiden Lippen, dann gluckste und gurrte und gurgelte es so auffällig in Richtung des Löffels, daß Clara Machandel brummte.

»Kaum in der Welt, schon frißt er mir die Haare vom Kopf!«

Noch als sie ihn in einen mit Lammfell ausgeschlagenen Korb bettete, den sein Vater hergerichtet hatte, leckte der Wurm an diesem Löffel, als sei es das höchste Glück. Einer Eingebung folgend, gab die Mutter dem Kind also Brei, sobald es schrie. Mit dem Löffel. Und sobald es den Löffel leergezutschelt hatte, schrie es von neuem.

Ein warnender kalter Hauch lag in diesen Wintertagen in der Luft, und wie die gespreizte Klaue eines Bären hatte sich Nebel über den Fluß gesenkt. Nach nur wenigen Tagen hatte Machandel die Hälfte seines ohnehin spärlichen Geburtsgewichts eingebüßt. Das Kind geht mir an Auszehrung zugrunde, dachte sie, oder es erstickt mir an seinem Geschrei.

Widerwillig stapfte die Mutter zu Hochwürden Willer. Die Taufsakramente sollte er spenden, den Teufel sollte er austreiben – und wenn er einmal dabei war, sollte er auch gleich die Sterbesakramente sprechen. Mehr war ja leider nun nicht mehr zu tun.

Was war jetzt das wieder für eine verquere Geschichte! Willer und seine Haushälterin, eine abgeschabte Person, die ihr zwanzigstes Jahr nicht weit überschritten hatte und mit der er Tisch und Bett und sämtliche Laster teilte, lauerten in der Diele des Pfarrhauses.

»Er stirbt, Hochwürden.«

Willer, ein behäbiger und rundlicher Mann, konnte sich nicht erinnern, dieses bucklige Weib je in seiner Kirche gesehen zu haben – was nichts hieß, denn er sah schlecht in den letzten Jahren – aber wo er nahe ihrer Hütte ohnehin ein Dutzend Eier und einen Korb Borsdorfer zusammenraffen wollte, sagte er um des lieben Friedens willen zu. Innerlich schüttelte er das Haupt vor der Einfalt des Landvolks! Kein Kind stirbt, dem die Mutter die Brust gibt – und über mangelnden Brustumfang konnte diese Person wahrlich nicht klagen! Das sah selbst er. Warum störte man ihn – ein Kind lebte, ein Kind starb, alles war genau so, wie der Herr es in seiner Güte vorsah. Der Mensch mußte dem Herrn nicht immerzu ins Geschäft pfuschen. Das war seine Überzeugung, es war sogar die einzige Überzeugung dieses Mannes, und wenn jeder Mensch diesen Lehrsatz beherzigte, dann wäre das Leben so wunderbar und vollkommen wie der Frühling, der ja nun vor der Tür stand.

Wenn dieser geruhsame und in seinen bald dreißig Jahren als Seelenhirte nie durch übertriebenen Diensteifer in Erscheinung getretene Mann seinem aufgewühlten

Schäfchen folgte, tat er es nicht aus Menschenliebe, sondern er tat es, weil er solche Szenen nicht ertrug. Auf den Tod konnte er solche Szenen nicht ausstehen.

Schnaufend stakste er, freilich erst nachdem er auf eine Schlummerstunde in seine Schlafkammer abgebogen war, mit aufgerafffter Soutane einen Schlammpfad hinauf und betrat die Hütte des Schäfers Machandel.

Ein Loch war das und keine Hütte. Vorsorglich hielt er seine Nase zu und blickte um sich. Nirgends erspähte er das Kind. Schließlich sah er immerhin dieses Weib auf einem Hocker, wo sie spann oder Äpfel schälte – ein wahrlich finsteres Loch! Kein Kind war zu sehen, kein Mann. Sie würden das Vieh umhertreiben, betteln oder sogar rauben. Ihm war es gleich.

Es war ihm sogar recht, weil er die Enge nicht ertrug. Es zog ihm neuerdings die Brust zusammen, wenn sich zehn oder gar zwölf Seelen einen wenige Quadratellen messenden Verschlag teilten. Er fragte, wo der sterbende Säugling abgeblieben sei.

»Da!«

Ob sie ihn kurz auf den Arm nehmen könne, wie es sich gehöre – denn er könne in dieser dunklen Ecke ja bedauerlicherweise kaum etwas sehen, sie hingegen, die sie diese Dunkelheit gewohnt sei …

»Nein!«

Entweder hatte diese Person den Säugling erschlagen, oder er war verreckt, was nun bedauerlicherweise der Herr geschehen ließ, in diesem Jahr wäre es die siebenundzwanzigste Kindesbeerdigung. Sie wies ihn zum Kamin, und tatsächlich, da lag er! Von Ruß verdreckt und klein wirkte das Bündel in seinem Schlafkorb, und riesig wirkte in dieser winzigen Hand ein Löffel aus Holz. Die krausen Locken schienen noch das Lebhafteste an diesem Wesen, das da im Dunkeln ruhte wie in einem Grab. Über seinem Kopf baumelte ein Zopf Knoblauch. Und zu seinen Füßen stand eine Schale mit Milchhirse, um die Hausgeister zu besänftigen, die, wie das Landvolk hoffte und fürchtete, hinter dem Ofen wohnten.

»Kein Wunder, daß das Kind schreit!«

Da war er wieder, der in jedem Winkel dieser Hütten wütende Aberglaube! Wie hieß es im Dorf noch gleich? Der Knabe habe das Zweite Gesicht, er sei in einer Blase aus Milch auf die Welt gekommen – kein Kind kam in einer Blase aus Milch auf die Welt, das war vollkommener Unsinn. Und gottlob hatte es nur ein Gesicht, wie es sich gehörte für eine ungetaufte Seele. Er kam nicht dagegen an! Soweit er sah, gab es nur einen erwählten Knaben in diesem Dorf, und der war in Öl auf Holz gemalt und mit Firnis überzogen, seine Schenkel waren prall, seinc Wangen üppig, seine Lippen strahlend, das war ein Säugling, wie ein Säugling sein sollte! Das Bild hing im Chorraum, gemalt hatte es der Wiener Hofmaler Nepomuk Dobler vor genau siebenundzwanzig Jahren, ein Kind in den Händen seiner reizenden Mutter, ganz wie es sich gehörte. Statt dessen: Nur stumpfer Unsinn. Wo immer er hinkam, herrschten Dummheit, Unglaube, Ignoranz. Am liebsten hätte Hochwürden Willer angefangen zu schreien, doch das stand ihm als Vertreter der Kirche nicht zu, also schwieg er gewichtig.

Seine Hand streckte er aus, zaghaft, als salbe er einen Leprösen. Ja, war er denn noch bei Verstand! Nicht! Bloß nicht streicheln! Schnell weg hier – er würde nichts anrühren! Würde sich nicht mit Schnaps einnebeln lassen. Er kramte nach einer Phiole, riß den Pfropfen heraus – ein Schwall reinigender, Seelenheil spendender Substanz besänftigte seinen Geist. Er würde dieses Kind taufen, die Letzte Ölung würde er ihm spenden, es war ihm vollkommen gleich, denn er wollte ja nur weg. Eilig sprenkelte er Schlafkorb, sprenkelte Feuerstelle, er sprenkelte Kindsbrust und Tischbein – man konnte nie wissen. Und weil er einmal dabei war, beträufelte er obendrein seine Nasenspitze mit Weihwasser.

Gut!

Das konnte nie schaden.

Brav, liebes Kind.

»Mein Kind«, hatte er sagen wollen. Doch er biß sich im letzten Moment auf die Zunge.

Es war ja nicht sein Kind.

Glücklicherweise!

So ist's recht.

Braves Kind.

Ignaz.

Nicht Vigilius, wie es sich gehörte, sondern Ignaz soll er heißen.

Da begann dieses Kind ein so gewaltiges Geschrei, daß selbst Willer zusammenzuckte, den gemeinhin kein Ungemach mehr erschrecken konnte.

Allmächtiger!

Das Kind ballte die Hände und riß seine beiden Augen so weit auf, daß man meinte, hier fahre der Teufel in eine Seele. Mit aller Kraft seines winzigen Körpers preßte der Junge einen saftigen Säuglingsfurz ins Fell – seufzte, schnäufelte; verengte die beiden Augen zu blitzenden Ritzen.

Dann kehrte Ruhe ein.

Hochwürden kratzte seinen Haarkranz. Merkwürdig, da trägt man nach vierzig Erdenjahren kaum ein Haar auf dem Schädel, und diesem Balg da schenkt der gütige Vater Haare für ein ganzes Dorf.

Nein, das war nicht gerecht, aber so war der Lauf der Welt, der ihn, den Seelsorger Philipp Jakob Willer, auf einen hervorragenden Posten gesetzt hatte. Immerhin.

Willer bekreuzigte sich. Er drängte zur Eile, teilte die Hostie, verschlang eine Hälfte und gab die andere dem Kleinen, der auch sofort brav anfing, daran zu zutscheln. Brav, ganz wie es sich für eine verlorene Seele gehörte! Willer faltete die Hände und transpirierte einen Psalm.

Weit nach Einbruch der Nacht – Willer teilte sein Nachtlager mit der neben ihm schnäuspernden Haushälterin – knabberte, sabberte, knatschte, gluckste und müffelte der Knabe noch immer. Als endlich die Morgenröte den bleichen Horizont entflammte, spie Ignaz eine Fingerspitze Hostienbrei aus. Er spie aus und begann zu schreien.

2

So ging das fünf Monate, drei Wochen und sieben Tage. Mit einer Ausnahme: Der Kleine schrie nur dann nicht, wenn er an etwas schleckte, zutschelte und schnüffelte.

Erst von jenem Tage an, da das Kind feste Nahrung aß, hörte es zu schreien auf, statt dessen kaute es fortwährend. Ignaz belutschte Grauplinge von allen Seiten. Nach zwei Tagen kannte er das Wesen der Graupe. So ging das fort.

Weil niemand den Jungen daran hinderte, in den Mund zu stecken, was ihm in die Finger kam, probierte Machandel. Er probierte alles – und vergaßen Mutter oder Vater, ihm eine Rübe zu reichen oder ein Stück Leder, auf dem er seinen zahnlosen Kiefer reiben konnte, kroch der Winzling auf Ellbogen und Knien voran und versorgte sich selbst.

Breiiges wurde unter Gurren zu winzigen Kugeln geformt, zwischen Wangentasche und Gaumenzapfen erst auf- und dann abgesungen. Er kaute mit schwärmerischen Zügen Spinnenbeine oder zerbreite die Überreste eines Weberknechts. Sein Unterkiefer zermalmte Nachtfalter, seine Hände fingen Pappelschwärmer oder tasteten nach einer Gelbschwanzraupe – ihm war alles recht! Und war nichts Festes parat, haschten seine Hände eben nach Rußfetzen. Er aß über sein Strohkissen wandernde Asseln, knackte die Panzer der Aaskäfer. Er war dem Kauen verfallen.

Wann immer Pater Willer in der Nähe Machandels einen Siechenden tröstete, einen Sterbenden salbte oder einem Täufling den Rotz von den Wangen wischte, trieb ihn die Neugier in die Behausung des Schäfers. Von diesem düsteren Raum ging bald ein so geheimnisvoller Ruf aus, daß an Ostern oder Allerheiligen die Neugierigen erst aus seiner Kirche strömten und kurz darauf dort vorsprachen, um das Wunder auf zwei stummeligen Beinen anzustarren.

Nicht weil er Spinnen aß oder Birkenrinde in seinen Rachen schaufelte, hatte man von diesem Ignaz Machandel selbst in Cottbus und Lübben gehört. Er war bis an Elbe und Rhein bekannt, weil er am Ende seines dritten Lebensjahres kaum eine gute Elle maß. Allerorten sprach man von dem Winzling, und Philipp Jakob Willer beobachtete mit Sorge, wie seine Gemeinde von diesem kleinsten Wesen des Landstrichs im Innersten erschüttert wurde.

Klein war Machandel, anfangs wohl gar nicht allzu klein, gewiß jedoch sonderbar aus der Art geschlagen, und ab seinem siebten Jahr, so schien es, wollte er gar nicht mehr weiterwachsen. Er war zwar ein ganzer und ausgebildeter Mensch, wie es schien, aber auch ein Wesen, das stets durch einen Brennspiegel betrachtet umherlief, die grobe Verkürzung eines Ganzmenschen – was ihm einen monströsen Hauch verlieh. Seit wann, fragte sich Willer, ist es das Kleinste, das die Herzen aller rührt?

Als ein Schausteller sieben Goldgroschen bot und das drollige Wesen nach Amsterdam verschiffen wollte, wies Lukas Machandel, der Vater des kleinen Ignaz, das Angebot zurück. Er lauerte darauf, ihn im Alter von zwölf Jahren für hundert Goldgroschen nach London loszuschlagen. Wenn sie ihm jetzt sieben boten, dann konnten es in wenigen Jahren nur siebzig werden. Siebenhundert.

Der kleine Ignaz ahnte nichts von alledem. An guten Tagen wünschte er sich, eine Raupe zu sein und wie diese das Dreifache seines Körpergewichts in sich zu schlingen; er fühlte sich bisweilen wie ein lebender Magen oder wie eine Molluske, und sein Löffel war sein Fühlfaden.

Am Ende seines dritten Lebensjahres maß er, so hatte es Willer mit der Elle ausgezirkelt, eineinsiebtel Ellen. Sein Kopf erinnerte ihn an eine saftige Birne, gekrönt von einer Haube brandroter Locken, in denen noch bei Regen oder Nebel der Staub hing. Die Stirn glich, fand Willer, einem umgepflügten Ackerstreifen. Wann immer er frühjahrs an einer frisch aufgeworfenen Ackerfurche vorüberstolperte, meinte er ins Gesicht des Kindes zu starren. Bepudert war es von Furunkeln, die einem dem Sonnenlauf folgenden Rhythmus gemäß wässerten oder trockneten oder glühten.

Alles an seinem berühmten Schäfchen war aus der Flucht geraten, der Junge glich einer von Sturmwinden gepeitschten Hütte. Einem im Herbst niedergesunkenen Schuppen! Glich einem irregeleiteten Senkblei. Willer trat einen Schritt zurück. Er stellte den Daumen aufrecht, steifte sein Gewicht auf die Zehen, drückte und hebelte und keilte den Daumen in die Horizontale: als messe er eine Gerade oder Diagonale oder Perspektive oder wie es hieß – der da glich bizarrerweise dem an einem Hohlspiegel gebrochenen Horizont. Er litt, so hatte es die Schäferin Machandel berichtet, an einem Schiefwuchs infolge geringer Widerstandsfähigkeit der Knochen und Muskeln. Unentwegt rieb er seinen Rücken an Pfosten, Tischbeinen, Mauervorsprüngen.

Das Jucken durchfuhr seinen Leib wie ein Fluch, und Willer ertappte seine Hände nicht selten dabei, daß sie in Anwesenheit des Wesens anfingen, an seinem Bein oder seinem Bauch oder seiner Schulter zu kratzen. Und je länger er in der Nähe des Winzlings stand, desto kleiner fühlte er sich.

Machandels Lippen bibberten, und seine Nase blutete alle Tage, die er in der ersten Bank der Kirche kauerte und den Segen aufsog wie eine weithin duftende Schale Honigmilch. In jedem anderen Jahrhundert wäre dieses Wesen als Aussatz gescholten worden, in diesen weltläufigen und eroberungswütigen Zeiten vergnügten die Menschen sich an sonderbaren Existenzen – an Däumlingen, leibhaftigen

Wilden aus Borneo, Mohren, Wasserköpfigen, an Hungerkünstlern oder dreibeinigen Riesen. Man vergötterte das Exotische und ergötzte sich an Mißbildungen – doch nie wäre es einem Mann wie Willer in den Sinn gekommen, in solchen heidnischen Extravaganzen der Schöpfung menschliche Wesen zu sehen. Das da war kein Mensch, da konnten die Mutter und der Vater noch so oft das Gegenteil behaupten in ihrer äffischen Mutterliebe und ihrer noch äffischeren Vaterliebe – je mehr er sich den Kopf zerbrach über diesen Machandel, desto fester wuchs sein Entschluß heran. Der da war eine Bedrohung und ein Fluch seiner bescheidenen Existenz, und weil er einerseits für seine kleine und arme Gemeinde Profit aus diesem Kind zu schlagen hatte und andererseits hoffte, sich durch eine solch sonderbare Erscheinung bei Robertus, dem Abt des Klosters Neuzelle, wichtig zu tun und hoch anzuschreiben, würde er diesen Bengel eines Tages ins Kloster schicken.

3

Machandel wußte nichts von alledem. Er fraß Ringelspinner oder kostete die Raupe des Kugelkäfers. Im Winter suchte er nach Läusen und zog jeden einzelnen Hemdsaum durch seine schmalen, gedrungenen Zähne, Schildläuse jagte er mit dem Löffel – immerzu scharrte Machandel mit seinem Löffel. Scharrte, wo er sich befand. Das Scharren umgab ihn wie ein Mantel. Wer ihn suchte, der mußte nur seine Ohren aufsperren und Wiesen und Ställe nach diesem Scharren auslauschen.

Der alte und inzwischen rissige Löffel, den seine Mutter ihm in seinen Schlafkorb gelegt hatte, war sein ganzer Schatz. Ein Löffel mit ausgeblichenem Schaft, die Spitze geplättet vom ewigen Rühren, blieb sein ein und alles, und kaum jemand scherte sich darum. Nur wenn er durch das schräg eingebohrte Laffenloch stierte, verschreckte er die Menschen mit seinem Anblick – was sein Verstand nicht faßte. Er starrte auf ein Meer aus Blüten und Aromen, so sehr verzauberte dieses Werkzeug seinen Besitzer.

Unerbittlich strich der Löffel aus Vogelbeerholz über Wasserkannen und Säcke mit Hafer, er hämmerte auf Bänke ein, focht Lanzenkämpfe mit dem Feuerhaken. Der Ascheschaufel half er, Asche in den Laugeneimer zu hieven, und nachts schlummerte er in der Hand seines Trägers. Immerzu zutschelte das Kind an allen Fingern, bis seine Haut sich pellte. Weil die nachwachsende Haut in Farbe und Maserung dem Schaft des Löffels glich, konnte man kaum sagen, wo der Zeigefinger anfing, wo der Schaft endete. Der Löffel war Machandels Freund. Er war sogar sein einziger Freund. Nie krabbelte er in den Schlafkorb – noch mit sieben Jahren schlief er darin – ohne seinen Löffel.

Als eines Tages Pocco, ein fahrender Wunderheiler und Schwindler und Ziehmann, die Menschen mit seiner Flöte hinter dem Friedhof zusammenrief, wanderte auch Ignaz hinab ins Tal.

»Kommt, kommt nur herbei, und wer sich nicht wohl fühlt, dem ziehe ich die Glieder ordentlich aus!« Pocco stand auf einem Podest, riß beide Arme in die Höhe und pries seine Kunst an.

Machandel zögerte; er ließ seine Finger in seinen Kittel

gleiten, streichelte den geborstenen Schaft seines Löffels, Tränen standen in seinen Augen.

»Na, Kleiner! Soll ich dir die Ohren richten oder gar den Hals? Huch, er hat ja nicht einmal einen Hals, den meine Kunst richten kann.«

Der Bauch des Heilers war größer als der Riesenfindling nahe Kobbeln. Er stand auf Schenkeln, dick wie Kopfweidenstämme, und sein Mund war so breit, daß er mit einem Bissen einen Karpfen verschlingen konnte. Ein grober Geselle mit maisgelben Zahnstummeln, die aus dem Kiefer ragten, sobald er seinen Mund aufriß. Über sein linkes Auge hatte er ein schiefergraues Band gezurrt.

»Schaut Euch den an – sollen wir ihm den Buckel richten?« Ein Johlen fuhr durch die Menge, und als der Wunderheiler den Jungen mit zwei Fingern anhob und auf eine Kiste stellte, direkt neben seinem Podium, da brach das Lachen wie ein übler Gestank aus hundert Mündern.

»Sollen wir ihm die Arme strecken? Wie wäre es mit einer Hautpolitur? Soll ich ihm die Füße ins Lot richten – wende dich an Pocco, den Wunderheiler, und dir wird geholfen.«

Mühsam streckte sich Machandel in die Höhe, die Kiste, ein rissiges Gebilde aus Latten, drohte zu bersten. Er blickte auf und suchte nach einem vertrauten Gesicht, nach einem Wesen, das ihn nicht verlachte.

»Könnt Ihr meinen Löffel heilen?«

»So, so! Einen Löffel soll ich heilen! Zeig ihn mir mal, den armen Patienten, was fehlt ihm denn? Bekommt er nicht genug Futter? Bekommt er keine Luft? Hat er Brandblasen? Leidet dein Löffel unter Auszehrung? Hat er den Frost?«

»Er ist schwach und bleich, und in letzter Zeit röchelt er, wenn ich ihn ans Ohr halte, als hätte er den Ziehschnupfen oder das Antoniusfeuer. Und gestern, da, ist mir der Schaft geborsten.«

»Hört, hört. Der arme, kranke Löffel. Ja, was soll ich da tun? Soll ich ihn in Salbei wickeln? Ihn ölen? Bist du sicher, daß nur der Löffel krank ist.« In Wellen drängten die Schaulustigen an den Karren des fahrenden Heilers, dröhnendes Gelächter erhob sich.

»Es kommt nun mal nicht alle Tage vor, daß ich einen Löffel heile!« Der Heiler riß sein Auge weit auf. »Wir sollten ihm das Bein schienen, meinst du nicht? Dem einbeinigen Löffel! Aber das ist eine hohe Kunst, die nur Pocco beherrscht. Und was kann er denn bezahlen, wenn ich ihm seinen Löffel heile?«

Machandel kramte in einer Falte seines Kittels, reichte dem Heiler einen halben Groschen und flehte ihn mit Blicken an.

»Das ist zuwenig! Aber wenn du mir deine Haare oder deine Nägel oder einen Zahn gibst, dann heile ich womöglich deinen Löffel.«

Kahnbauer, Korbflechter und Glaskocher drängten sich näher an das Spektakel, es kam nicht oft vor, daß ein Heiler seine Kunst an einem Löffel vollführte.

»Oder du könntest einen Tanz vorführen, ein Lied singen, ein Gedicht aufsagen. Die Menschen sind ohnehin vernarrt in deinen Anblick. Womöglich reicht es, wenn du einfach nur hier stehst und dich anstarren läßt.«

»Keinen Zahn! Alles, nur keinen Zahn. Nimm meine Haare und mahle sie zu Haarstaub; meine Nägel, sie können den Kühlhusten aus den Rippen pressen ...«

»Schon gut, Kleiner. Ich brauche dich nicht, um zu hören, wie ich meine Patienten heile.« Er verwandelte ein dunkles Halstuch in eine Reihe farbiger Fähnchen, fischte einen Beutel Münzen aus der Luft und zog einen Säugling, der unter Auszehrung litt, durch einen aufgespaltenen Pappelstamm.

Die Menge klatschte Beifall.

Triefäugige heilte er, richtete einen gebrochenen Daumen, brach Zähne aus – und als er all das getan und seine Börse reichlich gefüllt hatte, wandte er sich erneut dem Jungen zu, der noch immer auf seiner Kiste ausharrte und wartete, daß der Heiler sich seines Löffels annahm.

»Da bist du ja noch immer! Nun scher dich weg, ich kann dir nicht helfen.«

»Bitte, Heiler, laß meinen Löffel nicht leiden.«

»Der einzige, der leidet, scheint mir dein Kopf zu sein. Also gut, aber ich muß vor der Dämmerung in Guben ankommen. In diesem Dorf bringe ich keine Nacht zu.«

Machandel ließ sich die Zehennägel kürzen, den halben Groschen und zehn Lot Haare legte er auf die Waage des Betrügers – Pocco schiente mit einer Eibenrute und einem Buchenspan den Löffel, rieb ihn mit Bittermandelöl und bückte sich dann tief hinunter zu dem Winzling.

»Da.«

Auf dem Rückweg mußte Machandel lange an einer Furt warten, wo ein endloser Zug blökender Schafe durch die Flut watete. An diesem Abend kam es ihm so vor, als blöke sein Löffel, wenn er ihn an sein Ohr hielt.

4

Der Winter des Jahres 1777/78 war knorrig und schroh. Er schenkte der Niederlausitz einen neuen korrupten Landvogt, ließ nahe Trebitz ein Hagelkorn von zwei Quadratzoll niedergehen, verhinderte über Wochen die Sitzungen des Landtages in Lübbenau, und was Guben anging, so hatte dieser Winter der Stadt endlich den Segen einer fest aufgemauerten Brücke gebracht, die sich über die Neiße spannte.

Der Winter schenkte ferner eine Mondfinsternis, hinterließ in den Ställen die Pferdepest und Schnee in ungeheuren Mengen. Kein Maultier gelangte von Kobbeln bis Trebbeln. Der Schnee drückte auf die Dächer, daß die Sparren ächzten. Kein Boot brach das Eis der Dahme. Als das Eis schmolz, raubte zu allem Unglück eine Eisscholle einen Pfeiler der jüngst errichteten Neißebrücke. Man konnte den Fluß für Wochen nicht queren. Kein Lastkarren schnitt die Schneedünen um Bremsdorf, was eine weltumspannende Wirkung zeigte.

Während Safran von den Abruzzen nach Nürnberg eilte, während Tausende Borsdorfer Äpfel von Leipzig nach Moskau schlichen, während das portugiesische Salz in Fässern bis Stettin, hinwieder Schonenscher Hering bis Barcelona reiste, während Stockfisch von den Lofoten nach Nürnberg drang; während Rosinen von Marseille nach Stockholm strebten, während es Feigen von Venedig bis nach Konstanz zog, während der Neckarwein bis nach Edinburgh floß; während ungarische Rinder bis Straßburg eilten und es livländischen Roggen noch in Bozen nieselte, schenkte der Schnee den Menschen der Niederlausitz den Hunger.

Wenn das Gerücht stimmen sollte, daß Hunger der beste Koch ist, dann prägte dieser Winter die Zukunft Ignaz Machandels mehr als die gleichzeitig bei ihm ausbrechende Zahnfäule. Die Hungersnot des Winters 1777/78 war so groß, daß gemäß einer Verordnung der Stadt Cottbus eine erlegte Ratte nicht dem persönlichen Verzehr, sondern der Allgemeinheit zur Verfügung stand.

Die Hungernden rissen Rinde von den Stämmen, um Baumrindenbrot zu backen. Siechende zerkauten lauwarme Asche, um die Nacht zu überstehen. Die Menschen kochten Wasserwanzen, aßen Hunde, Katzen, gefallenes Vieh. Sie schlangen gekochtes Heu oder Lehm oder Schilfrohr hinunter; aßen Taubenkot oder mit Stroh versetzte Schafsinnereien, verkochte Tierfelle. In kopfloser Flucht verließen Bauern ihre Höfe, überall schlichen apathische Gestalten durchs Land, verzweifelte und rohe Kerle, so erzählte man sich, sollen Gehenkte vom Galgen geschnitten haben, um Menschenfleisch zu essen. An manchen Orten – und dieser Umstand war kein Gerücht – stand in den Wäldern kein Baum mehr, dem ein Fetzen Rinde geblieben war. Man aß Disteln, röstete Eicheln, aß, was immer Schnee und Eis freigaben.

Überall wütete der Hunger, nur nicht im Hause Machandel. Wie schaffte es dieses Kind, jeden Moment aus Nichts ein Feuer zu schüren? Er raffte Hundsweizen herbei, Bachburgel und Flachseide; zwei Scheffel Hafer. Er zauberte Enten und Karpfen und Wasserratten herbei, stand mit Bohnen oder Teltower Rübchen im Raum, einem Biber oder einer Schachtel Wasserflöhe – wo kein lebendes Tier in den Feldern oder Bächen zu finden war, hielt er eine Sumpfschildkröte in seinen Armen. Der Hunger konnte dieser Familie nichts anhaben – nicht, daß es Ignaz gekümmert hätte. Er genoß allein die Macht einer Gabe, von deren Existenz er nicht einmal etwas ahnte.

Seine liebste Entdeckung blieb ein Eichhörnchen in Wildkräutersauce oder sein mit Haffdorn farcierter Igel, den er mit einem simplen Hufmesser und einer Tonschale vollbrachte. Seither durfte Machandel an der Kochstelle wirken, durfte Schalen und Töpfe und Tiegel streicheln – und gab es einmal zwei Tage nichts zu essen, dann genoß Ignaz den Hunger. Ihn erfüllte ein fast perverses Vergnügen, wenn er über Tage nichts aß. Nie wieder fand er eine solch paradiesische Reinheit wie in jenem Hungerwinter, da die Kälte ihn von allen Gerüchen und Geschmacksnuancen befreit hatte.

Im Gefolge des Hungers trieben Seuchen übers Land, man litt an Milzbrand, Fleckfieber, der Krätze, und faulende Gliedmaßen stießen aus fiebrigen Körpern hervor. Hanna Machandel, die Schwester des Winzlings, litt unter Schwindel nebst dem trockenen Hals; ihr Atem raste, das Lungenfieber warf sie ins Delirium. Mathis, sein älterer Bruder, fing aus heiterem Himmel zu kichern an. Er biß in einen Balken und hielt sich Leber und Milz. Sein rechtes Auge war ein einziges Gerstenkorn. Er schielte und sang Psalme.

Lukas Machandel schwollen beim Kauen sämtliche Stirnadern, der Schweiß strömte die Schläfen hinab. Kurz nach dem Dreikönigstag lag er auf dem Stroh, ohne am nächsten Morgen dem Herrgott für den neuen Tag zu danken. Man verhängte den Spiegel. Eine Uhr, die der Amtmann anhalten konnte, gab es nicht.

Anfang März raffte ein Fieber Mathis hinweg; Ostern flüchtete Hanna in die Wälder, nachdem sie über Wochen in der Tschernitzer Hohlglashütte aus Marmormehl, Glaubersalz und Quarzsand Glas kochen durfte. Georg Machandel, der mittlere Bruder, schleppte sich in die Saline der Stadt Lüneburg, wo er als Sodknecht – die Augen tränten, daß er kaum zwei Ellen sah – an einer Bleivergiftung zugrunde ging.

Zum Frühling 1779 brach Clara Machandel am Ufer der Neiße zusammen, man fand sie am Fuße einer Erle. Sie lag dort drei Tage, am vierten Tag endlich wurde sie in ein Strohlager geschleppt. Weil nun der Dorfschmied, der in diesen finsteren Tagen zu seinen zahlreichen Pflichten noch das Amt des Heilers übernommen hatte, zweifelte, ob die spanische Grippe oder die Cholera oder doch nur der Irrsinn in diesem Körper wütete, weil nun diese Frau ungewöhnlich zäh und widerstandsfähig zuckte und sabberte und auch nach Wochen nicht starb, wurde sie ins Fürstenberger Siechenhaus verbracht, wo sie weitere achtundzwanzig Jahre verweilte. Wer ihr anno 1805 mitgeteilt hätte, ihr jüngster Sohn koche für den frisch gekrönten Kaiser Napoléon in der Stadt Paris, den hätte sie für verrückt gehalten – was sie nach den damaligen Kenntnissen der Seelenkunde auf vortreffliche Weise selbst war.

Man bedauerte das arme Kind, tätschelte seine Wangen, tröstete es. Es war Aufgabe der Kirche, die Waisenversorgung sicherzustellen. Willer folgte einer Eingebung: Was immer dieser Sonderling an Gold oder Ansehen eintrug, er war ihm nicht geheuer. Folglich wollte er ihn entfernt wissen. Weg, dachte er, nur endlich hinweg damit. Er schickte Ignaz, so wie er es längst schon für sich beschlossen hatte, an jenen Ort, wo er einst seine Ausbildung erhalten hatte, zehn Landmeilen von Drewitz entfernt, ins Kloster Neuzelle.

Zur Sommersonnenwende 1779 – man definierte diesen Heidentag neuerdings als Zeitpunkt des Jahres, an welchem die geozentrisch ekliptikale Länge der Sonne zweihundertundsiebzig Grad betrug – bestieg Machandel einen Karren nach Worchitz; dort nächtigte er hungernd in einem übel transpirierenden Schweinekoben. Nach zwei Tagen Fußreise hatte er das Kloster erreicht. Im Gefolge aufsteigenden Frühnebels – sachte schälte sich der Turm der Stiftskirche aus der Nacht – trat er ins Torhaus.

5

»Ja, Herrgott, ich komme ja schon.«

Oft mußte Bruder Gabriel handgreiflich werden. Erst gestern hatte er einen vorgeblichen Wanderpriester am seinem Kittel gepackt und in den Teich geworfen.

»Ich komme ja schon!«

Mist! Er tapste in die Dämmerung, stieß seine Sohlen in den Schlamm, das morastige Schmatzen schien ihm den Schädel auseinanderzureißen. Mit jedem Störenfried, der gegen diese Pforte da pochte, wüteten sie schlimmer, seine feigen Kopfschmerzen.

Nichts.

Er öffnete die Luke, kniff die Augen gegen die ersten hinterlistigen Sonnenstrahlen zusammen und atmete heftiger, als ihm lieb war. Mist! Er hörte Stimmen und konnte kaum bis zum Teich sehen. Morgen würde er im Bett liegenbleiben oder sich gleich im Hospiz einwanzen.

Gabriel von Montabaur litt an einem Hinkefuß, und er stotterte – zwei wunderbare Talente, die er im Laufe seines Lebens zu entfalten gewußt hatte. Dank seiner Gebrechlichkeit konnte er das Amt des Pförtners an sich raffen, es leuchtete jedem Chorbruder unmittelbar ein, daß ein Hinkender eine sitzende Tätigkeit ausführte. Niemand verfiel auf die Idee, seinen hinkenden Fuß und sein Stottern für eine Simulation zu halten, die es nun einmal war.

Wieder schlug es an. Diesmal glaubte er seinen Kopf in den Fängen eines Wolfes. Wummms, Wummms, Wummms. Das Tor schwamm in den Angeln, und der Torbalken fluchte, daß Bruder Gabriel meinte, er hinge fest verzurrt auf dem Mühlrad und werde bei jeder Umdrehung mit dem Kopf auf einen Stein geschlagen.

»Ja, Herrgott. Ich eile …«

Wieder öffnete er das winzige Fenster, es war in der Höhe seines Skrotums in die Tür geschnitten, die Tür wieder war in ein zweiflügeliges Tor geschnitten, das so breit und hoch dastand wie eines der Holzflöße, das im Herbst die Oder hinabkroch.

»Was willst du?«

Seine Augen starrten auf ein Nest ineinander verschlungener, roter Locken.

»Ins Kloster …!«

Solch ein Wesen war Gabriel sein Lebtag nicht untergekommen, obschon es nichts gab, was in Neuzelle nicht um Einlaß gebettelt hätte. Steinalte Mütter, Pilger mit derben Ausschlägen, die um Heilung flehten, ausgezehrte Knechte, einfache Wandergesellen, Schiefwüchsige, Schwachsinnige und Schwindsüchtige.

»Freilich – alle wollen sie ins Kloster«, unterbrach ihn Gabriel, »alle wollen immer irgend etwas, statt einen Windhauch innezuhalten und die besänftigende Zufriedenheit zu kosten, die da summt und säuselt, sobald das unselige Wünschen einmal aufhört. So, so, ins Kloster?«

»Ich komme von Drewitz, den weiten Weg, Hochwürden Willer schickt mich ...«

»Bürschchen, du bist nicht allein auf der Welt. Jeden Tag stehen Hunderte von deiner Sorte unter meinen gütigen Augen, und sie alle kommen von irgendwem und sie alle halten irgendwelche Sendbriefe von irgendwelchen Patres in ihren Händen, plumpe Fälschungen, die sie von den Leihschreibern zusammenpfuschen lassen. Sie alle sehen aus, als hätte sie der Hunger zerfressen, sie alle stinken, wie du – und dürsten nach einem heißen Bad, einer Flasche Seltinger oder einem 1776er Gräger, nach Entenbrüstchen mit Johannisbeeren lechzen sie, nach Aprikosenkompott mit Walnußschaum – und spiritueller Erheiterung. Habe ich recht?«

Machandel nickte.

»Wenn nur einmal ein Wanderer an Bruder Gabriel dächte! Auch ein Mönch wie ich freut sich über Zuwendung – sei es ein unterwegs gepflückter Apfel oder eine Blume. Es muß keine Gans sein und kein Mandelbrot, obwohl mein Magen nichts gegen eine Gans einzuwenden hätte, daß wir uns da richtig verstehen, hä?«

»Wenn Ihr wollt, Ehrwürdiger, schenke ich Euch mein Schweigen.«

Gabriel war in den Pfortenmatsch getreten – Matsch

und Schlamm, wohin er nur sah, sogar die Planken und Steine, die sonst dort aus dem Schlamm wucherten, hatte dieses Elend von Weg unter sich begraben.

»Gut, Winzling. Schenk mir dein Schweigen.«

Machandel folgte diesem habgierigen Gesellen in sein Gemach, wo er halbe Nächte zubrachte und sich an Weibern verging. Soff.

»Setz dich dort auf diese Bank und warte, bis die Güte des Abtes dich rufen läßt. Und setz dich ganz hinten in die Ecke, denn du stinkst. Und eines sage ich dir: Solltest du noch einmal vor diesem Tor stehen, dann bist du mir etwas schuldig! Denk daran, daß auch ich nur ein Mensch bin und mich freue über einen Krug Wein, über ein Weib oder einen Fisch.«

6

»Ein Wunder, ein Wunder, ein Wunder.«

Robertus, der Abt des Klosters Neuzelle, war ein gebildeter und weltoffener Mann. Er hatte in Prag, Mailand und Paris studiert, er war in Mathematik, Botanik, Philosophie und Astronomie unterwandert. Er kannte seinen Smith, kannte seinen Voltaire, kannte seinen Machiavelli. Seit er das Stift lenkte, das dreißig Dörfer umfaßte und bald dreitausend Quadratmorgen, und das in besseren Jahren zweitausend Menschen gründlich ausbeutete, beherrschte er zudem die Grundfesten der Ökonomie.

Gerade einmal vier Stunden schlief er, und ließen ihm seine Pflichten einen Moment der Muße, widmete er sich seinen geliebten Orangen. Oder er studierte eine dieser perfiden und unvergleichlichen Händelschen Kompositionen. Ja, es gab auf dieser Welt bedauerlicherweise überhaupt nichts Schöneres als den Messias. Wenn nur seine Orangen halb so vollkommen wären wie diese vollkommene Komposition, dann wäre es an der Zeit, an den Tod zu denken.

Statt an den Tod dachten alle nur an Wunder. Alle rissen sich um ihr Wunder. Die einen wollten die Milch der Mutter Maria aus einer Grotte tropfen sehen, die anderen wollten Eis inmitten des Hochsommers in einem See berührt haben; das Wachs aus den Opferkerzen war mindestens das Blut des Heilands – und war die Suppe angebrannt oder troffen die Windeln der Bälger wie frisch ausgelaugte Laken in einem Bottich, dann verkündeten sie erst recht ein Wunder – auf einmal konnte die angebrannte Suppe zwanzig Mäuler sättigen: Das war das Brotwunder. Und die Pisse war natürlich die Pisse des Herrn und Heiland.

Verschonen sollten sie ihn mit ihren Wundern!

Der Abt kauerte in einem hohen Lehnsessel und blätterte in einem botanischen Traktat, das ihm die Prager Universität geschickt hatte. Er horchte. Sah die blitzenden Wieselaugen des Pförtners – wenn schon der Pförtner nicht weiß, wie man anklopft! Herrgott noch mal! Hatten diese Tölpel keine Manieren am Leib!

Alle nannten seine Unterkunft ein Kabinett, in Wirklichkeit war es ein Palast, an die Conventskirche herangemauert – und mit einem Geheimgang zur Kirche versehen, man konnte nie wissen! Dazu möglichst weit entfernt von Kreuzgang und Dormitorium, damit ihn das Mönchspack in Frieden ließ. Und noch viel weiter entfernt von den stinkenden Stallungen – neben ihm lag nur der Tresor, darin das Gold schlummerte, und das Musikzimmer, an dessen Flügel Sindolf, der Musikus, sein Ohr mit den Kompositionen des Stümpers Johann Amadeus Mozart quälte. Und natürlich lag, direkt neben seinem Schlafkabinett, seine prächtige Bibliothek. Er verfügte über einen prächtigen Garten, und im Winter stand er in einem prächtigen Gewächshaus, größer als die Kathedrale des Papstes; und wärmer als ein Kübel heißes Wasser, überhaupt tausendmal prächtiger als das Grüne Gewölbe des verhurten Churfürsten in Dresden.

»Herrgott, was will der Erzengel Gabriel von mir.«

Unsinnigerweise besaß der Pförtner die Angewohnheit, sich beim Sprechen die Hände zu reiben und obendrein den Kopf zu senken. Gabriel war außer Atem, sein schmutziggraues, ungewaschenes Haar klebte an seiner Stirn, er roch nach altem Fett. Statt zu stottern, flossen die Worte aus seinem Rachen. »Kein Mensch, nie und nimmer ist das ein Mensch. Das ist ein Zauberer, ein Tier.«

Er riß den Mund weit auf, als wolle er eine Apfelsine oder ein Ei verschlingen.

»Es gibt keine Zauberer – wie oft soll ich dir das noch sagen? Hast du nichts gelernt im Scholastikum? Soll ich dich in den Kerker sperren?«

»Diesmal ist es ein Wunder. Ein Wunderkind. Klein wie ein Berg Ameisen, verknöchert wie eine alte Ziege, mager wie eine erfrorene Schlehe…« Er zog Schultern und Hals ein, kniff Daumen und Zeigefinger zusammen. »So klein!«

»Was du nicht sagst! Wieder ein Heiliger?« Robertus legte widerwillig den Traktat beiseite, schüttelte den Kopf, pflückte die Brille von seiner Habichtnase und wendete sich ab von diesem Stümper. »Erst letzte Woche hast du von einem Schwindler geschwärmt, der über glühende Kohlen geht – ein Betrüger mit Sohlen aus Eisen und Holzleder.«

Gelangweilt stippte der Abt eine Mirabelle in seinen Mund, sodann badete er beide Hände in einer Schale mit Mandelmilch, es hieß, alter Haut zieme nichts besser als Mandelmilch.

»Draußen, in dieser widerwärtigen Welt, aus der ich dich gerettet habe, laufen Tausende solcher Kreaturen herum. Wieso hast du diese Gestalt überhaupt eingelassen – du sollst sie abwimmeln, habe ich dir das nicht oft genug gesagt?«

»Er ist anders als andere – etwas Besonderes, und wenn er einen anstarrt mit seinen lauernden Augen, dann reißt einem der Hunger den Magen auseinander.«

Wie war der Abt diese Auftritte leid! Alles mußte man selbst machen. Wozu gab es den Vorsteher? Den Kanzlisten? Was sollte er denn noch tun. Jetzt rannten sie schon in seinen Saal und belästigten ihn mit Bettlerkindern.

»Nun gut! Geh an die Pforte – und hol mir diesen Sonderling. Und wenn ich noch einmal das Wort ›Wunder‹ aus deinem Stottermaul höre, laß ich dir die Zunge herausreißen. Wieso stotterst du übrigens heute nicht, Bruder Gabriel?«

»I-i-i-ich. Wi-wi-wi-so.«

»Nur so, Pförtner. Nur so.«

7

Grummelnd prüfte der Abt eine Liste von einhundertsieben »Empfehlungen« – aus allen Winkeln schob man ihm die Bälger unter, und wenn er hier und da durchblicken ließ, daß seine Mühlen und seine Sägewerke einen unersättlichen Appetit nach Menschenfleisch hatten, hieß das noch lange nicht, daß er die ganze verlotterte Welt in seinen Mauern mästen konnte.

Waisenkinder hatten Vorrang, am besten sollten sie zwischen zehn und zwölf Jahren alt sein, belastbar, fügsam, duldend und vor allem: widerstandsfähig. Vor einem Jahr hatte er sich zehn sächsische Bauernsöhne andrehen lassen – nach drei Monaten war die Hälfte von ihnen tot hingesunken, ohne daß sie etwas fürs Kloster geschaffen hatten.

Der da, Sohn eines Schmieds, das war mal was. Oder da, ein Pummelchen aus einer Krakauer Krämerfamilie, getauft vom Bischof – Vorzugskindlein jubelten sie ihm neuerdings unter. Er hätte wetten können, die meisten waren nur falsche Waisenkinder, von ehrgeizigen Eltern ins Kloster verschickte Opfer. Nur, weil die Eltern träumten, einen Mönch oder Pfarrer oder Kapellmeister in ihren Stammbaum zu schummeln. Gar einen Erzbischof. Den Papst.

»14 Jahre, gute Zähne, starke Arme, wacher Sinn« – nein, dachte der Abt, den wachen Sinn sollen sie mal schön in Breslau behalten. Und getauft mußten sie schon gar nicht sein, er taufte am allerliebsten selbst, dann war er sicher, daß nicht irgendein heidnischer Kult heimlich in diesem Menschenkind zündelte.

Von jenem Wesen, das ihm Gabriel angekündigt hatte, wußte Robertus aus einem Bittbrief des Dorfpfarrers Willer, der ihm von einem Kind schwärmte, das eine relative Berühmtheit errungen hatte. Berühmt und bedauerlicherweise schlampig von diesem Pfuscher Willer getauft, das war Robertus per se zuwider. Wenn es stimmte, was man so hörte, dann waren die Schausteller darauf aus, dieses Wesen zu besitzen – was nun den letzten Beweis einer teuflischen Abstammung lieferte. Wer weiß, dachte Robertus, was wir uns da einhandeln – aber bevor die Trottel in Stams oder die Streber in Leubus oder gar der König oder Churfürst den Sonderling in seine Fänge bekämen, könnte er in ein, zwei Jahren beim Verkauf an einen Schausteller ein paar Thaler einstreichen.

Was er dann zu sehen bekam, das hatte zwei Arme, zwei Beine, zwei Augen – und einen Buckel, der, wie der Volksmund faselte, Glück brachte. Es hatte versunkene, treuherzige Augen, und seine an Flanken und Spitze flachgedrückte Nase erinnerte entfernt an die Physiognomie eines gutmütigen Hundes. Der Abt war hingerissen! Er hätte ihn am liebsten an seine Robe gepreßt – wenn dieses Mündel nicht so teuflisch gestunken hätte. Genaugenommen hatte der Abt ihn erst gerochen, das Sehen und Hören fiel ihm schwer in den letzten Monaten. Wie ein Berg Maden stinkt er; wie ein ausgehobener Hamsterbau; wie ein abgelassener Karpfenteich. Er stinkt nach ranziger Milch – vorsorglich hielt sich der Abt die Nase zu, rief den Saaldiener herbei, ließ Lavendel auf sein Pult stellen, grub seine Nase in den Lavendelstrauß, atmete tief durch. Nie hatte er eine ähnlich groteske Gestalt gesehen.

»Schließt die Tür!«

Ignaz hüllte sich in stolzes Schweigen.

»Was wollt Ihr mit dem Löffel?«

Machandel sah ihn ausdruckslos an, er seufzte: »Essen.«

»Was?«

»Essen ...!« Sein Löffel wies in Richtung Küche.

»Essen, essen, essen – so geht das immerzu. So einfach ist das aber nicht!« Er stieß mit dem Fuß ein Kissen zur Seite und trat näher an dieses Wesen heran.

»Vor das Essen hat der Herrgott die Arbeit gesetzt«, seine Stimme klang schartig und heiser. »Ihr wollt Euch Euer Essen doch verdienen, oder? Wie denn? Was könnt Ihr denn?« Im Blick des Abtes lag nichts Spöttisches, nichts Ironisches; er war ernst, ruhig, bohrend.

»Essen.« Der Junge sah ihn lange an, teilnahmslos wie eine Eidechse auf einem Stein.

»Und sonst? Steine heben? Fischen? – Zu irgendwas hat der Allmächtige Euch ja sicher erschaffen. Oder seid Ihr nicht zu gebrauchen und eine Kreatur des Teufels?«

Robertus wußte nicht recht, was er von der Sache halten sollte. Angeekelt starrte er aus dem Fenster. Aus einem der sieben Fenster, die sein Kabinett mit Licht fluteten. So weit er blickte, war all das seins. All die Weinberge, die Felder, die Scheunen. Damit das so blieb, mußte er wirtschaften. Essen – das wäre ja noch schöner – der Château Latour hatte einen kupfernen, fast bitteren Geschmack in seine Kehle gemeißelt, er langte nach einem Glas Wasser, das neben ihm auf einem Tisch ruhte ...

»Halt! Nein! Schaut!« wandte sich der Abt an den Prior. »Er frißt meinen kostbaren Lavendel! Der ist ja ganz und gar ausgehungert. Nein, spucke er aus! Nein, halt!

Nicht kotzen! Du wirst nicht deinen Brei auf meinen Boden spucken.«

Seine Augen glitzerten. Eine seltsame Erregung hatte ihn ergriffen – er schwankte vor und zurück. Riß an seinem Bart, hilfesuchend wandte er sich an Bruder Melanchton.

Unschlüssig irrte der Abt auf und ab. Er blätterte in den Consuetudines und besann sich auf den heiligen Augustinus. Was täte der Generalabt? Er rezitierte die Summa Cartae Caritatis und zog Gerardus herbei, den Senior, der mit erhobenen Armen Gebete murmelte. Um den Herrn nicht zu erzürnen, trug man Machandel auf, zehn Vaterunser zu beten. Und wenn ihnen nichts Besseres einfiele, dann würde er eben im Weinkeller schuften und bis ans Ende seiner Tage kein Licht mehr sehen.

8

»Soso«, murmelte Fabius, der Vestiar. Er maß die Figur mit bloßen Augen. Wie sollte er das da einkleiden? Er hatte Schiefrückige in sackähnliche Kittel gegossen, einen Klotz wie Alonsius und selbst den greisen Gerardus, nichts als Sehnen und Knochen, hatte er eingekuttet, das da hingegen war eine Aufgabe, an der man seinen Meister stand. Und da, er beugte sich tiefer hinab, ist das noch Hand oder schon Löffel?

»Alles darfst du nehmen, auch meine Seele, nur das da nicht.«

»Aha, er spricht. Brav, und streck dich einmal. Ja, so ist's recht. Soso, du willst mir deine Seele anbieten – du führst ja große Worte in deinem kleinen Munde, habe ich recht?«

»Alles ist recht, nur laßt mir meinen Löffel.«

»Warum ist er denn so wichtig, dein Löffel? Da, direkt unter unseren Füßen, da gibt es mehr Löffel, als du Eiterpickel im Gesicht trägst, und das sind, wie dir dieser Spiegel verrät, nicht wenige.«

Machandel zeigte sich von seiner besten Seite und trat vor den Spiegel, nur wagte er nicht, auch die Hand mit dem Löffel diesem Wunderding auszusetzen, er witterte nämlich eine List, um ihm sein Heiligtum zu entreißen.

»Wie wäre es denn, wenn du liebevollerweise nicht nur deine Haare und deine Nägel und dein Schweigen ablegen würdest? Schau, es gibt hier sehr wenige und sehr einfache Regeln, sogar Alban, unser Küchenbursche, kann diese Regeln aufsagen – und eine dieser Regeln besagt, daß, wer immer in diese Mauern tritt, sich von allem Ballast der Welt befreit.«

Noch immer starrte Machandel in diesen Spiegel, aus dessen Munde ihn die Worte anfielen – er wußte ja nicht, daß der Vestiar sprach.

»Nicht nur Haare und Nägel, sondern auch diesen blödsinnigen Löffel da. Wer in diese Mauern tritt, der muß sich befreien von allem Besitz und jedem Hochmut.«

Stumm, die Augen voll glühendem Zorn, sah Machandel diesen alten Mann hinter seinem Pult verschwinden, und weil er weder heranreichte an diesen Riesen noch die Kraft besaß, diesen Dieb und diesen Riesen um seinen Löffel zu bitten, folgte er einer Eingebung und schrie.

Der Junge schrie, daß die Alben und Kittel und die Kutten und Tücher in den Regalen zitterten. Er schrie, daß es Bruder Fabius durch Mark und Bein pfiff, schrie, als röste man sein Herz bei lebendigem Leibe. Der Schrei schwappte in Räucherkammer und Pilgerhaus, der einzige von diesem Schrei verschonte Flecken des Klosters war ein Winkel des Heubodens. Der Schrei trommelte gegen die Hopfenpfanne im Brauhaus, gleißte über den Backofen und ließ die Kaltblüter in den Stallungen murren. Der Schrei jagte die Bienen aus den Imkerkörben. Der Schrei peitschte den Wein. Der Schrei ging als Sturmwind durch Streuobstwiesen. Man meinte, den Schrei noch im Eichwald zu hören, wo Wido im Moos schlummerte, Wido, der Schweinehirt.

Bis zur Non hatte Machandel durch seinen Schrei ein außerordentliches Kapitel einberufen. Bruder Gabriel hinkte, es lag nicht die Spur einer Gefühlsbewegung in seinem Gesicht. Sindolf wäre um ein Haar in einem Schlammloch versunken. Sogar der Oberamtmann kam hinterhergestürzt, ein hagerer, grobknochiger Mensch, die Ärmel seiner Kutte hochgekrempelt, er hatte ungeheure Ellbogen.

Teclinius und Leonidus, Apothekar und Heilbruder, eilten herbei, die Hände um die Griffe ihrer Heiltaschen geschlungen. Der Assistent des Bibliothekars staunte, ein aufgeschossener und magerer Jüngling, und Alonsius ließ seinen Hammer nicht aus den Augen – man konnte nie wissen. Sie alle drängten und quetschten einander im Vestiar, wo Eduard von Bingen hüstelte, ein Korb Dörrpflaumen kauerte in seinem Arm. Ob nun Albinus von Spoleto oder der ehrwürdige Sergius von Radonezh oder Bruder Simeon – keiner hatte je einen ähnlichen Schrei gehört. Nicht Eddo von Fürstenwalde oder Egbert von York, nicht Bruder Malwin, der Tischler, oder Hendrik von Uppsala, der Braumeister, oder Hubertus von Lüttich, der Herr über zwei Dutzend Tümpel und Fischbecken.

Malachias eilte heran, der Abt persönlich, schließlich Johannes, Herrscher über die Lagerkeller und Koch. Daß ein Kind so viehisch schrie! Sie konnten es nicht glauben! Indes, dachte Melanchton, wer hatte dem Erlöser angesehen, daß er die Menge mit fünf Broten speiste? Sie starrten auf dieses buckelige Ding. Es schrie wie ein Riese. Eine teuflische Gestalt mußte das sein – sie wichen einen Schritt zurück und um Machandel wuchs ein Kreis, der seine Winzigkeit mehrte.

Als schließlich der Amthauptmann von Dobrilugk eintrat und Bartholomäus Schmider, der Obervisitator der böhmisch-mährischen-lausitzer Provinz, wurde es Bruder Fabius zu bunt. Widerwillig reichte er Machandel das Löffelding, und Ruhe kehrte ein.

Fabius konnte seinen Brustkorb einschnüren, bis dieser Kreatur der Atem versackte – alles war gleich, solange die Rotznase den Löffel umkrallte. Sein äffisch geliebtes Löffelding! Wie er so dastand, ähnelte er einem Stein, geduldig ließ er die Brandungswellen über sich hineinbrechen. Ja, dieser Junge war kalt wie ein Stein, buckelig wie Basalt und feucht wie die moosige Klippe eines Meeresgrats.

Mürrisch das Haupt schüttelnd, verschwand Fabius in der Kammer und schnürte die Habseligkeiten Machandels zu einem Bündel, flocht einen Knoten darum – dann hievte er das Zeug ins Gebälk, wo es für sechs Jahre, drei Monate und zwölf Tage schlummern würde.

9

Wie irr rieb Ignaz in den kommenden Tagen am Löffel. Wann immer er ihn ans Ohr preßte, pfiff der Wind durchs Laffenloch. Ein höhnisches, fast schrilles Pfeifen war das. Und sein Mund stammelte dazu die Mosesworte *vom goldenen Löffel, zehn Lot schwer.*

Am dritten Tag nach seiner Ankunft eilte er an der Seite von Remigius, eines jungen, ehrgeizigen Schreibers, über den Wirtschaftshof.

»Dort, am Ende der Kastanienallee, braut Hendrik von Uppsala helles und schwarzes Bier, wir handeln die Kanne zu einem halben Groschen, in guten Jahren bringt das Bier tausend Thaler.«

Bier, dachte Machandel, über alles lieben sie ihr Bier, allein er konnte nicht verstehen, daß dieser süßliche Sud, der ihm die Zunge schwer machte, allen den Verstand raubte.

Gemeinsam traten sie ins Haus des Fischmeisters, ein kleines, ebenerdiges Steinhaus. Es hatte nur einen einzigen Raum, an allen vier Wänden hingen Netze und Reusen. Unter der Decke lagerten auf Traghölzern Stangen aus knochenbleichem Holz. In gewaltigen Bottichen schwammen Karpfen und Brassen, Bruder Simeon griff hinein und hob aus einer Wanne einen Seeigel ans Licht. Simeon hatte ein bärtiges, wettergegerbtes Gesicht, große, blaue Augen, eine hohe Stirn, und er verstand zu lächeln. »Der Abt liebt Seeigel, wir beziehen sie von Sartorio aus Hamburg.«

Als sie das Fischhaus verließen, schob ein Mann einen Karren vor den Eingang des Weinkellers. Das Portal stand weit offen, ein Knecht huschte die Treppe hinab. Maischebottiche standen neben dem Portal – zwischen Weinberg und Bäckerei ruhten Holzfässer mit rostigen Bauchringen.

Machandel spürte den Drang, hineinzulaufen, hinein in die Bäckerei, aber ein noch stärkerer Drang zog ihn in den Weinkeller.

»Die Winzer schwefeln morgen die Fässer, dann gibt es etwas zu riechen, und dort, im Milchhaus, rahmen wir die Butter auf. Glaub mir, es gibt nichts Köstlicheres als Maibutter! Und aus jedem Zehntel Milch fertigt Eddo, der Milchbruder, seinen Käse.«

Eddo, ein kleiner, gedrungener Mönch, trat aus der Tür. Seine Nase war so blaß wie sein Käse, und wenn er die Kapuze in den Nacken streifte, dann strahlte seine Glatze wie ein mit Öl beriebener Gouda. Er reichte ihnen ein Stück Käse, faltete seine Hände vor dem Bauch und nickte unschuldig.

»Pecorino toscano, aus reiner Schafsmilch. Wir haben die Italiener kopiert, und ich finde, unser Käse kann sich sehen lassen. Er liegt ein Jahr im Reifekeller, alle paar Wochen muß ein Mönch die Laibe mit grobem Meersalz einreiben.«

Sein Löffel betastete die Haut des Käseleibes. Seine Augen brannten vor Erregung, seine Zunge schlich über den Käse, er wirkte rauh, verstimmt – und das Salz war viel grober und brockiger als das gewöhnliche Salz. Nie hatte er sich den Kopf darüber zerbrochen, daß es dem Salz nicht anders ging als den Kirschen und den Fischen: es gab unzählige Sorten, und sie alle warteten darauf, gekostet und sortiert zu werden. Was immer in den Mauern des Käsehauses reifte – das Samtene und Scharfe, das Lockende und

Reißende umnebelte seine Sinne – er war erleichtert, als sie zu den Gärten eilten.

»Da stehen die Türkenbohnen, es heißt, sie seien mit den Türken nach Wien gekommen …«

»Ihr eßt sie zu Lamm«, grummelte Ignaz. »Manchmal bereitet Menardus, der zweite Koch, Salat aus warmen Bohnen und Holländischen Kartoffeln. Wolltest du mir das sagen, ja?«

Remigius nickte, und noch bevor er ahnte, woher dieser Zwerg das wissen konnte, ob es ihm Menardus geflüstert hatte oder ob ein Waisenkind geschwatzt hatte, fuhr Ignaz fort. »Und aus den ersten Bohnen zaubert der Koch seine Suppe.«

»Wer hat dir …?«

Eine Wolke tauchte sie in einen fliehenden Schatten. Machandel sog die Luft ein und hielt den Atem an. Er hustete ein paarmal krächzend, tief aus der Lunge heraus, dann reckte er den Hals, um zu sehen, was vor ihm lag. »Und dort, hinter der Mauer, was ist dort?«

»Kräuter! Nur der Apothekar und der Heilmönch haben Zutritt. Und dahinter steht der Nelkengarten, die Orangerie und das Sommerhaus des Abtes.«

»Wieso dürfen nur der Heilbruder und der Apothekar mit Kräutern hantieren?« Wieder holte er tief Luft, schloß die Augen, spürte sein Herz galoppieren.

»Wer denn sonst? Wir liefern die Kräuter in umliegende Apotheken – das meiste verkaufen wir in der Klosterapotheke, ein einträgliches Geschäft, das kann ich dir sagen.«

Vor dem Gatter, das den Obstgarten vom Hof trennte, hielt Remigius an. »Halt, es gab vor zwei Jahren einen Plan,

Kräuterschnaps *en gros* zu manufakturieren, aber die Leute verlangten immer nur ›Grauen Mönch‹ und die ›Finstere Witwe‹, Gräßlichkeiten, die unsere Därme aufwühlen.«

Gemeinsam strichen sie durch den Obstgarten, der in der Mitte von einem Flußlauf geteilt wurde, über den eine bogenförmige, hölzerne Brücke führte. Die Brücke erinnerte ihn an seinen Buckel. Klein waren die Früchte, kleiner noch als er, sie tauchten aus dem taufeuchten Licht des Morgens. Vor Pflaumen und Birnen und Mirabellen dröhnte ihm der Kopf, es würde den halben Sommer dauern, all das auszukosten.

»Letzten Herbst hatten wir ein Wispel Aprikosen, das entspricht vierundzwanzig Dresdener Scheffel: 96 Viertel oder 384 Metzen. Ganz ansehnlich, oder?«

Die Geschwätzigkeit von Kerbel und Pimpinelle, das schwere Bouquet der frisch geräucherten Forellen, die beinahe blumige Trägheit des Frühlingshonigs, die Süße unzähliger Beerenaromen – all diese Ausdünstungen blähten Machandels Schädel, er würde Tage und Wochen brauchen, bis er eine grobe Ordnung in das Meer an Substanzen gebracht hatte, das in diesem Moment auf ihn einströmte.

»Selbst Seife kochen wir, es gibt kaum etwas, das wir nicht herstellen. Der Abt träumt von Tabak und der Wolle der Merinoschafe, alles gelingt, nur die Seidenproduktion stockt, Malachias kommt mit den Maulbeerbäumen nicht zurecht.«

Sein linkes Knie schmerzte, Machandel seufzte.

»Aber Oliven müssen wir importieren und Kapern und Bergamotteöl und den Roggen aus Livland. Zimtrinde, Pfeffer, Kakao, Datteln, Muskat – Kaffee. Noch das Salz würden wir kochen, wenn der Churfürst uns nicht zwingen würde, es aus Lübben zu beziehen. Aber der Abt ist gerissen. Wenn der Fürst unsere Papayas kauft, schlagen wir es dreifach auf.«

»Papayas?«

»Die Haut ist hart, aber das Fruchtfleisch! Süßer als ein Wald voll Honig. Und wenn du sie aufschneidest, funkeln dich die schwarzen Kerne an wie Marderaugen.«

Da setzte sich Ignaz auf einen Stein, verwirrt war er, sein Geist wurde dämmrig, sein Rachen war bis tief hinab zu seinen Bronchien so trocken wie ein von der Sommerhitze ausgeleckter See. Sein Gaumen indes ahnte unzählige Geschmackstöne: beißende und gärende, schwefelige und rauchige, harzige und faule. Sein Löffel zog ihn in diesen Winkel, zog ihn jenen Hang hinauf. All das wollte gekostet sein, sortiert. Er ließ den Kopf auf die Brust sinken, er wußte nicht, wo anfangen, wo enden.

10

In den ersten Tagen half er aus, wo immer es nach einem Helfer verlangte: er malzte im Brauhaus, sah dem Käsebruder über die Schulter, trug den geräucherten Lachs in die Lagerkeller. Rasch zankten die Brüder, wer diesen willigen Helferling ausbeuten dürfe, ob der Teichmeister ihn zum Füttern der Karpfen, ob der Gärtner ihn zum Düngen oder der Imker ihn verwenden könne, um seine Körbe einen Hang hinaufzuschleppen – so ging der Sommer hin, und als der Herbst seine ersten kühlen Winde über die Oderwiesen sandte, rief ihn der Abt zu sich.

»Bei Gott, hat Euch Melanchton nicht beigebracht, wie man einen Abt grüßt, Ihr Tölpel?«

Robertus saß in einem mit Kissen ausgeschlagenen Holzsessel und streckte die Beine weit von sich. Zu seinen Füßen lagen wie Höflinge zwei große Jagdhunde, die sich seiner besonderen Gunst erfreuten.

Seine Zunge glitt über das kalte Silber des Siegelrings. Ignaz zitterte am ganzen Leib. Anders als bei der ersten Begegnung mit Abt Robertus war er eigentümlich aufgeregt. Er tastete nach seinem Löffel, wagte jedoch nicht, ihn in die Hand zu nehmen oder gar vorzuzeigen.

»Mögt Ihr Schokolade? Eine Pfeife?«

»Rosen-Limonade – dort, von den Rosen ...«

»Schwatzt nicht, was habt Ihr mit meinen Rosen zu tun? Rosen-Limonade! Andererseits, warum hat mir der Koch oder der Gartenbruder nie Rosen-Limonade angeboten?« Er beugte sich vor und zog einen Diener heran.

»Bringt dieses klebrige Getränk, und Türkischen Honig und Feigen und Zitronengebäck; und für Melanchton, den Prior – wo bleibt er nur! – bringt ihr Wasser. Und diese wunderbaren Pistazien aus Konstantinopel.«

Lautlos trat Melanchton herbei, kauerte sich auf einen Stuhl und vergrub seine gespenstisch trockenen Lippen hinter seinen beiden trotz seines Alters kräftigen Händen.

»Alle liegen mir in den Ohren, her mit Machandel, her mit Machandel! Was ist so besonderes an Euch, daß sie sich um Euch reißen?«

»Machandel tut, was man von ihm verlangt.«

»Alle tun, was wir von ihnen verlangen! Schwatzt nicht. Prior, sagt, war er so dreist und hat gelacht? Macht Ihr Euch etwa lustig über mich?«

Bußfertig die Hände gefaltet, hielt Ignaz den Kopf gesenkt. Er wagte kaum zu atmen.

»Und trinkt Eure Limonade und sagt, ob man sie trinken kann! Und laßt Euern lächerlichen Löffel stecken, der hat schon genug Staub aufgewirbelt.«

»Laßt ihn kochen, Robertus. Soll er Brühen und Suppen ziehen, bis ihm sein Kosten vergeht.« Melanchton sah lächelnd zu Robertus auf.

»Soso. Wollt Ihr denn kochen, Ignaz? Wie wäre es mit der Heilkunde oder mit der Bibliothek?« Er legte fragend den Kopf zur Seite und fuhr fort. »Zum Tischler oder zum Schmied taugt Ihr ja nicht zwingend.« Robertus schmiegte seinen Rücken in die Lehnenkissen und kratzte sich an der Schläfe.

»Wenn Ihr findet, Abt, daß ich ein würdiger Koch bin, dann werde ich kochen.«

»Herrgott! Bin ich denn ein Monstrum oder ein Tyrann? Melanchton, sagt ihm, daß ich keinem etwas tue. Und Ihr, Winzling«, wandte er sich wieder dem Waisenkind zu, das aufgeregt von einem Bein aufs andere tanzte, »sollt mir nicht schmeicheln. Ich will, daß Ihr mir sagt, was Euer Wunsch ist.«

Machandel ahnte die Falle, in die man ihn lockte. »Das Wollen ist nichts gegen den Willen des Allmächtigen. Wenn es dem gütigen Vater recht ist, dann wird er uns den Weg weisen, der uns nützt.«

Der Prior stöhnte hörbar auf, biß sich auf die Lippen, schwieg.

»Hört Euch an, wie er schwätzt.« Robertus schüttelte den Kopf. »Soso, mein gütiger Wille. Was, wenn dieser gütige Wille verfügt, daß Ihr bis ans Ende Eurer Tage die

Misthaufen umsetzt.« Er wischte eine Faser von der Lippe, einen Pistaziensplint, griff nach einer Feige, riß sie auf und zutschelte das sämige Fruchtfleisch in seinen Mund.

»Was – nur mal angenommen, mein gütiger Wille weht Euch in meine Küche – was würdet Ihr mir denn da kochen? Milchlamm? Kalbsbries? Lerchen am Spieß?« Er hatte ein sardonisches Lächeln aufgelegt. »Quältet Ihr mich mit all dem Unsinn, mit dem Noel, dieser Blender, in Sanssouci dem König den Magen zerreißt?«

Die Küche! Ignaz richtete sich auf, lächelte, nickte. Stand er auf dem Weinberg, dann hatte er nur Augen für den Kamin der Küche. In guten Tagen wünschte er sich, dort oben auf dem Kranzstein zu hocken. Er wünschte sich, seine Zunge in den Qualm zu senken, der dem ewig rumorenden Schlund entstieg. Jetzt war sie nah. Die Küche.

»Zander am Spieß, mit frischer Mai-Butter glasiert, mit Rosmarin und Chilipulver verfeinert – auf einem Paprikabett. Und gemästet und geträufelt mit den Spritzern der Limetten, die dort in Eurem Gewächshaus schlummern ...«

»Genug! Herrgott!« Robertus hob, Stille heischend, die Hand.

»Saiblingsröllchen mit Lavendelblüten ... Fasanenbrust auf Granatapfelkernen ... Seeteufel in der Orangenblüte mit Zucchini-Risotto ...«

»Fangt an und schwatzt nicht!« Robertus schluckte, noch unter seiner Albe war das Pulsieren seiner Halsschlagader zu ahnen. »Und hört auf, in meinem Garten den Rosen und Limetten nachzustellen.«

Dem Jungen fiel ein Stein vom Herzen. Er warf sich auf den Boden, leckte an den Füßen des Abtes, und von weit unten stammelte er gepreßt. »Ignaz stellt Limetten und Rosen nicht nach, er kann sie, nun, ohne daß er sie sieht oder streichelt oder berührt – er kann sie: atmen.«

Er behauchte die Zehen des Abtes ...

»Was erlaubt Ihr Euch.« Vor Ekel riß er beide Beine in die Höhe, seine Fersen kauerten auf dem Saum des Sessels. »Wollt Ihr mir auch von Wundern daherschwätzen! Genug! Und steht auf, Ihr habt schon genug Unheil angerichtet. Und hört endlich auf zu sabbern. Und gebt mir meine Schuhe. Es gibt genug Schwindler und Blender und Hochstapler. Genug. Herrje!«

Der Abt ließ sich von einem Diener die Schuhe überziehen und hob die Schultern. »Eine Limette kann man wohl riechen, und wenn man sie mit einer Presse komprimiert, dann läßt sie ihren Saft, den kann man trinken – da gibt es nicht das geringste Rätsel! Jetzt trinkt Eure Limonade!«

Dann ließ er sich ein Dokument vorlegen, prüfte das Siegel, reichte es einem Schreiber. Nickte.

»Was?« Robertus schaute kurz auf. »Ihr seid ja immer noch da! Ihr seid entlassen, Ignaz.« Er wandte sich wieder Melanchton zu und brummelte. »Ignaz von Neuzelle – na, vielleicht wird auch noch ein Mönch aus ihm.«

»Verschwindet. Nein. Hiergeblieben! Eins noch! In den letzten Jahren haben wir sieben Köche verschlissen ...«

»Sieben und einen halben«, fuhr ihm Melanchton ins Wort. »Ein Schlesier, nicht so klein wie Ihr und doch nur die Hälfte eines Kochs. Er konnte der Hitze bedauerlicherweise nichts entgegensetzen.«

»Also siebeneinhalb«, unterbrach ihn Robertus. »Der eine war zu faul, der andere war zu dumm, der dritte kochte zu altfränkisch. Der vierte war ein notorischer Dieb. Hatten wir alles. Meldet Euch bei Bruder Johannes. Enttäuscht mich nicht, sonst lasse ich Euch vierteilen und den Karpfen vorwerfen. Und jetzt raus – und denkt an meinen Zander. Und schlürft nicht so laut! Es ist ja kaum auszuhalten. Bei allen Heiligen, Rosen-Limonade…«

11

Bruder Johannes, der Koch, war ein feinsinniger Mönch, groß von Gestalt und ungewöhnlich hager für ein Wesen, das täglich Braten und Konfitüren, Pasteten und Suppen kostete. Zudem dirigierte er eine Stimme, die mehr sang als sprach. Er ging aufrecht, nie gebeugt oder krummrückig. Niemand hatte ihn je fluchen gehört, noch hatte er je einen Teller zerschlagen.

Bis zu jenem besonderen Tag, da Ignaz vor ihm stand, hatte er mit Geduld und Hingabe siebzig Gesellen ausgebildet. Jeden einzelnen Namen hatte er im Hauptbuch der Küche verzeichnet. An manche seiner Gesellen erinnerte er sich auch nach Jahren noch; manch einer diente als Privatkoch oder als Schlachter oder Wurstmacher, und der Hofbäcker im fernen Dresden berief sich auf seine Lehrzeit bei ihm. Doch sie alle waren nur brave Geister gewesen, Zöglinge und Nachbeter, denen jedes Talent mangelte. Wenn er seinem Innersten hinterherlauschte, hatte er es längst aufgegeben, nach all den Jahren auf einen Jüngling zu hoffen, bei dem sein Wissen auf fruchtbaren Boden fallen würde.

»Machandel will kochen.«

»Gut«, sagte Johannes. »Dann putz Pfannen.«

Als die Pfannen strahlten, ließ er ihn Wasser schleppen und Rüben schälen, Mehl sieben – wieder und wieder zerrte das Wesen an seinem Skapulier und bettelte um einen Auftrag.

»Soll ich Messer schleifen? Sirup kochen? Hühner rupfen? Grieß ...«

»Geh!« Johannes ließ ihn stehen. »Frag Menardus, den Souschef – ich muß Tartes finissieren, Enten in Gelee setzen und Gnocchi mit Seeigelkaviar richten. Husch, husch«, er wedelte mit beiden Händen, als scheuche er eines der frechen Hühner auf den Hof hinaus. »Ich wünsche, nicht gestört zu werden.«

Johannes putzte ein Dutzend Seeigel, kubisierte Zwiebeln, stellte eine Bouteille Rüdesheimer bereit. Hobelte Parmesan mit einem Langmesser vom Block, seine Hände streichelten den Käse. Er schloß die Augen und seufzte bei jedem Hieb, als täte es ihm leid, dem Block ein paar Späne zu stehlen.

»Du bist ja immer noch da, husch – tu etwas. Und laß mich in Ruhe.«

Leise sprach er, seine Stimme klang unwillig.

»Darf ich alles lernen, was Ihr könnt?« Mühsam reckte er den Kopf vor der Tischplatte in die Höhe, man sah nur Stirn und zwei Hände, die sich am Holz festklammerten.

»Wohl oder übel«, meinte Johannes mit einem feinen Lächeln. »Und wer weiß, vielleicht kannst du in zwei Jahren Habermus kochen.«

Bei diesen Worten errötete Machandel. Der Koch lachte sanft, schüttete Wasser in den Ausguß, ging an den Schmortopf und schnitt ein Stück Hammelbraten herunter.

»Du hast Hunger, man sieht es deinen Augen an.«

Lange konnte Ignaz sich nicht entschließen, den Löffel in die Hand zu nehmen. Geduldig hockte er auf einer Kiste, die Kiste wiederum stand nahe dem Fenster. Schief stand der Teller auf seinen Knien, Bratensud tropfte auf seinen Kittel. Lustlos stippte er die Gabel ins Fleisch. Etwas Sud tropfte auf den Boden. Der Boden war mit Sandsteinplatten belegt und tief ausgetreten. Seit Jahrhunderten zogen hier die Köche ihre Bahnen. Würde auch er für den Rest seines Lebens seine Sohlen hier wundscheuern, Tag um Tag?

Vor ihm stand ein Tiegel Milchrahm, und als er davon kostete, sah Machandel sich selbst als kleinen Jungen an der Seite des Vaters sitzen, wie er im Melkstall den frischen Rahm von der Milch schöpfte.

Für einen zehnjährigen Knaben lernte er beängstigend rasch, wie der Koch in den kommenden Wochen registrierte. Rasend schnell. Er war zu schade, um ihn Waschschüsseln polieren zu lassen. Der da war zu Höherem berufen – und das war nun Qual und Erlösung in einem. Johannes ließ ihn keine Sekunde aus den Augen, wich er nur um ein Gran von einem Rezept ab oder gönnte sich eine Schlamperei, dann ließ er den Winzling von vorne beginnen. Sollte der da zu Großem bestimmt sein, so mußte er sein Universum zuerst im Kleinen kennenlernen. Er lehrte ihn, was immer er wußte. Schälen lehrte er ihn, Mörsern. Noch das Messer sollte er genau so schärfen und trockenreiben und anschließend tanzen lassen wie er, der Oberkoch. Im Winter ließ er ihn Essig ansetzen, im Frühjahr (der Fastenzeit) watete er in Fischgräten, im Sommer kochte er Sirup und im Herbst fuhrwerkte der Knabe an allen Ecken und Enden zugleich. Johannes sandte Machandel zum Imker, zum Schlachter, zum Bäcker. Er lernte zu räuchern, zu salzen und einzukochen.

Nach dem ersten Jahr wußte er, welcher Olive das beste Öl abzupressen war, welchem Korn der beste Senf; welches Holz den aromatischsten Qualm hervorbrachte. Er schlug Feuer mit nur einer Hand. Wenn man ihn bat, Rosmarin oder Thymian zu schneiden, kam er mit summenden Zweigen aus dem Kräutergarten gelaufen, die sonst halbgeschlossenen Augen weit aufgerissen, zwei funkelnde Brillanten. Er besaß eine Anlage, die man nie zuvor bei einem Jungen seines Alters beobachtet hatte – eine furchteinflößende Gabe.

Jeden Moment wurde er der Küche ähnlicher. Wer ihn in diesem riesigen Raum sah, dem mußte Machandel als natürliches Zubehör dieser Halle erscheinen. Er wuchs mit seiner Aufgabe. Seine Muskeln gewannen an Festigkeit, sein Nacken richtete sich auf. Unter dem Kinn prangte am Ende seines ersten Jahres die Idee eines Halses. Es schien, als bilde der Herd ihn zum Besseren. Nicht, weil das Feuer seine Haut straffte und weil es seinem Haar Elastizität schenkte. Das Feuer ließ das Innere seiner Seele aufleuchten. Dort, wo lange Zeit Leere geherrscht hatte, füllte sich sein Inneres mit Dankbarkeit. Herd und Feuer hatten ihn aufgerichtet. Sie hatten ihm einen Weg gewiesen; ein Ziel.

In seinem zweiten Sommer im Kloster war es soweit. Sobald er um den See flanierte, zogen die Fischerknaben ihre Strohhüte, und die Waschweiber streckten ihre perlgrauen Hauben in die Höhe. Sie tratschten nicht mehr, wenn er vorüberhinkte, jetzt hielten sie die Hände vor den Mund und starrten ihn lautlos an. Die Netzflicker gafften so unverhohlen, daß sie die Nadeln in ihre abgeschabten Daumen stießen, weil sie ihre Netze aus den Augen verloren. Nachdem er im Badehaus bei Albinus von Spoleto mehrmals ausgewrungen worden war, dünkte selbst Robertus in einer stillen Stunde, der Zwerg sei eine hübsche, zierliche, fast vollkommene Erscheinung. Und – das mußte selbst Melanchton zugeben, sein ärgster Feind – seine miasmatischen Ausdünstungen hatten an Feinheit gewonnen.

12

Machandel wäre jedoch nicht Machandel, hätte sein Ingenium allein dem Herd gedient. Die Zunge untersuchte Eichenholz auf Wurmbefall. Sie kostete Unschlitt. Tannenmark. Kupfererz. Ziegelstaub. Er biß auf Mainsandstein, Tiroler Marmor, Granit – am liebsten strich seine Zunge über frisch geschorene Rohwolle, weil sie ihm das Bild sanft gewellter Weiden schenkte, über die er an der Seite des Vaters getrottet war, in Schafsfelle gehüllt, um den Winden zu trotzen.

Fensterglas testete er auf Bruchsicherheit und die Fassungen auf ihren Gehalt an Blei. Noch im Tresorraum galt Ignaz für unabkömmlich, wenn er preußische Reichsthaler schmeckte und gute Groschen kostete, Maria-Theresien-Thaler; echte Sechser und falsche Schillinge. Um keinen Zwist in den Geldsäcken zu entfachen, wurden auch Silbergroschen benagt und Dukaten.

Er witterte, ob Waisenkinder gesund waren und folglich seelisch belastbar. Was nutzte dem Abt ein Waisenkind – er zahlte stattliche zwei Thaler für einen stämmigen Jungen mit gesunden Zähnen – was nutzte ein Bengel, der nach kurzer Zeit dahinsiechte? Auch Alonsius ließ den Zwerg schnuppern und schmecken, an Eisenerz und Stahlbändern, die er zu Faßringen oder Eggen verwandelte. Der Bader entwickelte mit Hilfe seiner Zunge feinste Badeessenzen (eine Vitalitätsessenz aus Kaskarillenrinde verschacherte er gegen zwei Thaler die Flasche bis nach Krakau), und Hendrik von Uppsala ließ ihn die Schwimmgerste abschöpfen, eine kraftzehrende Prozedur war das, doch allein der Winzling ahnte, wann die Gerste in idealer Weise aufgequollen war. Wußte es, obgleich er nie in einem Brauhaus gelernt hatte! In der Mühle prüfte Ignaz das Korn, nicht irgendwelches Korn, sondern das reinste Weizenkorn, das allein dem Oblatenbäcker vorbehalten blieb.

Aufsehen erregten Machandels Auftritte in öffentlichen Gerichtsverhandlungen. Den Blick gestrafft, die beiden Lippen gespannt, den Löffel fest im Griff, so kauerte er zur Rechten des Amtsrichters. Am unteren Tischende wieder saß der Gerichtsschreiber, vor dem Schreiber stand das Volk, und vor der Tür standen die Sergeanten des Gerichtsamtes in silbernen Röcken.

Man kam von weit her gewandert, nur um den Zwerg zu sehen und seine Gabe zu begaffen. Wenn die ersten Zuschauer murrten, man habe sie betrogen, nachdem Machandel so tat, als sähe er nichts, wenn also die Stimmung bedrohlich wurde, dann erst sprang er auf, um allein durch seine Gestalt Mitleid zu erregen und Schrecken einzuflößen.

Sobald der Amtsrichter den Schnupftabak in seine Nasenlöcher zog und mit beiden Handrücken über die

Nasenlöcher fuhr, erst linker Hand, dann rechter Hand, glitt Machandel vom Schemel. Kostete hier Sandalen, dort Leinenkittel. Als man hoffte, er werde das hübscheste Mädchen oder den ältesten Greis erforschen, trat er rücklings an jenen Köhler heran, der mit aufrechter Stimme vorgab, nur Bruchholz verkohlt zu haben – noch während der Lügner log, stellte sich Machandel auf die Hinterbeine.

Dann schnaubte er, reckte die Zunge in die Höhe. Hieb seinen Löffel auf die Holzpantinen des Angeklagten, streckte den Kopf vor, hob das Kinn, so weit es ging, verkündete die Wahrheit. Er wurde gerufen, um an den Rökken von Pachtdieben und Mehlbleichern zu schmecken. An den Jacken von Wilderern und Holzstreckern. Nie ging es gerechter zu in einem Gerichtsdistrikt des Sächsischen Churfürstentums.

Er hatte Macht gekostet.

Bisweilen meinte er, auf einer Wolke aus Macht zu schweben. Wenn allein sein Aussehen reichte, Macht über andere zu fühlen, wieso nicht fliehen? Über Land ziehen und auf den Marktplätzen das Kribbeln genießen, sobald man auf ihn niederschaute? Er müßte sich nur jetzt sofort erheben, an Gabriel vorbeikriechen, alles wäre so einfach, so rein, so klar …

Wie aber wenn es gelänge, statt Verwunderung und Abscheu zu wecken durch seinen Anblick, den Menschen Liebe einzuflößen durch seine Gabe? Wie würde es sich anfühlen, geliebt zu werden? Lag am Ende seine Bestimmung nicht im Schrecken, den er einflößte durch seine Gestalt, sondern in Liebe, entfesselt durch seine Gabe?

13

Unterdessen kam der Frühling; ein schöner und wie ein guter Freund willkommener Frühling – der dritte seit er im Kloster lebte. Die Märzwinde waren ungewöhnlich sanft und warm, nur über dem Kamin hing schwerer Rauch. Mal war er gelb wie Schwefel, mal grau wie Schiefer, mal schwarz wie Kohle. Mal gläsern, mal trüb wie Tran.

Ging es traurig zu im Gemüt des Kochs, dann trieben bizarre Gebilde über die Oderwiesen, wuchtige Türme, hoch wie Pyramiden. Kantig und uneinnehmbar. Von Ferne ahnte mancher Bruder, wie es im Inneren der Küche stand, ob Tupfen aus dem Kaminschlot flossen, blütenförmige Kelche oder ein nach Faulgasen riechender saurer Qualm.

»Schaut, schaut«, sagte Bruder Johannes.

An der Seite des Kochs hatte Ignaz das Ostermenü bestanden. Sein drittes Jahr in der Küche ging dem Ende entgegen, und es gab kaum noch etwas, das Johannes dieses Wesen lehren konnte. Ein Gefühl sagte ihm, daß da etwas reifte, das ihn zu überragen drohte.

»Mir scheint, du hast einiges gelernt.«

Ignaz füllte einen Zander mit Dill und Petersilie und Salbei und etwas Rauke, sein Löffel strich Flocken und Späne mit Knoblauch gemästeter Butter ins Innere des Fisches.

»Ihr habt einst vom größten der Köche erzählt, in Paris – woher wißt Ihr von ihm?«

Johannes saß auf einem Schemel, seine Hände zwischen den Knien gefaltet holte er tief Luft, schloß die Augen und schmiegte seinen Rücken an die warmen Steine des Ofens.

»Ich war gerade zum Chorbruder geweiht worden, da durfte ich den Abt ins Generalkapitel nach Cîteaux begleiten – Robertus fühlte sich von Feinden umstellt, er aß nichts, von dem ich nicht zuvor gekostet hatte. Als ich Pater Etienne über die Schulter schaute, wie er Risotto ansetzte...«

»Steinpilzrisotto, das war nicht Eure Kreation?« Ignaz stand vor ihm, er hielt ein Holzscheit in der Hand.

»Ich bin nicht sehr einfallsreich – dafür habe ich ja einen Gesellen an meiner Seite.« Er zwinkerte Machandel zu. »Was immer ich aufschnappen konnte, habe ich gesammelt – und ich habe stets versucht, den Menschen auf den Mund und den Köchen auf die Hände zu schauen.«

Sein Daumen strich vorsichtig über die Klinge seines Messers, er hatte es aus Frankreich heimgebracht, Pater Etienne hatte es für ihn schmieden lassen.

»Was ist anders in Frankreich?« Ignaz stieß das Scheit in den Ofen, wedelte mit dem Löffel, richtete seinen Rükken auf, lauschte.

»Alles! Die Luft! Das Holz! Das Mehl! Das Öl! Selbst die Öfen sind anders, die Feuer, die Messer, alles ist feiner. Manchmal, wenn ich ein Scheit Holz in den Ofen schiebe, kommt es mir so vor, als wäre selbst das Holz dort zarter. Weicher. Sosehr ich mich bemüht habe, diese Feinheiten hier einzuführen – was haben wir nicht aus Frankreich bis an die Oder gekarrt! – es gelingt nicht. Wer kochen will, muß nach Frankreich. Dieser Geist, dieses Klima, diese Inspiration – es gelingt nicht.«

Das Feuer sang, und Johannes schmiegte seine Hände

an die behagliche Wärme des Kamins. »Als ich in diese Küche kam, wurde alles in Zimt und Kardamom und Muskat ertränkt.« Er schlug das Kreuz vor der Brust. »Ich habe es genauso getan, Gott vergib mir, bis mich Pater Etienne in Cîteaux lehrte, alles wegzulassen. Die Kunst besteht im Weglassen«, er stieß seine Holzschuhe von den Füßen und glitt mit den Fersen über den kalten Sandstein. »Ich habe lange nicht den Mut aufgebracht, ihm zu folgen. Dann, es muß ein Erntedankfest gewesen sein, überraschte ich die Brüder mit einem Nichts aus Brühe, Krustenbrot, gebackenen Zwiebeln.«

Er seufzte kurz auf. »Sie hätten mir sicher das Genick gebrochen, wenn nicht Robertus gekostet und gelächelt hätte. Von diesem Tage an durfte mit Meersalz und Rosmarin und Thymian gewürzt werden, und je mehr ich wegließ, desto sicherer wurde ich ...«

Machandel lauschte gebannt.

»Im Jahr 1763 nahm mich Robertus das zweite Mal mit nach Cîteaux. Von dort durfte ich in die Champagne reisen – an einem sengend heißen Augusttag des Jahres 1763 trank ich das erste Glas Champagner meines Lebens. Es war wie der Anblick einer wirbelnden Quelle, in der das Sonnenlicht funkelt, und als ich die Augen schloß, da hatte ich das Gefühl, man würde mir mit einem Seidentuch die Stirn tupfen ...«

Champagner!

»Seitdem bin ich nicht mehr dort gewesen, aber man sagt, daß in Frankreich ein Mann kocht, den sie den Michelangelo des Aromas nennen. Unseren ...«, er kicherte in die geballte Faust, »unseren Galilei. Baffour, das ist die Sonne inmitten riesiger Eiswüsten; Baffour ist die Vorsehung am Tag des Jüngsten Gerichts. Es gibt keinen größeren, merkt Euch das! Baffour ist der größte Koch, der je gelebt hat!«

»Wie kommt er zu Baffour?«

»Er?«

»Ich?«

»Vergeßt es! Man kann sich ihm nur nähern, wenn er einen ruft. Und wen ruft er wohl? Ruft er einen Bengel, der mit der Zunge über Roßhaar streicht und an Ahornbalken lutscht? Der Mägden an den Kitteln schnüffelt? Paß auf, Ignaz! Glaube nicht, der Abt wüßte nicht, was du anstellst!«

Er stand auf und stieß das Messer in den Holzblock.

»Übrigens, ehe ich es vergesse, der Abt bittet dich ins Gartenhaus. Wie ich ihn kenne, wird er eine Flasche springen lassen – vielleicht seinen Roten Roederer...«

Als Machandel, in ein frisches Skapulier gehüllt, den Löffel vor Aufregung fest umklammernd, vor dem Abt stand, überkam ihn eine seltsame Angst vor dem Mann, der ihm all dies ermöglicht hatte; der ihn aber sogleich ins tiefste Elend stürzen konnte, aus einer Laune heraus. Aus dem Nichts.

»Trink...« Robertus beobachtete einen Pfau, der um das Wasserbassin stakste. Manchmal kroch in Anwesenheit des Sonderlings eine Beklommenheit in seine Brust, die er mit besonderer Herzlichkeit oder Unverfrorenheit überspielte.

»Ich habe dich nicht rufen lassen, um meinen besten Champagner zu dezimieren. Eine Auster? Leider Ostender, die Flensburger sind aus.«

Ein Diener brachte ein Tablett. »Greift zu. Nun, obwohl mir dein Kräutersüppchen gefallen hat und erst dein

Kirschstreusel mit Holunderblüten-Sabayon – muß ich dich aus dem Kloster geben. Nein, keine Angst. Du wirst nicht verkauft und nicht nach Leipzig verschleppt. Du wirst einen Gasthof in Schwung bringen, an der Via Regia.«

Er glitt mit dem Zeigefinger über seinen Ring. »Wenn es sich lohnt, werden wir den Hof kaufen, doch vorher muß ich wissen, wer dort einkehrt. Ich muß wissen, was nach Breslau fließt, was nach Leipzig. Morgen reist du ab. Gott möge mit dir sein.«

14

Die meiste Zeit ließ Machandel seine Stute hinter der Kutsche eines Kannenhändlers traben, ein alter Mann mit großporiger Nase, der unentwegt soff und sang. Er hatte es nicht eilig, und wenn er meinte, genügend Breslauer oder schlesische Meilen geritten zu sein, schlug er sich in die Felder, setzte ein Feuer, kochte Haferbrei, streckte sich auf eine Decke und schlief.

Am Abend des zweiten Tages hatte er die Kutsche des Händlers und überhaupt jede Orientierung verloren. Die Sonne stand tief am Himmel, kalt und milchig, und die Bäume warfen lange, blauschwarze Schattenfransen – als plötzlich ein Mann aus dem Gebüsch trat.

Ein fetter Kerl mit rotem Gesicht und einem verfilzten Bart. Er hielt eine Schrotflinte in der Hand. »Wohin des Weges, Zwerg?«

»Zur Via Regia.«

»Wenn mich nicht alles täuscht, haben wir einen

Mönch vor uns! Willst du mir vielleicht die Beichte abnehmen – das wird ein Plausch, das kann ich dir versprechen.«

»Laßt mich in Ruhe, ich habe nichts.«

»Soso. Wenn du nichts hast, dann macht es dir ja sicher nichts aus, mir deine leeren Taschen einmal zu zeigen, da, in deinen Packtaschen, ist das nur Stroh? Und wer weiß, vielleicht werden wir noch Freunde und reisen gemeinsam ein kleines Stück.«

Es hat keinen Sinn, dachte Machandel. Er stieg ab und tastete nach seinem Messer.

Der Kerl legte das Gewehr an, seine Wangen polierten den Schaft, und über den Lauf hinweg sah er, wie Machandel mit einem Satz auf ihn zusprang – schnell, fast schon gespenstisch – und sein Messer zückte. Ein Messer, wollte er gerade eben ausrufen, als ihm die Luft wegblieb. Aus dem eben noch furchterregenden Mann war ein ängstliches, waidwundes Tier geworden. Er schrie vor Schmerz auf, ließ sein Gewehr fallen und starrte auf das Messer hinab, das in ihm steckte. In Höhe seines Bauchnabels. Als Ignaz das Messer in einem weiten Bogen durch den Bauch und wieder heraus zog, da spürte er, wie er die Eingeweide durchschnitt. Er hatte es oft gesehen im Schlachthaus, oft hatte er geholfen, ein Schwein zu zerlegen, aber das hier war ein Mensch, der, so fuhr es ihm durch den Sinn, nicht weit entfernt war von einem Schwein.

Blut spritzte auf seine Hand. Der Mann schrie wie am Spieß und stürzte zu Boden. Flach auf dem Rücken lag er, aus der Stichwunde quollen seine Gedärme. Seine Augen waren weit aufgerissen, und sein Gesicht vor Angst und Pein verzerrt. Nach drei halben Atemzügen war er tot. Andächtig stand Ignaz wohl eine Viertelstunde vor diesem

Leib. Dann bückte er sich, griff nach dem Messer, schnitt ihm das Herz heraus, die Leber, Teile der Milz – fettes, gelbes Gewebe, das nicht eben vertrauenerweckend roch. Er wickelte die Teile in ein Tuch und verstaute das Tuch in seiner Packtasche. Dann häufelte er Laub über den noch warmen Körper und setzte seine Reise fort.

Der Reisehof war ein windiges, zugiges Gemäuer. Es bestand aus einem Haupthaus und einem Stall, daneben lagen eine Scheune und eine Hütte mit eingebrochenem Dach. Er hörte das trostlose Gurren der Tauben. Mehr als frisches Wasser hatte dieser Flecken nicht zu bieten.

Kein Pferd war zu sehen, kein Wagen. Ihm wäre es nie im Leben eingefallen, hier zu halten. Er ging hinein und stieg die knarrende Treppe hinauf. Oben sah er zwei Türen. Die kleinere der beiden Türen würde zur Schlafkammer, die größere in die Wohnstube führen. Er öffnete die größere.

Das Zimmer war nicht leer. Von Hause aus alles andere als eine schreckhafte Natur, konnte Machandel nicht anders. Er stieß einen scharfen, spitzen Schrei aus. Vor ihm, mitten im Raum stand, ihm zugewandt, eine junge Frau von außergewöhnlicher Schönheit. Einen Augenblick glaubte er an eine Vision, sein Herz schlug ihm bis zum Hals. Üppige dunkle Locken umwallten ein bezauberndes Gesicht, und aus großen, blauen Augen sah die Frau ihn an. Sie ist genauso überrascht wie ich, dachte Ignaz und löste sich aus seiner Starre.

Eben wollte er einen Schritt auf sie zugehen, da spürte er eine kalte Klinge an seinem Hals. Eine männliche Stimme sagte: »Und wer zum Teufel seid Ihr?«

Das Mädchen kam auf ihn zu. Nie hatte er ein so zauberhaftes Mädchen gesehen.

»Ignaz von Neuzelle.«

Der Mann ließ die Klinge sinken. Er reichte ihm die Hand, warf ihm einen prüfenden Blick zu und erwiderte: »Wir hielten dich für einen dieser Gesellen, die seit Mutters Tod ihre Nasen in unser Haus stecken.«

Hier also sollte er die nächsten Monate zubringen. Er ließ sich in einen Winkel führen, kauerte sich in eine Decke und brummte und summte die ganze Nacht lang. Nur wenn der Löffel über seine Lippen strich, dämmerte er für einen kurzen Moment in einen klebrigen Schlummer. Am nächsten Morgen inspizierte er die Küche, und in der Küche inspizierte er den Kamin. Er würde riesige Mengen Holz brauchen. Also schickte er den Bruder in den Wald, sich mit der Axt auszutoben.

Dann machte er sich an die Arbeit. Er ließ jedes Messer, jede Pfanne, jedes Faß schrubben. Setzte Essig an, kämmte den Keller nach Vorräten durch, bestellte Bier, Salz, Kartoffeln, Wein. Hatte er den Tag über Licht ins Dunkel gebracht, widmete er seine Nächte dem Menschenfleisch, dem Herz und der Leber des Kerls, der ihn berauben wollte. Er folgte einer Eingebung. Wässerte das Fleisch, tupfte es trocken, ließ es ruhen. Der schwere Geruch feuchter Wolle sackte in seine Nase. Der Geruch klebte von innen an seiner Schädeldecke – er tunkte ein Tuch in Essig und band den Pfropfen vor Nase und Mund. Dann ging er zu Werk.

Er ölte das Fleisch, ließ es in einer einfachen Marinade aus Senf und Chili und Süßholz ruhen. Sobald sein Löffel darüber fuhr, konnte seine Hand ein Zittern nicht unterdrücken.

Leber und Milz verwandelte er in eine Pastete – seine Hände gaben ihr die Form eines Schweins – und aus den

Überresten destillierte er einen Fond, den er mit Rüben, Champignons, Morcheln und Petersilienwurzel trüffelte. Wann immer er den Löffel in den Topf stippte, wehte ihn Langeweile an – das Holz wirkte bleich, kraftlos, müde. Fast mürrisch kam ihm sein Löffel vor. Das Ergebnis war überaus unbefriedigend: Da lauerte irgendwo das schmierige Aroma ungewaschener Füße; das Talgige verfilzter Haare – er kostete die Ausdünstungen der Löcher, in denen der Kerl geruht haben mußte, ferner kostete er das Muffige abgeschabter Tierfelle, die er im Winter um seinen Wanst geschnürt hatte ... vielleicht Urin ... oder Schlimmeres ...

Ihm kam es so vor, ebbte nur ein Löffel der Brühe seinen Gaumen hinab, als stünde diese ganze grobe Gestalt vor ihm. Er roch den Alkohol aus dem Mund des Bärtigen, den Zwiebelgeruch seiner Achselhöhlen; und über allem wehte eine Prise Niedertracht. Was, wenn auch sein eigenes Fleisch so schmeckte? Er hatte nie einen Gedanken daran verschwendet, wie er wohl schmeckte. Hatte er, der Geschmacksnovize Ignaz Machandel, denn das Recht auf ein spezifisches Aroma? Und wenn ja, war es eine angeborene Note, wie die Farbe der Haare oder die Form der Zehen? Oder konnte man es modifizieren im Laufe des Lebens? Oder hatte er kein Anrecht auf einen individuellen Geschmack und bildete also eine Subspezies oder die Essenz jener Langeweile, die er da auf dem Löffel wog?

Glücklicherweise gab ihn die Küche nur selten für die Beschäftigung mit solch grundlegenden Fragen frei. Schon nach zwei Wochen hatte es sich herumgesprochen, daß nahe der Via Regia ein sagenhaft schönes Mädchen auftrug. Wer immer ihre deftigen Suppen, ihren Fisch, ihren saftigen Braten aß, starrte nur auf Gabriela. Es war vertrackt, dachte der Winzling, man hätte ihnen faules Brot andrehen können – und sie hätten es für ein Festmahl gehalten.

Tatsächlich aber lauerten bald Seidenwirker und Salzhändler, Prälaten, reisende Notare, Metzger, Goldschmiede und Bernsteinschleifer um seine Töpfe. Es kam so weit, daß sie ihre Fahrten nach Machandel einrichteten – keiner wollte Kartoffelkuchen und sein Kalbsfilet in Zitrone und Wein versäumen. Geräuchertes Schweinefleisch mit Brot, Sauerkraut. Er schuf Ragouts mit Quark-Nudeln – und hatte ein Metzger ein paar Ochsenzungen dabei, dann kochte er sie, zog ihnen die Haut ab, briet sie mit Speck und Knoblauch, begoß sie mit Thymian und ausgelassener Butter, bis die Kruste süß und knusprig und das Fleisch innen so zart und weich war, daß man es kaum kauen mußte.

Im Spätherbst stellte er zwei Gehilfen an – überaus genügsame und zähe Naturen. Kämpfer, gleich ihm, die dem Qualm Stirn und Zähne zeigten. Sie kamen kaum mit der Arbeit nach. Wann immer er Zeit fand, spähte er in den Gastraum. Spähte immer nur nach Gabriela. Ihre blaßblauen Augen glitzerten wie Diamanten, und ihre Augenbögen waren die Fassung, die diese Diamanten leuchten ließen. Gelegentlich baute sie sich vor ihm auf und lächelte nur für ihn, so sehr bezauberte sie dieser Koch. Sie hielt ihn für ein Kind, das spielte – wo er sich danach sehnte, als Mann vor ihr zu stehen.

Immer häufiger trieb es ihn nachts heimlich in ihre Schlafkammer. Schlimmer als Feuer und Hitze zehrte ihre Schönheit an seinem Gemüt. Tag und Nacht suchten ihn die wildesten Visionen heim: Gabriela, die nackt in einem

Kornfeld lag; Gabriela, die wie ein schmutziges Lamm in einem Bottich gewaschen wurde; Gabriela nach einem Regenschauer in engen, feuchten Kleidern – er schälte ihre Schultern und Lenden aus nie endenden Tuchbahnen. Es wurde so schlimm, daß er sie unbedingt sehen mußte, und wenn ihm ihr Gesicht dann des Nachts für einen Augenblick im Schein seiner Kerze erschienen war, eilte er über den Flur zurück in seine Kammer, streckte sich auf seinen Sack und fiel in einen pulsierenden Schlaf.

Eine Woche vor Allerheiligen schuf er mit Minze versetzte heiße Schokolade, Rosmarin-Focaccia und eine Lauchsuppe, in die er etwas Saibling wob, eine mit einem Spritzer Limette arrondierte Artischockencreme, Crêpes Suzette. Es war kein großer Wurf, doch als er vor Gabriela stand – er mußte sich in die Höhe strecken, um das Tablett auf ihren Tisch zu heben – beugte sie sich zu ihm nieder. Ihre Hände glitten unter seinen Kittel und packten ihn. Sein Fleisch erwachte zum Leben. Sein Kopf verschwand in einem Strom von Locken, nie hatte er heißere Lippen gekostet. Er wußte nicht, wo seine Zunge zuerst kosten sollte: An diesem feuchten Etwas, das aus ihrem Mund schoß? Ihren Ellbogen, die nach Sahne schmeckten? Den Brüsten, die an Karamel erinnerten?

Ihre Zunge streichelte seinen Hals, es war das lockende Summen der ersten Hummel nach der zermürbenden Kälte eines langen Winters. Ihr Geschmack umgab ihn in ungeahnter Süße und Zärtlichkeit – ein wundervoller Wurf, ein rauschendes Erzeugnis.

Es verging kein Abend, an dem er sie nicht mit Langusten in süßem Wein, mit karamelisierten Birnenspalten oder Papaya-Sorbet verführte. Kein Morgen, an dem sie nicht das Streicheln seines Löffels weckte, so sanft war der Stiel wie ein Stecken aus altem Olivenholz.

Kurz vor Ostern 1784 brach sich Bruder Johannes bei dem Versuch, ein Faß Essig in den Keller zu rollen, den Arm. Robertus rief den Sonderling ins Kloster zurück. Nicht, um ihn zu züchtigen für sein Laster. Er wurde, provisorisch, zum Souschef ernannt. Und Menardus, ebenfalls provisorisch, zum Hauptkoch, seinem neuen Maître.

15

»Du lebst nun seit fünf Jahren im Kloster. Es sieht danach aus, als würdest du das Lyzeum mit beachtlichen Noten verlassen.«

Robertus wußte einem jungen Mann zu schmeicheln.

»Glaub mir, vor dir steht eine famose, eine glänzende Laufbahn. Die Probezeit würde ich dir erlassen – es kostet mich große Mühe, das Kapitel davon zu überzeugen, aber das laß meine Sorge sein.«

Seine Finger pflückten eine fast schwarze Weinbeere – geräuschvoll zutschelte der Greis die Kerne aus dem Fruchtfleisch. Spuckte. Zog die Augenbrauen zusammen.

»Du könntest das Noviziat angehen, danach müßtest du zwei Jahre warten, bedauerlicherweise können wir dich vor dem achtzehnten Lebensjahr nicht weihen.«

Mit einer Hand nestelte er an seinem Rosenkranz. Er legte ein betrübtes Gesicht auf, hohle Wangen, spitzes Kinn. »Das verlangt die Regel, mir sind die Hände gebunden.«

Machandels nickte. Er glaubte Robertus kein Wort.

»Das Kloster schätzt deine Dienste, sehr sogar! Weil du formal als Laie giltst und in den Stunden, da der Koch betet, die Küche leitest«, er schniefte gedehnt, »schlage ich ein Salär von einem halben Thaler vor.«

Er tat, als durchfahre ihn ein Anfall von Großmut. »Und jedes Jahr neue Kleidung und neue Schuhe – na, was sagst du dazu?«

»Es zieht mich nach Paris, es heißt, Baffour, der größte aller Köche, sucht Gesellen – und ich muß meine Kunst vervollkommnen.«

»Ach, Kunst! Geschwätz! Bleib hier!« Müde lächelnd reichte der Abt ihm eine halbe Ananas. »Hier kannst du alt und reich und mächtig werden.«

Seit der Winzling in der Küche wirkte, waren die auswärtigen Bestellungen um vierzig Prozent gestiegen, wenn das so weiterging, würde er eine neue Küche bauen, in der nur dieser fünfzehn Jahre alte Knabe tat, was er konnte. Er und sein lächerlicher Löffel.

»... jedes Jahr bekommst du ein Messer und eine neue Pfanne. Über das Salär läßt sich reden.« Robertus nickte ihm zu. »Am Ende der vier Jahre bekommst du eine Empfehlung. Man wird dich im besten Haus der Stadt Paris aufnehmen.«

»Ich will keinen Lohn.«

»Du willst keinen Lohn?« Erst brach der Abt in ein fröhliches Gelächter aus – diese Gestalt war zu amüsant – als ihm dämmerte, daß der da es ernst meinte, sah er ihn entgeistert an.

»Keinen Lohn. Ich will den fünften von jedem Groschen, den die Küche eintreibt; und den zehnten Teil von jedem Essen, das Ihr auswärts losschlagt.«

»Das sind ungeheuerliche Forderungen. Das kann ich unmöglich alleine entscheiden.«

Er hustete herzzerbrechend, legte sein Gesicht in Abtsfalten und wandte sich brüsk ab; er wirkte entsetzt.

»Wie Ihr meint, ehrwürdiger Vater. Ich habe Zeit.«

»Gut. Den zehnten von jedem Pilgergroschen und den zwanzigsten von jedem auswärtigen Essen – und jetzt richte deinen obszönen Feigensalat!«

Robertus biß die Zähne zusammen. »Und wenn dir das nicht paßt, dann scher dich in Gottes Namen aus dem Kloster.«

Sie wurden einig.

Sogleich überschlug der Abt seinen Plan. Dieser Knabe verfügte über Talente, und aus diesen Talenten würden Dinge sprießen, die ihn nichts kosten würden. All das Mehl, all den Honig, das Öl, das Lamm, die Kräuter – es gab nichts, das sie nicht selbst herstellten. Fast nichts. Und dieser Zwerg besaß das Händchen, aus dicsen Rohstoffen perfekte Produkte zu schaffen. Er würde feinsten Honig vertreiben. Erlesene Senfsorten. Konfitüren. Confit von der Hausente. Hasenpasteten. Artischockensalat, den sie morgens in Kähne lüden, und abends würde er in Potsdam den Spekulanten den Verstand rauben. All das überschlug der Abt, ließ sich auf seine Liege betten und träumte von jenem Meisterstück, mit dem er sein Lebenswerk krönen würde.

Von diesem Tage an durfte Machandel sein Haar tragen, wie er es wünschte – er wünschte Locken. Der Sakristan fertigte ein Futteral für seinen Kostlöffel; der Schmied ein Langmesser aus mehrfach gehärtetem Stahl – und man ließ den neuen Koch in Ruhe. Das freilich war ein himmlisches Geschenk für ein Wesen, das der Ruhe bedurfte, um sein Inneres zu sortieren. Um sein Geschmacksgedächtnis zu klassifizieren, um das Labyrinth seiner Eindrücke in nie endenden Schrittfolgen abzuschmecken.

Fast nichts anderes tat er, nichts als grübeln. »Fast« sagen wir, denn dieses Grübeln war ja längst mehr als eine unschuldige Gedankenoption. Es war eine Tat. Sein Löffel schlug auf sein linkes Knie. Ignaz grübelte. Nichts anderes tat er – und wann immer ihn die Erinnerung an Gabriela überfiel, eine niederträchtige Form der Sehnsucht, die in seinem Hirn einen brennenden Schmerz stiftete, dann malte er sich aus, wie er dereinst nicht nur sie, sondern alle anderen Wesen in seinem Umkreis verführen würde. Bis in die hinterste Pore hatte er ihr Aroma in sich aufgesogen, es war an der Zeit, diese Ernte hinauszuschleudern.

16

Das vorläufige Meisterwerk des Machandelschen Gaumens rauschte am Erntedankfest des Jahres 1785 durch den Schlot. Es war ein ungewöhnlich windiger Tag; der Wind riß an Dachziegeln und durchkämmte das Wasser des Sees; der Wind riß die ersten Blätter von den Ebereschen und Ulmen. Die zum Kloster strömenden Männer und Weiber hielten sich eng beisammen, allein war gegen diesen Wind kein Ankommen – sie dachten sich wohl, das sei ein sonderbares Wetter, und sie hatten recht damit, nur ahnten sie nicht, daß der Wind aus dem Schornstein brauste: aus dem Schlot der Klosterküche, vor dessen Glutrohr ein Zwerg fuhrwerkte: Ignaz Machandel.

Sein Feuer brannte für tausend andere Feuer. Es brannte, als speise es sich aus Klaftern von Holz – was den Tatsachen entsprach, denn das Feuer mußte ja Hunderte Mäuler sättigen. Es war schließlich ein Fest, mit dem der ganze Landstrich die üppige Ernte feierte. Alle waren eingeladen. Von überall strömten Bauern, Flößer, Bettler, Handwerker, fahrendes Volk, Kinder und Mägde herbei. Hatten sie die Schlaube erreicht, strömten alle ins Innere der Stiftskirche. Selten waren solche Massen an Pater Gabriels Nase vorübergehinkt, vorübergekrochen, vorübergeschlichen, jeder in seinem Tempo. Es eilte ja nicht, dachten sie. Nur Johannes – er hatte seinen großen Zwerg allein in der Küche zurückgelassen, er mußte ja beten – ahnte, daß etwas Besonderes in der Luft lag.

Irrwitzige Mengen Feuerholz hatte Machandel herbeigeschafft, bis an den Dachfirst stapelten sich die Scheite. Er hatte heimlich solche Mengen Brot und Reis und Käse und Gemüse und Fisch beschafft, daß man meinen konnte, da danke ein Königreich für die Ernte.

Am Ende der mächtigen Kirchenhalle, direkt unterhalb des Chores, saßen die Mönche auf ihren Bänken, reglos saßen sie da, steingewordene Inkarnationen des Glaubens, und sie alle erhoben sich, als Robertus in die Stiftskirche trat, Platz nahm und sein Haupt so weit herabsenkte, daß seine Abtsmitra auf den Boden fiel. Er begrüßte die Ratsherren und dankte den Professoren und Doktoren, begrüßte die Bauern und Mönche, lobte die außerordentliche Ernte, dann erklang die mächtige Orgel, selten wurden die Hymnen mit solcher Inbrunst gesungen wie an diesem Tag.

Während in der Kapelle gesungen wurde, wankten die

Tischdiener, allein das Versprechen und somit die Ahnung dieses Essens hatte ihre Sinne betört, ihren Verstand benebelt, und was nun als Duft hinauswolkte, das war ja nur der kleinste Teil dessen, was an diesem Tag aufgetischt würde, es war nur die erste Strophe eines großen Hymnus, der all dem huldigte, was in den Kellern und auf den Feldern und in den Gewächshäusern gereift war.

Ja, es kam einem so vor, als sei all das in Jahren und Jahrhunderten zusammengerafft worden, um an diesem einen Tag als Lobpreis der Vergänglichkeit in die Herzen der Menschen zu schießen – denn das war die überwältigende Wirkung der Ignazschen Komposition: daß die Seelen, denen von klein auf die Lehre von der Flüchtigkeit allen Lebens eingepflanzt worden war, daß sie an diesem Tag endlich erfahren sollten, was das nun meinte: Vergänglichkeit.

Es kam den Tischdienern, Feuerknechten, Bratern, Suppenköchen und erst den Abwäschern so vor, als sei es eine besondere Auszeichnung, nicht in der Kapelle zu hocken. Wo ja nichts geschah als an anderen Tagen auch. Sie hingegen waren Zeuge eines Wunders – des in Dörrpflaume und Limette gereiften Poulet à la poire des Ignaz Machandel. Des Birnenhuhns, vollkommener als jeder Ton, den die Orgel aus ihren Pfeifen preßte.

Nie hatte ein Mensch den mächtigen und betagten Herd ähnlich tanzen lassen, es war, als dirigiere dieser Winzling ein schnaubendes Ungeheuer mit den Schwüngen seines Löffels. Das Feuer lohte aus Luken und Löchern, es fauchte und zischte, daß der Herd zu bersten drohte – und neben ihm, an mehreren anderen Feuerstellen, wirkten Gehilfen. Ein noch so begnadeter Geist konnte all das nicht mit seinen beiden Händen vollbringen. Wo sonst Chaos herrschte, wirkte nun einer für den anderen.

Bald wäre es vollbracht. Machandel hatte den Preis der Liebe in seine Schöpfung gewoben – nun mußte er seine allerletzte Kraft zusammenraufen, er sank auf die Knie und betete, um kurz vor dem Ziel nicht kraftlos in den Staub zu sinken. Raffte sich wieder in die Höhe – so gut es eben ging für einen Kurzwüchsigen – atmete tief durch, glitt mit dem Löffel über seine Stirn, und noch während das »Danket dem Herrn« angestimmt wurde, setzte er zu einem gewaltigen Fortissimo an.

Der Zwerg flehte, er flüsterte dem Feuer zu, lenkte es mit jeder Geste seines Körpers, befahl mit dem Löffel, stieß mit der gewaltigen Kraft seines gespannten Körpers ein ungeheuerliches Qualmgebrause auf, größer als die Herbstfeuer. Mit nahezu unmöglicher Geschwindigkeit fegte er an Tiegeln und Sieben entlang, riß Kasserollen vom ächzenden Feuer, auch Pfannen, und zog eine vielfach fondierte Essenz aus dem Sud des Huhnes.

Man mußte all das mit eigenen Augen gesehen haben, dieses wütende, dieses bestialisch feurige Tun – und wo die Feuerburschen kaum genügend Holz herbeischaffen konnten, da war der Schöpfer dieser gewaltigen Symphonie allein mit sich und seinem Werk. Stand doch einmal ein Feuerknecht für einen Augenblick neben dem Herd, rann der Schweiß von seinen Wangen, nicht wenig Angstschweiß mischte sich hinein.

Aus dem Herd drang ein säuselndes Locken. Ja, es kam sogar dem Abt so vor, als risse ihn dieses Säuseln aus dem Gebet, und mit einem Mal hielt es keinen Mönch, keinen Professor und keinen Doktor und keine Magd und keinen

Schmied und keinen Schäfer mehr auf seiner Bank in der Kirche. Mitten im Hymnus riß es sie in die Höhe, der Gesang erstarb, und es drängte sie hinaus und zu dieser Verheißung hin.

Nur Johannes ahnte, woher das Summen tönte. Nicht die Orgel, sein Herd war das Zentrum all der Töne, die in sämtliche Ecken der Stiftskirche sickerten. Alles, selbst die Bodenplatte vor dem Herd war von tränendicken Tropfen verklebt – das Huhn hatte sich am Aroma der Birne fettgesogen. Es war soweit.

Ohne zu zögern waren die Mönche und Professoren in den Speisesaal geeilt, doch weil es die Menschen in unvorstellbaren Mengen herbeigezogen hatte, ließ Robertus auch im Kreuzgang und im Brunnenhaus Stühle und Bänke aufstellen – jeder durfte in die heiligen Winkel vorstoßen, es gab kein Trennendes mehr, kein Innen. Kein Außen.

Machandel trug gebackene Rosen auf, Lilien.

Die Mönche stemmten die Ellbogen auf die Tische. Verheißungsvoll stieg der Duft in alle Winkel. Der Duft stieg in den Kreuzgang und bis in die Scheunen, er legte sich über den Teich – noch Bruder Gabriel soff im Pfortenhaus den Duft mit seiner merklich erregten Nase.

Hier und da erklang ein Lied, und wer in das Antlitz eines Weibes schaute, der meinte ein blühend schönes Mädchen zu sehen, das auf den Namen Amelia getauft sein mußte. Es konnte nicht anders sein.

Was war nun das? Nie zuvor hatte es das gegeben, weil es das nicht geben konnte, denn der Schöpfer dieses Wunders hatte nichts anderes getan, als sich zu erinnern, folglich ließ er eine Sehnsucht lebendig werden, die allein in seiner Brust existiert hatte. Nur dort allein.

Dieser Zwerg hatte nicht einfach gekocht, er hatte fürs erste Mal in seinem Leben gepredigt. Von Liebe hatte dieser Künstler gepredigt, von Nachsicht, vom Ewigen Leben – allein dieser Duft war so betörend, daß Robertus die Tischlesung vergaß. Mit einem Mal wütete in seinem greisen Bauch ein bestialischer Hunger. Er sehnte sich förmlich nach diesem Huhn. Am Ende seines tadellosen Lebens hätte er einen Mord verübt, um davon zu kosten. Jetzt gleich. Und weil es naturgemäß viel zu lange dauerte, bis Ignaz zu ihm vordringen würde, pflügte er sich durch diesen Menschenacker – und stand mit einem Mal vor diesem Koch, der ihn seligsprach mit seinem Löffel.

Keine Predigt hatte sein Herz je so gerührt. Es war, als bisse man dem Jesuskind in den süßen prallen Zeh. Es war diesseitig wie eine Todsünde. Herrlich wie das Jüngste Gericht. Es war der vollkommenste Lobpreis, der je aus dem Kloster in die Welt geklungen.

Während alle fraßen und den Herrn lobten, lauerte der Schöpfer dieses Konzerts am Türpfosten zur Küche. Sie spülten obszöne Mengen dieses Huhnes und dieser Brühe in ihre Mägen – was natürlich nur ihrer Wahrnehmung entsprach. Ihrem Bild von dem, was hier geschah. In Wirklichkeit tranken sie kaum mehr als eine Pfütze und aßen kaum mehr als eine Faser, während das Schwelgen zu einem wilden, orgiastischen Grölen wuchs.

Bald suhlten sie sich unter freiem Himmel, eng gedrängt hockten sie beisammen, Weiber und Mönche brannten darauf, die Schenkel aneinander zu reiben. Hier und da starrte ein geil aufragendes Glied aus einem Winkel, die Mägde rissen ihre Brusttücher auf und beträufelten Brüste und Brustwarzen mit der Ahnung dieses Aromas, von dem sie gekostet hatten. Es gab keine Grenze mehr, alles drängte zusammen, der Ratsherr zur Magd, der Abtpräses zum Waisenknaben. Es gab kein Halten mehr. Da rieb ein Doktor der Philosophie seine Schenkel an den Lenden einer achtzigjährigen Vettel. Ein frisch verheirateter Müller hatte kein Auge mehr für sein Weib, er ließ sich von einer reichen Witwe in einen Winkel zerren. Einbeinige kopulierten mit Dicken, gedankenschwere Naturen mit Lebegeistern, Greise sabberten an den Brüsten jungfräulicher Melkerinnen.

Fackeln warfen Glutflecken auf Decke und Wände, eine Böe peitschte durchs Refektorium. In den vor Schreck geweiteten Pupillen der Menge spiegelte sich das Feuer. Die Leuchter fluchten, das Wachs kochte, eine Kerze sackte um und drohte einen Teppich zu fressen ... Da hielt der Sturm inne, als hätte selbst den Wind das Aroma besänftigt. Es war, als hielte sogar der Wind den Atem an vor diesem Geschöpf und seiner Kreation. Der Mond, rot flammend, leuchtete in einem milchbleichen Lichtkreis. Dunkelheit senkte sich über das Kloster, und als einzig sichtbares Zeichen stieg aus dem Kamin des Küchenherdes ein Rest Rauch auf.

Er allein hatte es vollbracht! Er hatte die Küche des Klosters befreit; hatte das Feuer gelehrt, dem Geschmack zu dienen. Er hatte seine Botschaft hinausgetrieben in die Welt, um all den anderen den Fluch der Freiheit zu schenken.

Ignaz stürmte ins Dormitorium hinauf und packte den Reisesack. Schlag Mitternacht schlüpfte er durch die Seitentür jenes Pfortenhauses, das ihn vor sechs Jahren, drei Monaten und zwölf Tagen eingelassen hatte. Ein sanfter Mondstrahl sackte zwischen langsam aufziehenden Wolkenbändern hindurch. Er strich die Locken aus seinem Gesicht, und als er loseilte, streckte er beide Arme in die Höhe. In der linken Hand hielt er seinen Löffel aus Vogelbeerholz, und wann immer er ihn an Nase und Zunge vorbeistreichen ließ, wußte er, daß er mit seiner Hilfe Großes vollbracht hatte und Größeres vollbringen würde.

Als er von einer Hügelkuppe hinab ein letztes Mal aufs Kloster starrte, stieg ein Wirbel schwarzgrauen Rauches auf, ein Band Funken mit sich reißend. Er wies ihm den Weg Richtung Westen.

Zweites Buch

1

Noch als der Morgen dämmerte, schritt Machandel westwärts. Wenn er auch keine Idee hatte, wo es nach Westen ging, folgte er seinem Atem, der zarte Flaumwolken bildete, die im kühlen Nirgendwo schwebten, das ihn von allen Seiten umgab.

Kaum zwanzig Ellen weit konnte er sehen, folglich wußte niemand, wie viele Breslauer, schlesische, Leipziger Meilen oder rheinische Ruten er schon gehaspelt war. Eine Art Neugier trieb ihn vorwärts. Sein Brustkorb brannte, sobald er innehielt und um sich schaute mit jäh angehaltenem Atem.

In seinem Reisesack barg er einen Feuerstein, ein Paar Schnürschuhe, bundgewebte Strümpfe und knielange, linkische Lederbeinlinge. Einer Falte seines Wickelsacks widerfuhr die Ehre, seinen Löffel zu tragen. Arg geschrumpft schien das Vogelbeerholz, das Rühren hatte ihm zugesetzt. Das ewige Maßnehmen, Schaufeln. Das Stampfen, Quirlen, Unterheben. Das Moussieren, Durchwalken, Abschöpfen. Bisweilen, wenn seine Nase am Löffel schnüffelte, und erst recht, wenn seine Zunge daran leckte, lagen Tausende von Aromaschichten zugleich auf seiner Seele, alles, was er seit seinem ersten Lebensjahr geschmeckt hatte, war über diesen Löffel geglitten. Und das Holz vergaß nicht. Sosehr er den Löffel auch schrubbte, kein einziges Aroma verschwand. Alle waren da, alberne, pompöse, schwermütige Aromen, andere wieder fast gläsern in ihrer Unverfälschtheit, andere opak und nebelwolkenschwer. Sie alle klammerten und hefteten und drängelten sich ans Löffelholz, doch statt einander auszulöschen in ihrer Wirkung, hallten sie in ihrem Zusammenspiel um so tiefer und fast bedrohlich.

Leicht war der Wickelsack, leicht und luftig. Wenn etwas diesen Wanderer beschwerte, dann waren es die Ideen für Hunderte eigener Essenskreationen, die er mit sich schleppte. Um sich ihrer zu versichern, strich seine linke Hand über seinen Nasenrücken, über Adamsapfel und Brust. Seine Stirn leuchtete kurz auf, ein mondheller Schimmer blitzte über ihm, kaum mehr als das Versprechen eines Lächelns. Es war ein trauriges, wehmütiges Lächeln. Als jedoch sein Zeigefinger über die Zunge strich, war mit einem Mal alle Trauer fortgewischt und ihn ergriff eine Art von Rührung.

Wo sollte er den Schlüssel zu seinem Schatz verbergen, wenn nicht auf seinem Gaumen. Niemand ahnte von der Existenz seiner Kreationen. Er hatte sie in seinem Inneren vergraben, sie waren sein Geheimnis, sein Licht und sein Leitstern. Doch er würde Ordnung schaffen müssen – er ahnte es. Noch fehlte ihm die Kraft, seine Ideen in Formen zu pressen. Statt dessen ließ er sich von Aroma zu Aroma treiben wie ein Kind, jedem neuen Reiz bis zur Selbstauslöschung verfallen. Gelegentlich überkam ihn der Hochmut, wenn ein Nebelschleier auf seine Zunge sank, Staubpartikel, Sauerstoffteilchen. Dabei wanderte Ignaz mit jener bestimmten Leichtfüßigkeit, die man im Traum empfindet. Passierte, was immer ihm unter die Sohlen kam.

Wanderte über Diluvialschutt und Alluvialböden, stolperte durch silurische Grausteinwacke. Er bestieg die Rüdersdorfer Kalkberge, doch statt in die Ebene, wie er es gehofft hatte, blickte er in eine Nebelwand. Traumwandlerisch taumelte er über gewaltige Pfropfen aus Grünstein und Diabas und fühlte sich dabei wie der erste Mensch auf Erden.

Wie arm war die Welt gegen jenes Universum, das er errichtet hatte in seinem Innersten! Und da er nie einen Menschen getroffen hatte, dessen Gaumen es mit seinem aufnehmen konnte, glaubte er sich berechtigt, seine Kunst über die Kunst anderer zu erheben.

Kalt drang der Gedanke bis in seinen Buckel vor, und trotz der gewaltigen und trübsinnigen Natur um ihn war Machandel bester Laune. Als er die Tonlager zu Klinge und die Brackwitzer Ebene hinter sich gelassen hatte, lagen die Mönche noch immer im Refektorium. Alles ruhte in außerordentlicher Stille und Ermattung, doch mit der Tageshelle traten die Spuren seiner Tat ans Licht. Wandteppiche hingen wie Papierfetzen vom Mauerwerk herab, und die Gemälde – eines zeigte das Abendmahl, eine düstere Komposition – waren befleckt von Wein und Ruß. Die Mönche hatten zweipfündige Wachsfackeln aus ihren Halterungen gerissen und vor dem Kamin zu einem Scheiterhaufen geschichtet. Die Türen waren aus den Angeln gehoben, Bänke zerhauen, der Abtstisch streckte seine Beine in die Höhe. Menardus, der Souschef, lag unter einem Lüster, den es aus der Decke gerissen hatte. Blut rann seine Stirn hinab.

Hunderte Leiber schlummerten im Refektorium und im Kreuzgang wie ein Menschenleib, eng aneinandergeschmiedete Teile eines Ganzen. Man sah Beine und Köpfe, sah von Rotweinadern überzogene Wangen, die dazugehörigen Arme griffen wie Schlangenleiber ineinander. Keiner rührte auch nur einen Zeh. Man schlief.

Im Columbarium girrten leise die Tauben. Erstmals seit sechs Jahrhunderten hatten die Mönche keine Nachtwache gehalten. Keiner rief zu den Vigilien. Keine Hand entfachte den bronzenen Leuchter neben dem Abtsthron. Zur Matutin stimmte kein Chorbruder das Stundengebet an. Prim, Terz und Non verrauschten, ohne Spuren zu hinterlassen, wie der eisige Wind, der durch die Ebene fuhr, ebenso Vesper und Komplet.

Erst am nächsten Morgen, über vierundzwanzig Stunden nach dem Ende des Gelages, läutete Robertus den Tag ein. Mit heiserer Kehle saß er im Kapitelsaal, kraftlos leierte seine Stimme die Laudes.

»Fürchtet Euch nicht«, murmelte er undeutlich und kippte auf die Knie. Seine Hände rissen die letzten Büschel grauer Haare aus, und seine Nägel waren rot von Blut. Nichts war geblieben von seiner Kraft. Hilflos saß er da, ein alter Mann mit stinkendem Atem und den schmutzigen Füßen eines Traubentreters. Als ein Wind aufkam, kroch er ins Brunnenhaus, wusch Hände, Gesicht, Füße. Er kostete vom Wasser, und es kam ihm vor, als trinke er ein Gebräu aus Zorn und Wut. Mit gespanntem Blick schleppte er sich in die Kapelle, sein Brustkreuz war kalt wie sein Herz.

Schlaff wirkten die glatten Flächen seines Raubvogelgesichts. Er kniete, büßte, jammerte. Der Abt tat, als sei der Tag nicht gewesen. Dieser verfluchte Tag existierte nicht, weil er nicht existieren durfte. Er ließ die Spuren des Gelages beseitigen und verfügte, daß es im Kloster nie wieder erwähnt werden sollte. Gabriel, der Pförtner, raffte alle verwertbaren Reste zusammen, er hoffte, daß sich bis nach Frankfurt und Cottbus herumsprechen würde, was geschehen war, um sie zu phantastischen Preisen unter der Hand losschlagen zu können.

Johannes, der Lehrmeister jener furorischen Kraft, die über sie hinweggepfiffen war, sprach von diesem Tag an nur noch die nötigsten Worte. Und alles, was er in den verbleibenden sieben Jahren seines Lebens schuf, kam ihm blaß vor gegen jenes Wunder, das sein Gaumen gekostet hatte.

2

Nie hatte sich Machandel den Kopf darüber zerbrochen, wie er nach Paris gelangen sollte, um bei Louis-Sébastien Baffour vorzusprechen. Aus allen Weltgegenden strömten die Jünglinge herbei, um bei diesem Mann zu lernen. Aus England, Spanien, Portugal, der Schweiz, aus dem fernen Arabien pilgerten sie nach Paris, um beim Koch der Köche in die Lehre zu treten. Machandel besaß kein Geld und kein einnehmendes Wesen, er verfügte kaum über die physischen Voraussetzungen, die strapaziöse Lehrzeit zu überstehen. Es war ein Hirngespinst, nicht mehr und nicht weniger. Da er nicht wußte, welchen Weg er einschlagen sollte, ließ er sich von seinem Geschmack leiten.

Einer Eingebung folgend, er müsse sich für eine Zeit von den Menschen fernhalten, umging Machandel die Hütten der Schäfer und mied die Meiler der Köhler. Er watete durch Bäche, irrte durch Wiesen, streunte durch

Wälder. Er füllte seinen Magen mit Fundstücken. Wäre es nach ihm gegangen, hätte er auf Käfer, Moose oder Farne verzichtet, um allein von Schnee und Wasser, von Erde und Licht, von Feuer und Luft zu leben. Das ging so eine Weile, bis sein Magen rebellierte, also wurde der Magen mit Moos und Farn besänftigt.

Daneben aß er Luft. Freilich, es klingt bizarr, doch Ignaz Machandel lernte in jenen Wochen, Abendluft zu dünsten. Morgenluft schmeckte erdiger als Abendluft, die feuchte Luft schwerer als warme Luft, trockene Luft schmeckte klarer als die Luft der Bachauen, und am besten von allem schmeckte die Luft, die es wagte, sich aufs Naß frischen Quellwassers oben aufzuschmiegen. Die Luft des Waldes schmeckte massig und tönend, ungleich fülliger und schwerer als Feldluft – oft reichten wenige Meter und dem Luftigen haftete etwas Widersinniges an, etwas diffus Abweichendes, so daß er meinte, das da sei nun unmöglich Luft. Es war aber Luft, und er würde lernen müssen, sie zu mischen und zu dosieren, dann hätte er eines Tages etwas vor sich, was als perfekt Luftiges zu goutieren wäre. Er ließ die Luft schwitzen, um endlich, war der Siedepunkt erreicht, jener Punkt, da Luft, vom Ballast des Wassers befreit, sich zu erhabener, vollkommener Leichtigkeit transzendiert, seine Zunge auszurollen und zu kosten. Das endlich mußte etwas sein, das kein Mensch vor ihm genossen hatte – und weil es ihm so schön vorkam, so rein, so beglückend, tanzte er, tapsig wie ein Bärenkind.

In der Klarheit luftigen Nichts zogen all jene Aromen vorbei, die er genossen hatte, wie ein Reisender schwirrte er dahin, zurück in jene Zeit, als er Breinäpfen entgegenstreben mußte, gelockt von ungeahnten Aromen. Er fieberte der Erinnerung an die ersten klaren Suppen hinterher, er meinte auf einer Richtstätte zu liegen, Arme und Beine an Ketten geschmiedet, und vier Rösser zögen in sämtliche Richtungen des Himmels. Die Rösser (in Wirklichkeit waren es dürre Packpferde) drohten ihn zu vierteilen. Er glaubte zu schweben. Machandel glich einer Feder. Er verwandelte sich ins luftige Element, Basis alles Stofflichen. Doch sie, die Luft, ließ sich bedauerlicherweise nicht halten, folglich waren diese Momente reinen Glücks kurz, so flüchtig, wie uns ein Kuß erscheint oder das Echo einer längst verworfenen Idee. Die Luft entschwand, die Luft floh wie dieser Winzling, der zu vergessen begann, was hinter ihm lag.

Dann fing er an, Licht zu schmecken. Er haschte nach Licht mit blanken Händen, doch es ließ sich nicht fangen. Lockerte er nach Einbruch der Nacht die Fäuste, in denen er ein Äon Licht gefangen glaubte, dann verströmte es sogleich, ohne nur einen staubkorngroßen Funken Helligkeit zu spenden. Er klärte und passierte Licht, schnitt und walkte das Licht, er trieb das Licht durch den Unterrock – weil alles nicht half, ging er daran, das grob geschnittene Licht mit einem imaginären Lachsmesser abzuhülsen, es mit Fäden aus Flechtgras zu bridieren. Er rührte es mit dem Löffel, schlug ein Feuer, garte das Licht und schmeckte. Es war köstlich, er schmeckte Weite und Freiheit. Nur bisweilen erinnerte ein zierliches Nacharom an die nussige Süßlichkeit des Amarants.

An einem Morgen trat Ignaz mit seinem Löffel an den Kegel aus Licht, der sich über seinem Lager auftat. Er kostete. Es bedurfte, außer des Messers, eines Feuersteins, seiner Hände, außer Zunge und Nase, nichts weiter, um

Feuer, Wasser, Luft und Licht zu dämpfen. Er trug keine Töpfe oder Flachpfannen bei sich. Er brauchte sie ja nicht.

Nur den Feuerstein brauchte er, das Messer, den Löffel. Mehr nicht. Er genoß die neu entdeckte Leichtigkeit, es war wie in seinen Kindertagen, wo er nichts besaß als Napf und Löffel. Vor Glück sank er nieder und preßte die Stirn gegen seine Fäuste. Wer ihn beobachtet hätte, würde ihn für einen Verwirrten gehalten haben. Vermutlich stand er nahe am Irrsinn! Welcher Mensch würde bei klarem Verstand der Luft ihr Geheimnis zu entreißen versuchen?

Nachdem er das geschmackliche Wesen von Feuer, Wasser, Luft und Licht erkannt hatte, setzte er seine Reise fort. Meist bei stockfinsterer Nacht. Er konnte keine Passierscheine vorweisen, trug keine Referenzen in seinem Reisesack, keine Siegel. Wozu auch? Im Verlauf weniger Wochen hatte sich sein Äußeres derart deformiert, selbst mit vorzüglich gesiegelten Papieren hätte er kaum den Rhein überschreiten dürfen. Mit einem Lastknechtrücken humpelte er voran, mit der steifen Hüfte eines Greises.

So näherte er sich einem Bach. Mit der hohlen Hand schöpfte er Wasser. Es war flüchtig wie eine Laune, frisch wie Pfefferminze, durchscheinend wie Glas, berauschend war das Wasser, es kam ihm kräftiger vor als ein Krug Schwarzbier.

Beide Hände wusch er, beide Arme, schabte mit der Messerklinge einen filzigen Pelz aus seinem Gesicht – seine Stoppeln waren spitz wie Dornen. Er reinigte Albe, Strümpfe, Füße, Schenkel und setzte sich zum Trocknen auf einen Stein. Wie Josua saß er da, nachdem er die zwölf Steine im Jordan aufgerichtet hatte – daß dieser jämmerliche Witz von einem Bach nicht der Jordan war, das hätte selbst er gewußt – einen Stein für die Füße eines jeden Priesters. Es wehte ein weicher Wind, und als Machandel scheu und verwirrt seine Füße besah, befand er sie statt priesterlich für ekelig, steif. Ihm fiel ein, wie er als Kind davon geträumt hatte, Suppe aus Stein zu kochen. Mit Messer und Löffel hämmerte er auf den Stein, gab Steinspäne in seine Handmulde, dann wusch er die Späne mit Bachwasser und arrondierte den Steinstaub zu Häufchen.

Steinsuppe würde er komponieren. Wenn die Menschen in Paris so unvorstellbar reich wären, daß sie Häuser aus Stein und nicht aus Holz und Lehm bewohnen könnten, würde er mit Steinsuppe à la Machandel berühmt. Er strahlte innerlich, reckte seinen Buckel in die Höhe und fächelte sich mit dem Löffel Mut zu.

Als seine Kleider getrocknet waren, verließ er Stein und Bach und Wald und Feld. Hätte man ihn gefragt, er würde nicht gewußt haben, in welchem Monat er stand. Als er sah, daß nahe Mainz die Fischer Lachs aus dem Rheinwasser zogen, wußte er das Frühjahr nahen. Auf einem Uferstreifen schichtete ein Fischer Lachse in Spankörbe. Von hier ging der berühmte Rheinlachs nach Basel oder Köln auf die Reise. Er stellte sich vor, wie der Koch aller Köche in Paris daraus Lachspastete zaubern würde – der Gedanke durchströmte ihn wie eine süffige Bouillon.

Im Rheingraben kurz hinter Bingen lauerte er auf einen Lastschiffer, der ihn nach Koblenz mitnähme. Er fand einen stummen Holländer, einen liebenswerten Kerl mit gebrochener Nase, der in Frankfurt Damast gegen Johannistaler Riesling eingetauscht hatte. Sein Gesicht war gelbstichig, und weil dieser Mann nur harten Gouda, Haferbrot und Magerquark besaß, weil seine Zähne das Brot nicht beißen konnten, weil wieder sein Magen gegen den Quark rebellierte, klärte Machandel Suppe aus Wasser, Brot und Käse – mit dieser Kreation kaufte er die Passage bis Koblenz.

Ostern traf er in Koblenz ein. Zur Feier des Tages bestellte er einen gespickten Kalbsbraten in einem Gasthaus und einen Krug Bier. Gelächter drang aus rauchgeschwärzten Nischen. Der Küchenjunge sei mit der Magd durchgebrannt, klagte der Wirt, also sprang er im Roten Hahn ein, wo die Stube bis unter die Balken getäfelt war mit schwartigem Holz. Es war eine überaus dumme Erfahrung, die Machandel, sobald sein Wickelsack gepackt war und er üppig proviantiert davoneilte, vergessen hatte wie den Duft jenes stürmischen Apriltages, der ihn endlich auf französischen Boden trieb.

3

An einem freudlosen Morgen betrat er Paris von Norden her, durch die Porte Saint-Martin. Sein Magen rebellierte gegen das Echo von ranzigem Fisch, Urin und feuchtem, fauligem Holz. Er mußte sich übergeben, wehrte sich gegen den Geschmack einer Stadt von solcher Größe – gut eine halbe Million Menschen hockte an diesem Flecken aufeinander. Rastlos strich Machandel durch Straßen und Gassen, von Neugier entflammt. Er weinte, als wollte ihm das Herz brechen. Nie würde er all das in seinem kurzen Menschenleben ausmessen!

Erst rannte er, dann wieder trödelte er, starrte nach links, starrte nach rechts, irrte um eine Ecke, eilte, von einer

Intuition getrieben, vorwärts. Immer nur vorwärts hastete er. Hatte er eine Sackgasse erreicht, dann hetzte er gleich wieder in die entgegengesetzte Richtung auf eine stark befahrene Kreuzung – so ging das unentwegt. Er war ein Blatt auf dem Ozean. Es riß ihn hierhin, riß ihn dorthin. In den Kirchen stand der Nachhall der Leichen, um die Wohnhäuser das Arom der Fäkaliengruben, und in den einfachen Vierteln verströmten die Hütten die Gewißheit des Todes. Die Kasernen flüsterten ihm heimlich von der Qual ewigen Gehorsams, und die Rinnsale und Abwasserkanäle schenkten ihm die Note von Erbrochenem, von Urin, Fäkalien und Geilheit. Hospitäler schwatzten von Blut und Kot, die Gerichte monologisierten von Selbstverliebtheit, und die Schulen stanken nach Ohnmacht.

Im Gewirr finsterer Gassen zwischen Justizpalast und Notre-Dame umfing ihn das Aroma der Niedertracht. In Amtsstuben hockte Bequemlichkeit, in Zollpächterquartieren Bestechlichkeit, in Kontoren hockte der Geiz. All das nahm Machandel auf, gleichgültig wie ein Stein. Er war ein Stein, der jagte. Suchte. Witterte.

Hier, inmitten bestialischen Moders, kreierte ein Wesen Geschmacksnoten, die bis dahin kein Mensch je genossen hatte! Hier führte Baffour sein Spektakel auf. Hier fand er das Publikum, das ihn erschaffen hatte. Der höchste Genuß des Kontinents logierte neben ätzendem Gifthauch. Es gab keinen geeigneteren Ort auf dieser Erde, um sich mit Impressionen vollzusaugen, als diese Stadt. Nirgends fände seine Neugier ein reicheres Betätigungsfeld.

Bald ahnte er, daß dieser Ort sein Innerstes widerspiegelte wie ein See. Was immer er kosten würde, das wäre er selbst. Das Faulwasser der Seine war sein Innerstes, und die

Stadt bildete ein Sieb, durch das seine Lebenssäfte quollen. All das mußte er einsaugen, dann würde er sich selbst erkennen; wissen, wie er beschaffen war.

In der Rue de Rivoli bot eine Händlerin Henkelkörbe an, daneben schrie eine schwere Frau mit gerötetem Gesicht frische Milch in den Morgen. Frischmilch! In den Augen der Bettler stand der Ausdruck zügelloser Anbetung, es gab keine gesuchtere Köstlichkeit als frische Milch. Er haspelte unbeirrt über den Pont Neuf, wo Zitronenhändler ihre Früchte feilboten, als verkauften sie ihre Seele. Diese ersten Tage waren für Machandel ein süßer und trauriger Traum.

Am Vallée-Quai lärmten auf hölzernen Pritschen Enten aus Alençon neben Puten aus Le Mans. Gänse aus Rouen scharrten auf dem Kies. Sein Mund brannte vor Freude, doch seine Erregung verging so schnell, wie sie gekommen war. Manchmal sank er in tiefe Mutlosigkeit, über Stunden brachte ihn nichts wieder empor. Dann setzte er sich und atmete tief durch.

Die Feinbäcker balancierten Weidenkörbe mit frischen Croissants über holzgepflasterte Boulevards. Die Bäckereien quollen über vor Brotlaiben, die Patisserien quollen über vor Aprikosentartes, jedes Kunstwerk in ein Tuch geschlagen wie ein Neugeborenes, um es vor Wind und Kälte zu schützen. In der Rue des Lombards kostete sein Gaumen kandierte Früchte. Pistaziendragées. Mirabellenkonfitüre. Schaumzuckerpastillen. Die Fischhändler in Saint-Germain übertrumpften sich im Auftürmen seltener Mies- und Austernmuscheln, in groben Säcken und feuchten Kisten waren sie aus Ostende herbeigeritten. Dünne, steife Sandaale und Heringsleiber kostete er, auf ihren metalldurchwirkten Gewändern prangten die Male ihrer blutigen Kiemen. Fette Doraden witterte seine Zunge, Rheinkarpfen, Mittelmeermakrelen, Loups de mer. Machandel kostete vom nussigen Schleim der Bouzigue und sank daraufhin nieder, beide Fäuste in den Haaren vergraben.

Sein Schluchzen war herzerweichend. Nie würde er diese Stadt ausschmecken! Er schluchzte hilfloser als eine Frau, banger als ein Kind, lauter als ein Mann. Kurz darauf – kalter Frühlingsregen setzte ein – mietete er einen Schlafplatz in einem Logierhaus in der Rue Tirechappe, dessen stumpfwinkelige Mauerecken nach Katzenpisse schmeckten.

Am folgenden Morgen füllte sich die Stadt mit Stimmengewirr, in das sich das Wiehern von Packpferden, das Blöken der Lämmer, das Grunzen von Schweinen nebst dem harten Rattern der Karren auf der Straße mischte. Selbstverständlich beobachtete er auch Salz- und Früchtehändler, sie boten ihre Waren auf kupfernen Wagen feil. Die Äpfel schmeckten säuerlich, das Salz taub, die Butter staubig, der Lauch lasch.

In der Art eines Lumpensammlers wühlten seine Hände vor einem Weinladen in Austernschalen, bald würden die Kalkbrenner jede einzelne Schale zusammenraffen und daraus besten Kalk und daraus wieder beste Kalkfarbe gewinnen. Wann immer er für einen Moment aufschaute, wirkte sein Blick wie berauscht.

Nahe dem Luxembourg-Park schmeckte er Wegstaub, unweit von Saint-Sulpice Kreidestein. Sein Leib schlängelte sich durch das Quartier Saint-Marcel, schwarz vor Dreck starrten ihn die Häuser an, und aus offenen Fenstern drang das Keifen der Weiber. Er durchstreifte die Kneipen des

Vaugirard, bis er am Ende des Tages vor einer Privatresidenz stand – ein hell erleuchtetes, palastartiges Bauwerk, umlungert von gespensterblassen Gestalten in der Hoffnung auf Almosen. Lakaien gingen ein und aus, geschmückt mit Seidenzeug und Silberborten. Die in pures Gold gefaßte Tür zum Balkon stand offen. Ein Vorhang aus Chiffonseide wollte Ignaz hineinwehen, doch er widerstand.

Im Dunkeln schlich er über einen benachbarten Bau in den Hof, zitternd vor Aufregung wischte seine Hand in einem Luftschacht eine Scheibe frei. Da kauerte er und faltete sich zusammen, als sitze er im eisenbeschlagenen Eimer eines Ziehbrunnens, vor Aufregung belutschte seine Zunge den Löffel – nur ein Büschel Locken schaute über den Saum.

Da war er, der eine. In Höhe des Kamins werkelte seine kleingewachsene, in haarfeinen, nahtengen Drillich gekleidete Figur. Sie trug goldene Knöpfe mit Gabelgravuren auf der Brust. Mit der geduldigen Präzision eines Goldschmieds dämpfte er Steinbutt. Und das war längst nicht alles. Diese Figur lenkte jede Schüssel und jedes Messer wie ein Dompteur inmitten eines Käfigs, wie ein Dirigent stand er da, der noch das Hüsteln des Publikums mit seinem Taktstock sanft zügelt, dann wieder stürmisch voranpeitscht, er schuf ein Meer von Aromen, das durch die Scheibe hindurch in die Stadt schwappte.

So wohlgeordnet Arme und Beine an diesem Körper hantierten, so widerspenstig standen zwei Ohren von diesem Haupt ab, beide Ohren glühten wie frisch geschürtes Feuer. Stunden hätte Machandel in der Abendkälte geschlottert in seinem Schacht, verliebt drehte er einige Strähnen seiner Locken zu einem Zopf. Als eine Katze den Lichtschacht hinabsprang, schritt ein untersetzter Mann auf das Fenster zu. In beiden schwartigen Händen hielt er einen Kübel Brühe.

Machandel duckte sich. Feucht war sein Buckel, feucht und hitzig; sodann fiebernd – erst wollte er aufschreien, doch als seine Hand über den Rücken strich, witterte er eine Brühe, von der das ganze Königreich schwärmte. Ignaz mußte sich beherrschen, um nicht aufzulachen vor Glück! Aus Angst, entdeckt zu werden, wagte er kaum zu atmen. Er glaubte die Stimme des Kochs aufzuschnappen; glaubte, am Geräusch des Quirls zu erraten, daß Louis-Sébastien Baffour persönlich eine Meerrettichsauce aufmoussiere.

Tief in der Nacht richtete er sich auf, zog sich den Fensterschacht hinauf und nahm den Weg, den er gekommen war, wogend und mit den Armen wedelnd wie ein im Selbstgespräch vertiefter, trunkener Fuhrmann.

Hier und dort drang der Strahl einer Kerze durch die Spalten eines Fensterladens. Mühsam trieb er seine Schritte die Rue Ravignan hinab und verschwand in einem Verschlag.

4

Am Ende seiner dritten Woche in Paris hatte Machandel den letzten Denier verschwendet. Ein Marktweib mit Ruß unter den Nägeln, eine vierschrötige, massige, doch ungewöhnlich wendige Frau mit schlehenfarbenen Augen, gab ihm Rübenschalen, sofern er dafür Wasser schleppte. Sie fluchte wie ein Kutscher und rühmte sich, mit einem Faustschlag eine Haselnuß aufzuknacken.

Hunderte Eimer Seinewasser zerrte Machandel durch den Dreck der Gassen, schleppte seine Last Anhöhen hinauf und durch verwitterte Hofwinkel, mit kummerpurpurnem Gesicht, bis endlich ein Wink ihres Ringfingers anzeigte, sie halte eine Köstlichkeit bereit für ihren Liebling.

»Komm, Zwerg. Komm.«

Dann asselte er an sie heran, streckte seinen Löffel in die Höhe und stammelte ein herzerweichendes »Jaaaaaa!«

Wie liebte sie diese hagere, sehnige Gestalt, wie liebte sie diesen einzigen Laut, den er ihr schenkte.

»Tanze, Zwerg.«

Geräuschvoll stemmte sie ihren Leib vor ihm in die Höhe – wie der Mont Blanc stand sie da, ihr weißes Haar glich der schneebedeckten Bergkuppe, und er tanzte auf einem Bein – vernarrt war sie in dieses Wesen, in einer Weise, die uns Heutigen obszön und unendlich peinlich vorkommen würde.

Endlich lehnte sie den Kopf zurück und gebärdete sich wie eine alte Jungfer, allenfalls ein angedeutetes Lächeln kauerte in ihren Mundwinkeln, und ein trauriger matter Glanz wucherte in ihren Augen. Sie befahl ihm, ihre Fesseln abzulecken – ihre Beine hatten seit Jahren keine Sonne getrunken, sie waren weiß wie ein Nonnenhintern. Seit der Hinrichtung des Königsattentäters Robert François Damiens hatte kein Knecht sie mehr berührt. Sie hielt den Atem an, und eine Träne rann ihre Wangen hinab. Hatte seine Zunge sich an ihren Narben satt getrunken, raffte sie die Röcke in die Höhe und bot ihrer geliebten Kreatur etwas Rübendreck, der unter ihrer Scham zu einem Hügel aufgewachsen war.

Rübendreck! Das war in jenen Tagen für den arg verwahrlosten Machandel ein festlicher Moment. Lauernd wie ein Straßenkater riß er die Lippen auf, zog Rübenhaftes an seine Brust und spürte, ob es eßbar oder auf interessante Art verderbt sei – dann erst rannte er in seinen Winkel und liebkoste die stinkende organische Substanz, seine Beute. Nur ein Schmatzen verriet, daß da ein Wesen kauerte, halb Mensch, halb Tier.

Nach dem Hinscheiden des Marktweibes fraß Machandel, was Abdecker oder Leimkocher in die Straßen warfen. Um seine Kräfte zu schonen, lauerte er tagsüber in seinem Verschlag, und sickerten die ersten Tropfen Dunkelheit durch einen Spalt in seine Höhle, ging er auf die Jagd. Wettergegerbte Zeitungen fraß er oder klaubte Apfelschalen zusammen aus den Gassen der Obsthändler. Er jagte Ratten in den längs der Quais gestapelten Holzstößen oder trieb sich auf dem Vaugirard-Friedhof herum und nagte an Eibenzweigen. Seinen Löffel überzogen Abfallaromen, matt stöhnte das Holz, sobald er den Löffel an sein Ohr hielt. Kaum ein Seufzer drang aus dem Laffenloch. Machandel stieß einen heiseren Schrei aus; es klang, als hätte er einen Schlag abbekommen.

Als sein Gaumen die Stadt erkannt hatte, als ihn eine Ahnung durchfuhr jenes Wesens, das in seinem Innersten tobte und tollte, raste und wütete, begann Machandel, seinen Plan in die Tat umzusetzen. Nach dem Verlauf mehrerer Wochen witterte sein Gaumen am unteren Ende der Rue du Faubourg Saint-Honoré, nahe der Stadtgrenze, einen Geschmack, der seiner Vorstellung eines passablen Reisehofes entsprach.

5

Die Auberge de la Hue, an der aufstrebenden Rue du Faubourg Saint-Honoré gelegen, hatte ihre besten Tage im vergangenen Jahrhundert erlebt.

Hier spendeten die Kerzen Dunkelheit, kein Licht; die Fenster sogen den Wind an, nicht die Sonne. Die Dielen knurrten wie der Magen eines Pferdeknechts, und die Bänke seufzten, griesgrämig und bockig wie ein voll belegter Saal im Salpêtrière-Krankenhaus.

Das Alter der Wirtin las man am einfachsten an den Falten ihres Halses ab. Es war der Hals einer gerupften, greisen Ente. Madame hatte ein schläfriges rotes Gesicht, und sie war ein bißchen schwerhörig, was sie schwatzhaft machte. Fragte man sie, was ihr zuwider sei an diesem Zeitalter, antwortete sie: »Das Café Zoppi in der Rue des Fossées Saint-Germain auf der linken Seine-Seite.«

Winkelliteraten lümmelten da auf weich gefederten Polsterbänken, Schauspieler dösten in obszön düsteren Nischen, und Philosophen debattierten, die Wangen gerötet vom Hauch der Geschichte. Gestalten gingen dort ein und aus, die ihre schmutzigen Nasen in Zeitungen steckten, um Ideen auszubrüten, die niemand brauchte. Wer überhaupt brauchte Ideen? Betrieben wurde dieser Ort von einem pausbäckigen Italiener, der seine Gäste mit Kaffee vergiftete. Obendrein bot er ein Teufelswerk feil, das er Eiscreme nannte.

Madame lehnte sich in ihrem Sessel zurück.

»Gefrorenes, das nach Kirsche oder Schokolade schmeckt. Was soll das!«

Mit Eis war nicht zu spaßen – das wußte diese alte Dame! Eis war etwas Teuflisches. Lag Eis auf der Rue de Clichy, dann brach man sich beide Beine, landete im Hôtel-Dieu und verreckte jämmerlich! Das wußte doch nun wahrlich jedes Kind! Trunken vor Abscheu massierte sie ihre Wangen und sackte aufs Flechtwerk ihres Korbsessels, dessen Lehne ungewöhnlich hoch aufragte, was ihren Oberkörper wiederum kleiner erscheinen ließ, kleiner als er es war. Die Kastanienholzbeine standen an Form und Umfang ihren Fesseln in nichts nach; man meinte gar bei Kerzenschein, der Sessel ruhe auf sechs Beinen.

»Schokoladeneis!«

Madame Chardon faltete die Hände im Schoß und summte mit geschlossenen Augen ein Wiegenlied – rosige Bäckchen hatte sie ja nun praktischerweise. Sie sehnte sich danach, blind zu sein wie Teiresias (oder wie hieß gleich dieser Greis, der vor lauter Langweile Rom gründen mußte).

Vor über siebzig Jahren war sie im ersten Stock dieses Hauses zur Welt gekommen. Zu jeder Jahreszeit trug sie ein Tuch aus Kattun, im Rücken von einer Nadel zusammengehalten. Über ihre Jacke spannte sie Latzschürzen, wie es die stumpfsinnigen Pflegerinnen im Salpêtrière-Krankenhaus zu tun pflegten, dem sie zu entgehen hoffte, wozu eine viehische Gesundheit Anlaß gab. Außer zum Besuch des Marktes an der Rue d'Aguesseau, eines unverschämt billigen Abdeckmetzgers im Chemin du Roule aux Porcherons und eines Salzgrossisten hatte sie ihr Viertel nie verlassen. Nie hatte sie es über die Seine geschafft. Ein Mensch bleibt, wo ihn das Schicksal hineinkotzt! Basta! Und ihr Schicksal hatte sie nun einmal in dieses Haus gekotzt, und hier würde sie ihren letzten Atemzug tun.

In ihre Auberge de la Hue kamen Lastkutscher, die Schnauzer trugen mit martialischem Drall; Kaminknechte gingen ein und aus, auch Groschenjungen. Die Wasserträger stellten ihren Schulterbalken in die Ecke und verschlangen ein Mahl zu zwanzig Sou. Über Stunden dösten diese entkräfteten Gestalten in einem Winkel und stürzten endlich aus der Tür. Räuchergesellen aßen hier und Perückenmacher in Pelerinen aus Wachstuch. Scharfrichter, Kalksteinmaurer, Nachtbrigadiere. Lakritzwasserverkäufer, die Reiherfedern auf den Mützen trugen; Putzmacherinnen und Wagenrufer mit schauerlichen Stimmen. Zellenwärter erkannte man an Schlüsselringen, Schuhputzer am öligen Dreck ihrer Hände, Tabakraspler an den Tabakfäden, die ihre Kittel säumten. Weißnäherinnen saßen zwischen Possenreißern mit Taschentüchern aus falscher Spitze. Es aßen Milchkaffeeverkäuferinnen mit falschen Wimpern oder Mehlsackträger neben Böttchergesellen, die vorgaben, die Sterne lesen zu können.

Bevor sie heimkehrten in ihre Verschläge, zauberte ein Coq au vin oder eine Makrele à la Geneviève ein Lächeln in Gesichter, die das Lachen nur aus der Erinnerung kannten. Madame Chardon wurde es allmählich beschwerlich, morgens in den ersten Stock zu steigen, um bestialisch versoffene Lohnkutscher zu wecken. Noch schleppte sie ihre zwei Beine unverdrossen die Stiege hinauf, statt eines Geländers sackten zwei Stricke in die Tiefe. Sie nahm Stufe um Stufe. Seufzte. Nächste Stufe. Hatte sie ihre Knochen an eine Tür herangeseufzt, scheuchte ein markerschütterndes Ächzen die Gäste aus ihren Betten.

Draußen, in der Rue du Faubourg Saint-Honoré, stießen die Füße an Berge von Kot, denn die Stadt kam bestens aus ohne öffentliche Bedürfnisanstalten. Den Luxus eines Bürgersteigs verachtete man, folglich teilten sich dürre Mastschweine und Weinfässer, unbeschreiblich klapprige Packpferde, Fußgänger und Ochsenfuhrwerke, Wasserwannen, Handkarren und einige seit der Ernennung Ludwigs XVI. zum Dauphin daliegende Holzstöße die Fahrrinne. Weil neben Stroh der Gerechtigkeit halber auch Mist, Aas und abgebrochene Mauern in der Fahrrinne schlummerten, weil im Laufe der Jahrzehnte folglich die Rue du Faubourg Saint-Honoré um ungezählte Doppelzentner Knochen, Lehm, Dreck, Ziegeln und Schlamm geflutet worden war, weil sie jedes Jahr um einen weiteren Doigt in die Höhe wuchs, stolperten die Gäste fünf Stufen hinab, um in den Gastraum vorzudringen.

Ununterbrochene Dunkelheit herrschte in diesem Raum, nachts sah man nur Schemen von Gestalten, die unter geschwärzten Balken auf Bänken hockten. Weinspaliere überwucherten die Hofzeile, an der Grenzmauer wuchs ein Schuppen in die Höhe. Um in den Lagerkeller zu gelangen, stieg man einige feuchte Stufen hinab. Im Gegensatz zu anderen Häusern des Quartiers verfügte die Auberge über einen Brunnen, der von Abtrittgrubengestank freies Trinkwasser schenkte. Das Wasser stand an Qualität einem Schweizer Gebirgsbach in nichts nach. Ein Geschenk, denn unweit verlief in Form eines Halbkreises der stinkende Hauptkanal durch das rechte Seine-Ufer.

Mit gespannter Neugier kauerte Machandel in dieser Gruft. Seine schwieligen Hände lagen auf seinem Schoß wie Fische auf dem Trockenen. Hin und wieder zuckte ein Daumen. Sein Atem ging röchelnd, Speichel war ihm aus dem Mund gelaufen und an seinem Kinn getrocknet – mit

Mühe riß er das Kinn in die Höhe und ließ die Zunge seine Lippen befeuchten. Er kostete, was vor ihm ruhte. Die Falten seiner Stirn warfen sich ringförmig übereinander, so ungeahnt süffig drang die Suppe in sein Schädelding.

Ein Anflug von Angst huschte über sein Gesicht, er hatte Angst, all das wieder verlieren zu können. Denn was hier vor ihm stand und lockte und nach ihm rief, das war seit Monaten erstmals die Ahnung eines erträglichen Aromas.

Er hörte nichts, sah kaum etwas, schwieg wie eine Eule. Die Pupillen ruhten, keine Falte kräuselte seine Stirn.

»Herrgott! Schaut Euch den an! Er frißt wie ein Schaf!«

Madame Chardon schritt auf Machandel zu, riß ihm den Löffel aus der Hand und fuhr mit ihrem gefürchteten Lappen über seinen Mund.

»So, jetzt kann er weiteressen!«

Es kam ihm vor, als mochte man ihn. Es war das erste Mal in seinem Leben, daß er sich selbst einen Ort ausgesucht hatte. In die Hütte seiner Geburt hatte ihn das Schicksal gesetzt. Ins Kloster der Hunger. Ins Elend der Zeitenlauf. In diesen Gasthof der Rue du Faubourg Saint-Honoré hatten ihn seine Füße getrieben – und sobald er seine Lider hob, fühlte er sich heimisch. Er seufzte. Als er nach stundenlangem Kosten sein Magenungetüm an die Kette Tausender Stoffe gelegt hatte, als sein Blut hin und her sackte, um seine Verdauung in Schwung zu bringen wie eine kleine Maschine, schleppte er sich zur Latrine.

Anschließend hockte Ignaz auf einer Bank im Hof. Rasch und ängstlich klopfte das Herz in seiner Brust, und seine Augen starrten in den engen Ausschnitt des Himmels. Die Schatten der Kaminhälse legten sich übereinander wie die Scheite eines Holzstoßes. Hier würde er bleiben. Sein linker Fuß bohrte sich in den Dreck. Das hier fühlte sich gut an, unendlich gut. Für einen Dahergelaufenen wie ihn gab es keinen besseren Platz – still saß er da, mit geglätteten Augenlidern, und alles Verkniffene wich von ihm.

Zurück im Speisesaal gestand er, die Zeche nicht zahlen zu können, was die Wirtin mit einem Feuerhakenhieb vergalt. Sie zog ihn in den Hof und zwang den Betrüger, Zuber zu schrubben. Machandel schrubbte. In mondloser Nacht strahlte der Himmel, kein Stern verschenkte sein Licht, keine Amsel sang. Ja, die Dunkelheit war so vollkommen, daß er dachte, sie würde ihn umarmen. Es behagte ihm, denn er liebte die Dunkelheit, wie er die Kälte liebte.

Als Madame am Morgen aus dem Bett gekrochen und in die Küche geschlurft war, traute sie ihren Augen nicht. Nie hatte sie den Küchenraum so sauber gesehen. Ja, die um sie wütende Reinlichkeit schien ihr ein wenig unheimlich. Sie zog an ihrem Ohrläppchen, daß man meinte, es müsse abreißen. Was sollte sie mit einem dahergelaufenen Burschen anfangen? Was tun? Sie zögerte, doch weil er keinen Lohn forderte, weil er fast nichts essen würde, wie er stotternd vorgab, weil sie zudem an jenen Moment dachte, da sie kaum noch vor die Tür gehen konnte, um ihren krummen Rücken in die Kirche Saint-Philippe-du-Roule zu schleppen, durfte er aus reiner Barmherzigkeit bleiben.

6

Eines Morgens befahl der Neuling gegen den Willen und hinter dem Rücken der Wirtin, die Abfälle von Müllträgern entsorgen zu lassen – *déchets,* stammelte er, *fault extirper déchets.* Was, nicht nur seines Satzbaus wegen, Kopfschütteln erntete.

»Schau, Machandel. In diesem Schuppen, da lagert der Müll.«

Dieser Ignaz ließ nicht locker, er zerrte die Alte in den Schuppen, der noch immer die Längsseite des Hofes einnahm. Als sie widerwillig eintrat – was hatte eine so gebildete Dame in einem Schuppen zu suchen – fand sich darin kein Staubkorn. Kein Knochen. Keine Schale. Merkwürdig! Wo Madame sehr genau wußte, daß hier gestern miasmatische Abfallberge lagerten, da sie andererseits gehört hatte, daß der Mensch im Alter nicht vorhandene Dinge zu sehen glaubt (oder vorhandene Dinge übersieht), tat sie den Zauber ab. Es war der erste sanfte Schlag, den Machandel der Wirtin versetzte.

Er hingegen wirkte wie befreit. Seine Locken flammten in seidigem Kastanienrot. Sogar sein Löffel schien gestrafft, jede Holzfaser geglättet. Im Grunde, ahnte er, mußte er nur warten. Also wartete er – die Zeit würde für ihn spielen. Vormittags bestellte Machandel Kesselflicker und trieb sie am Nachmittag mit dem Löffel auf die Straße, verwendeten sie statt Zinn ein mit Zinn versetztes Blei zum Löten – es sprach sich bis zu den Tuilerien herum, daß diesem Zwerg nicht beizukommen war. Wanderhändler mieden ihn, statt ihrer drängten bessere Öllieferanten in den Hof.

Die Wirtin Chardon, geblendet von der Tatkraft dieses kleinen Kerls, ließ all das geschehen. Still dämmerte sie vor sich hin. Nur bisweilen verwunderten sie die Kenntnisse des Burschen; ängstigte sie seine Bescheidenheit. Und überhaupt: Nie fing er etwas mit einem Weib an, dieses Wesen war ihr beinahe unheimlich. Ohne Hast ging Machandel zu Werke. Planmäßig und kühl.

Tief in seinem Innersten fühlte er, daß er den geraden Weg nahm. Alles war ihr recht, solange der Raum in Qualm versank, sie bedurfte des Feuerqualms, wie der Fisch des Wassers bedarf. Weil die alte Frau allmählich schwerfällig wurde, weil es sie belustigte, ihm bei der Arbeit zuzusehen, richtete er Makrelen mit kalter Remoulade oder dem Saft einer Zitrone. Je öfter die Wirtin den Buckel ihres Kochs streichelte, je häufiger sie ihre Hände in diese Locken grub und wuschelte, daß die Haare in alle Himmelsrichtungen standen, je häufiger sie kostete von seinen Kreationen, desto tiefer bannte sie jene Macht, die sein Wesen verströmte.

Sein Löffel amalgamierte ein Cassoulet aus Schweinefleisch, Wurstresten, Pökelzunge – er hatte das Thema der Stube aufgenommen, und nichts anderes tat er, als den Logiergästen ein Echo vorzuspielen. Das Echo ihrer Wünsche und Begierden. Er hatte Frieden geschlossen mit der Welt des Kalbshirn en matelote; hatte seinen Geschmack beurlaubt, um nicht Schaden zu nehmen. Alles andere würde sich finden.

7

An Pfingsten bat er um einen freien Tag.

»Wer wird die Küche kehren, die Latrine kalken? Wer soll zwei Sack Zwiebeln vom Markt herbeischaffen – willst du herzloses Wesen all das einer gebrechlichen Frau aufbürden, während du säufst und rumhurst?«

Weil sie aber sonst für den Moment nichts fand, was getan werden mußte, weil er ihr für den Moment fast leid tat, ließ sie ihn ziehen.

Madame Chardon fühlte sich großmächtig, als sie aus einem silbergewirkten Sachet eine Münze fischte. Einen ganzen Sou drückte sie ihm in die Hand. Sofort war Machandel zum Fluß geeilt. In einer Galiote fuhr er bis Sèvres und haspelte dann weiter nach Versailles. Dort strich er durch einen Vorhof, er ignorierte die Pferdeställe, übersah die Dienerwohnungen. Als er sich mit Hilfe des Löffels an einer Maßsteinmauer entlangtastete, sah er vor seinem inneren Auge einen einzigen Raum zur Aufbewahrung verderblichen Fleisches! Kabinette ahnte er, eigens beaufsichtigt von Vorstehern, die von früh bis spät Löcher in den Himmel stierten, die nichts anderes zu tun hatten, als Trüffelgebäck für eine der Mätressen des Königs zu ersinnen. Ein Ofen diente allein zur Bereitung mürben Blätterteigs, ein anderer nahm nur Biskuits auf, wieder ein anderer duldete nur Gâteaux in seiner Feuerluke. Er ahnte ein Laboratoire für die Herstellung von Speiseeis. Machandel streichelte seinen Löffel, er seufzte, aus einem Auge trat eine Träne – nie fänden diese Köstlichkeiten ihren Weg in seinen Magen.

Der König saß in einem Saal, den bald ein Raunen, bald Schweigen füllte. Saß an einem Tisch, in dessen Mitte ein Tafelaufsatz erlesene Pfeffersorten barg, dazu Safranfäden, gedämpfte Nelkenblüten – und zwischen den duftenden Kissen lagen die Mundtücher seiner Majestät.

Die hatte er bitter nötig.

Seine Herrlichkeit aß, und alle Türen standen offen, damit die Welt sah, welches Spektakel hier aufgeführt wurde. Bittsteller starrten, die Diplomaten und niederen Reisenden wieder gafften, ein Flachsspinner aus Frévent glotzte neben einem Heiden aus Ventadour. Juden aus dem fernen Marseille, erbärmlich dürre bretonische Krämer und protzige Goldhändler aus Lyon drängten ins Vorzimmer. Sie alle staunten, wie der König schlemmte – hier saß ja immerhin kein Mensch zu Tisch, hier speiste nichts weniger als ein Königreich. All diese Zuschauer waren so schlau gewesen, den amtlich verordneten Weg zu wählen, sie waren geladene oder geduldete Kandidaten dieser Eß-Audienz, indes Machandel – aus Unwissenheit oder Naivität – heimlich von einem Fensterwinkel dem Geschehen folgte. Heimlich, so dachte er sich das.

Doch er war nicht allein. Noch während der König mit beiden Händen ein halbes Aprikosentörtchen niederschlang, zerrte ihn eine Hofwache in den Staub. Ein großporiger Kerl, ein Hüne war das in der Uniform der Schweizer Garde, ein Mann, dessen Atem nach dem verschleuderten Samen eines Hirsches roch, drohte, ihn, diesen elenden Schnüffler, bei lebendigem Leibe zu rösten.

Mit dreizehn Peitschenhieben zeigte sich Ignaz fast dankbar, es war, grummelten die Wachen, die nie ein solch regloses Wesen ausgepeitscht hatten, sein Pfingstgeschenk.

Machandel raffte seine Habe zusammen und kehrte in die Rue du Faubourg Saint-Honoré zurück. Er lag auf dem Strohlager und träumte von der Küche des Königs.

Nur gelegentlich schlich er auf Stunden davon, eilte durch Gassen, um in die Welt des Kochs einzutauchen, jenes Mannes, der ihn in seiner ersten Nacht in Paris mit einem Kübel Brühe gesegnet hatte. Er, das reglose Nichts, stand fünf Fuß entfernt, als Louis-Sébastien Baffour aus dem Teich des Fontainebleau-Parks einen faßgroßen Karpfen in Empfang nahm, um Karpfen à la Henri IV. zu dünsten. Er träumte davon, Baffour nahe zu sein – es war die Sehnsucht eines Knaben nach Liebe, dem die Mutter entrissen ward.

8

So gingen die Tage dahin, die Monate – Machandel wirkte zusehends übellaunig, störrisch. Zwischen seinen Stirnlocken schimmerten zwei feucht-dunkle, etwas gerötete Augen. Die Angst, ewig festzuhocken in der Auberge, ätzte tiefe Furchen in seine Stirn – dann endlich war es soweit. Eines Morgens dämmerte Madame nahe dem Kamin in ihrem Korbsessel. Reglos. Matt. Als sie den Mund aufriß, drang die Ahnung eines Röchelns aus ihrer Kehle. Im nächsten Moment reckte sie die Arme in die Höhe und griff um sich wie eine Ertrinkende.

Sie sah jenes Kissen nicht, das Machandel in seinen Armen barg. Die Wirtin drehte den Kopf zur Seite, zur Decke, sie zuckte, sabberte, daß ihr Erlöser meinte, das Kissen müsse bald ganz durchweicht sein. Entsetzt warf sie die Beine in die Höhe – dann endlich witterte er das Aroma des Todes.

Der Tod war so gewiß wie der Frühling, schwül wie der Sommer, faulig und überhaupt moderhaft wie der Herbst, kalt wie der Winter. Der Tod hatte seinen Vater hingestreckt, seine Brüder, seine Schwester. Machandel hatte den Tod in Stuben gesehen, in Logierhäusern, was heißt gesehen. Seine Zunge und sein Gaumen hatten ihn tausendfach gekostet. Im Krankentrakt hatte er neben Toten gelegen. Folglich kannte er jenen holperigen Geruch, kannte ihn wie einen falschen Freund – an Hühnern hatte er ihn geahnt, an Ziegen. Holunderblüten trugen ihn bei sich, noch die gerade ausknospenden Kelchblätter einer Rosenblüte träufelten eine Ahnung des Todes in ihren Duft. Lämmer trugen seine Last auf ihren dürren Beinen. Seine Zunge hatte den Tod an ausgereiften Berberitzen gewittert, an Maulbeeren und Schattenmorellen. Selbst die frech schwingenden Halme des Dills schmeckten bisweilen einen Rest Tod.

An Johannis des Jahres 1787 sank Sophie Chardon ins Jenseits. Machandel bestellte zwei Pfund schwere Trauerkerzen, er orderte beim Sargtischler ein Modell aus Libanonzeder und ließ drei Messen lesen in Saint-Philippe-du-Roule, während seine Gönnerin unter einem reichbestickten Leichentuch ruhte. Er ließ zehn Klageweiber mit rauchigen Stimmen mieten. Nie wurde das De profundis eindringlicher angestimmt.

Noch Monate nach der Beerdigung huschten ältere Damen mit tränenfeuchten Augen am Gasthof vorbei, so sehr hatte sie das Begräbnis ergriffen. Dieweil Sophie Eleonore Odile Chardon in einem zugigen Winkel des Cimetière vermoderte, seufzte im Inneren des Gasthofes Ignaz Machandel so schauerlich, daß auch der gröbste Flickschuster vor Mitleid verging. Man bedauerte ein Waisenkind, dem der Tod zu allem Unglück auch noch die Ziehmutter entrissen hatte.

9

Frédéric Nivet fils raufte sich die wenigen ihm verbliebenen Haare. Sein Gesicht war so rund wie eine Melone, seine beiden ungleich hohen Mundwinkel gaben ihm etwas Mürrisch-Gebieterisches, er war so humorlos wie untertänig, und irgendwo in diesem melonenhäuptigen Wesen wucherte der Hochmut.

Wie sollte er den Nachlaß regeln? In wohltuenden Wellen schmiegte sich Müdigkeit an sein Jabot, und mit jeder dieser Wellen sackte er tiefer in seinen Polstersessel. Wer ins Innere dieses Mannes vordrang, der hätte entdeckt, daß Nivet nicht nachdachte, sondern so tat, als denke er nach. Ein Unterschied wie Leben und Tod! Und wer weiter in ihn drang, der hätte entdeckt, daß dieser erschöpft dasitzende Notar seit Jahren nichts anderes getan hatte: Er war erschöpft von der Vision, etwas Bedeutendes zu tun. Weil das ein einträgliches Geschäft eröffnete, weil sich in seinem Vorzimmer Weinhändler drängelten, Tabakimporteure, Seifenhändler und Seidengrossisten, weil bei ihm königliche Baumeister und Terrainspekulanten vorsprachen, um Traktate beglaubigen und ihre beglaubigten Schuldscheine verbriefen zu lassen, war er das Nachdenken nicht gewohnt und überhaupt unfähig dazu.

Nivet überforderte diese dumme Angelegenheit. Sobald nur ein Gedankenfunken sich dazu herabließ, in dieses Gasthaus vorzustoßen, seufzte er schauerlich. Es war auch zu komplex! In diesem bedeutsamen Moment hatte Nivet nun aber doch einen bedeutenden Einfall. Weil in der Affäre die Steueradministratur gierte, weil den Notar die Wirtsinnung drängte, weil obendrein zwei Kaufinteressenten sowie ein bestechungswilliger Konkurrent ihm im Nacken saßen, verfiel dieser Frédéric Nivet auf die Idee, vorerst nichts zu tun. Nichts tun, nichts entscheiden, nichts anrühren! Eine grandiose Idee!

Alles bliebe wie gehabt! Das klang so weise wie einträglich! Es versprach einen satten Gewinn. Nivet stand auf, griff sich eine Feder und warf Ziffern aufs Pergament, ging vom Schreibpult hinüber zum Buffet, goß Madeira ein, rieb sich die Hände. Trank. Drei Wochen nach dem Tod der Wirtin siegelte man die Verträge, es versprach ein Handel zu allseitigem Nutzen zu sein. Der Jungwirt konnte schalten und walten – einen Ruf, der Schaden nähme, gab es nicht, und wenn der unwahrscheinliche Fall eintrat, daß diese Kreatur ein einträgliches Geschäft auf die Beine stellte, würde er es ihm unter einem Vorwand entreißen und meistbietend versteigern … Inzwischen wartete Nivet, bis eines Tages ein Schlupfloch aufschiene, die Beute dem Meistbietenden zuzuschlagen.

Statt trunkener Kutscher logierten im Pensionsstockwerk der Auberge von nun an Rohstoffe: Violessig neben Bisamzucker, Rollgerste neben Zimtstangen. Machandel kaufte beste Ware zu erstklassigen Konditionen, und schon nach Wochen war sein Kredit verpraßt, der Notar schoß nach. Er brauche eine Werkstatt für die Wissenschaft des

Schmeckens! Bedürfe einer Kammer freier, experimenteller Versenkung, um die Würzpfuscher aus den angrenzenden Stadtvierteln zur Strecke zu bringen – kein Tag verstrich, an dem Machandels Holzpantinen nicht ihren bellenden Ton über das Parkett des Notars peitschten. Nivet drängte den Sonderling aus seinem Kabinett, reichte einen Wechsel, schloß die Tür, stemmte seine Füße gegen das Türblatt und wischte sich den Schweiß von der Stirn.

Bald standen in Machandels Werkstatt Rosenwasserphiolen neben frischem Scheibenhonig. Der süße Rahm ruhte in Kelchen, in Siphonflaschen schlummerte das Vitriol, und eine Reihe zapfenförmiger Henkelkrüge barg Eichelöl und wahrhaft obszöne zähflüssige Extrakte. Es gab Schalenständer aus geölter Buche, Deckelkörbe. Inmitten dieser alchimistischen Werkstatt ging nun ein gerade achtzehnjähriger Meister daran, mittels hanebüchener Kreationen das Publikum zu verzücken.

Um nun geheime Fonds mit ausladenden, weitläufigen Duftgründen zu erzeugen, Suppen von konstruktivistischem Furor, sonnendurchflutete, makellose Brühessenzen, Pasteten mit burlesker Würze, stand Ignaz Stunden vor querfingerbreiten Seihtöpfen, den Spatel in der einen, den Löffel in der anderen Hand, und etikettierte, siebte, mörserte – so vertieft in sein rauschhaftes Schaffen, daß er bisweilen nicht einmal bemerkte, wie viele Stunden er damit verbracht hatte, ein halbes Setier Kastanienmark aufzuwiegen. Verließ er seine Werkstatt, dann stand auf seinem Antlitz das Leuchten gewichtigen, schmerzvollen Glücks.

Er wechselte den Fischhändler, feilschte mit den Gemüselieferanten – ohnehin strömten sie zu Hunderten an der Auberge vorbei auf ihrem Weg zum Markt. Sonst lebte er zurückgezogen. Still drehte er sich um seine eigene, ruhige Achse, wie ein Rad in einer Maschine, das sich immer dreht, gleich ob man zuschaut oder nicht. Er sprach mit wenigen Menschen. Artigkeiten mied er, Machandel grüßte von der Seite und dachte allezeit nur an seine Töpfe.

Wie ein Raubfisch stand er im Meer unzähliger Visionen, das hinsterbende Ancien régime war ja voll davon. Statt sich der erstbesten zu verschreiben – wie es der Einfältige getan hätte – wartete er. Wartete, bis endlich ein Bissen vorbeischwömme, der danach schrie, allein von ihm verspeist zu werden.

Jahre vor der Ankunft Machandels hatte sich nahe der Börse ein Bretone in den Kopf gesetzt, zu jeder Tagesstunde Bouillon in Porzellantassen auszuschenken. Und weil das den Körper stärkte, nannte dieser Mensch sein Haus, das Gesundheit schenkte, *restaurant*.

Noch gab es wenige dieser Restaurants, die neben Brühen Obst feilboten, Reispudding nach englischer Art – wie alles Bedeutsame in dieser Welt, begann auch diese Revolution im kleinen. Machandels Sensorium jedoch war fein genug, um Witterung aufzunehmen. Infolgedessen schlich er um diese wenigen Restaurants, beleckte ihre Türen, trank ihre Luft, und kehrte er endlich heim, um von den neuen sensorischen Geschwätzigkeiten in einen matten Schlaf gesungen zu werden, erfüllte ihn die Gunst besänftigender Gewißheit. Der Raubfisch Machandel würde bald zubeißen.

Jetzt! Nach einem Monat hielt ein geschlossener Kamin die Küche vom Rauch frei. Er kaufte Porzellanschüsseln nach chinesischer Mode, dazu Pfannen mit rußschwarzen Böden und ein ganzes Heer von Siedekesseln. Scheuerte

Ruß von den Fenstern und Türen. Ließ Spiegel montieren, schaffte mit blauem Samt bespannte Stühle herbei. Tische aus poliertem Nußbaum. Noch der ungeheure Kamin, an der hofseitigen Wand gelegen, wurde verkleinert; sein Kaminzug neuesten Anforderungen gemäß eingerichtet. Mit einem Mal war die Stube frei von Rauch und Ruß.

Statt Krämer kamen nun bessergestellte Abbés. Die Müllträger fanden statt Holzbänke mirabellengelben Utrechter Samt und efeugrünen Serge, und wo sie sich nicht trauten, die Mahagonisessel zu nutzen, mieden sie den Saal. Statt dessen erschienen Obergendarmen und Finanzspekulanten, die Coralles hießen, Finot. Salzhändler mit Marmorstirnen und gepuderten Perücken, kobaltschwarze Haarbeutel bändigten das Hinterhaar, geschnürt von Schleifen aus Crêpe Satin.

Man sah Kanzleivorsteher mit Spannstrümpfen oder Gerichtssekretäre mit goldenen Schnupftabakdosen. Damen mit schmachtenden Antilopenaugen. Makler mit Stehkrägen. Und Matifat kam, der Wechselagent; die wohlhabenden Drogisten grüßten Goldschmiede mit pflaumengroßen Leberflecken auf fülligen Wangen. Es kamen Mediziner mit Brillantringen, Leibmodistinnen in Goldocker-Basquinen (triefäugige Möpse an Zierfederleinen im Gefolge), sie nippten Kapaunbrühe – keines Blickes gewürdigt von den Beamten des königlichen Verwaltungsapparates. Leiser und weniger obszön klang das Gespräch, gelegentlich hörte man einen äußerst selbstgefällig vorgetragenen Gedanken – sonst überließ man das Denken anderen. Man aß.

10

Fortan sprang Machandel, gepudert, in Stulpstrümpfen und eleganten Basquinen von Tisch zu Tisch, von Tür zu Tisch, von Tisch zu Kamin, vom Kamin wieder sprang er Richtung Hof. Man meinte, Stoffe und Farben ließen ihn strahlen. Ließen ihn sanfter erscheinen, sinnlicher. In seltenen Momenten glich er in Atlasweißrock und alabasterfarbenen Pantalons einem Beau!

Einem Beau, der sprang. Vom Schuppen sprang er brunnenwärts, vom Brunnen in den Keller, vom Keller hinauf zum Dachboden – und die meiste Zeit des Tages tänzelte er in seiner Werkstatt auf und ab, heimlich, kaum hörbar. Nur der Küchengehilfe Vadim durfte eintreten in seine Kochhöhle und ihm über die Schulter starren und sich blenden lassen vom Tun dieses Wesens; Vadim allein hörte das beschwörende Einreden auf Saucen, nur er sah, wie Machandels Zunge kostete; wie sein Löffel Knoblauch preßte oder den süßen Rahm aufschlug – und weil dieser Geselle schwatzhaft war wie das Zeitalter, wußte bald die ganze Stadt, was hinter dieser Tür geschah.

Kündigte das Raunen der Türglocke einen Gast an, sprang Ignaz in seinen Saal und streichelte Damastmäntel. Seine Augen spendeten Schmachtblicke, und hatte er die Herzen der Gäste erobert – neuerdings trat sogar der Direktor der unweit gelegenen königlichen Baumschule ein – begab er sich auf die wechselvolle Reise ins Zentrum ihres Geschmacks, hinab zu ihren Mägen, denn dort wollte er herrschen. Wer hatte je eine Speisekarte gesehen mit Epigramme d'Agneau! Bastilla von der Bresse-Taube! Pudding à la Machandel! Die Weine bezog sein Haus, *sa maison,* wie er nun stolz verkündete, von Proteur, dem berühmtesten Viniculteur des Quai Saint-Bernard.

In diesen Tagen schien das Leben ein Aroma ohne Anfang und ohne Ende. Endlich hatte er, dieses weißgewandete Eiscrememännchen, eine Schleuse geöffnet, auf daß all die disparaten Geschmacksnoten frei hierhin und dorthin flossen, außerhalb jedes Raumes und außerhalb der Zeit.

Die Schnelligkeit, mit der Machandel alle Regeln und alle Konventionen hinter sich ließ, war phänomenal. In diesen wenigen Wochen, da er ohne Rücksicht experimentierte, lernte er mehr als in den Monaten, da er an der Seite der alten Wirtin gekocht hatte. Mit einem Schlag begriff er, was die geschmacklichen Zuordnungen, die er ja vom Schmecken her längst kannte, bedeuteten. Machandel verschlang alles, was die Stadt anzubieten hatte, und wollte immer noch mehr.

Bisweilen stand er noch bei Regen an der Tür, gekauert an einen Mauervorsprung. Auf einem Bein stand er da, wie der Sandsteinblock, an den sich sein Buckel schmiegte, vor ihm eine Pfütze, so weit wie die Place Saint-Sulpice. Aus seinem nieselumschleierten Antlitz brachen im Schatten des Nachtwinds zwei lauernde Augenringe hervor, wie tot stand er da und trotzte dem Spritzwasser der Fuhrwerke, trotzte den Blicken, trotzte den Windböen.

Er wartete. Wartete auf jenes Wesen, dessentwegen er diesen Zauber veranstaltete. Doch das Wesen kam nicht. Statt seiner zogen bleierne Wolken vorüber. Was sollte ein Künstler wie Louis-Sébastien Baffour auch in diesem Lokal? Er wischte den Zweifel hinweg und harrte aus wie ein trotziges Kind – nur eine Falte, die seine Stirn teilte, verriet seinen Gram über sich, über die Welt und über Louis-Sébastien Baffour.

Sein Geist flüchtete in Halluzinationen, die ihm den Koch aus dem wogenden Gedränge der Fußgänger in die Arme wehten. Als hierzu die Kraft nicht länger reichte, sackte er in seinen Aromenhallraum zurück. Oben, in seinem Winkel, war es so dunkel wie in einer Höhle – das behagte ihm. Er, in dessen Innerstem es dunkelte und düsterte, verachtete das Licht, nicht jenes kreatürliche Licht, das er auf seiner Wanderung nach Paris hatte genießen dürfen, sondern jenes nach Heimtücke, Schweiß und List schmekkende Licht der Stadt.

Über Wochen blieb er eingemauert. Lieferanten, Bittsteller und Laufburschen drängten an seine Tür. Die Freunde des Hauses hörten es durch die Türe zischen, reiben, pfeifen – wer an der Tür lauschte, dem gefror das Blut in den Adern. Obgleich man ihn für krank hielt, wagte Vadim es nicht, einen Arzt zu rufen.

Schlag eins trat er an die Tür, stellte ein Tablett mit Brühe und Brot auf die Schwelle, schlug an – Machandel rührte keinen Finger, um davon zu kosten. In verwahrloster Kleidung ging er heimlich im Haus umher, die Gesichtszüge so verzerrt, als käme er aus einem Kampf auf Leben und Tod.

Eines ungewöhnlich klaren Abends trat er aus seiner Kammer, die Hunderte verschiedene Bucheckernnoten barg. Öligen Alantwein. Scharfes Ophasium. Grauen Amber. Krebsmilch. Mit Tränen in den Augen starrte er in den Abendhimmel. Die gegenüberliegende Hausflucht war als schwarze Masse ein kaum erkennbares Nichts.

Etwas war anders an diesem Abend. Er witterte. Schlich

auf die Straße, streckte beide Hände nach vorn, die Handflächen zeigten nach oben, als prüfe er, ob es regne. Er geriet, nachdem die Zunge eine Prise Wegstaub geschmeckt hatte, in helle Aufregung. Fuchtelte mit beiden Armen, daß sein Löffel in den Staub fiel.

Panisch ließ er ungerupfte Hühner Hühner und Pastinaken Pastinaken sein. Er ignorierte die Kälte, ignorierte den Wind – Machandel haspelte. Er glich einem Huhn, das mit beiden Flügeln nach einer Droschke winkt. Dem Kutscher preßte er das Versprechen ab, ihn auf dem schnellsten Weg zur Porte Saint-Denis zu katapultieren. Zu fliegen.

Es war ein Sonntag. Weil an Sonntagen um neun Uhr abends die Küchenjungen die Terrinen aus den Öfen der Pastetenbäcker zerrten und in die umliegenden Häuser schleppten, daß Sauce überschwappte, wogte der Kutscher durch ein Meer aus Saucen. Seine Peitsche teilte Strickmützen, Filzhüte, gesottene Poularden, heimwärts strebende Entenpasteten. Wie ein Berserker schindete er seine Gäule – es blieb vergebens.

Als Ignaz Machandel an diesem Sonntag des Jahres 1787 an die Porte Saint-Denis gelangte, als er seufzte und an einem Faß seine Fäuste wundhieb, daß man ihn abführen wollte, ahnte er durch den Hauptbogen das Heck einer Diligence, darin Louis-Sébastien Baffour, der sein Lager in Paris abgebrochen hatte, um in London zu dienen.

Machandels Haut leuchtete in Praseodymgelb, und seine Hände zitterten. Sein Leib wirkte um Jahre gealtert. Wer ihn sah, der glotzte in eine Fratze. Kaum mehr als die Andeutung eines Männchens, so unendlich geschrumpft wirkte er. Nie würde Baffour in seine Stube treten. Nie würde es geschehen!

Baffour indessen ruckelte über das Straßenpflaster. Sein Blick war leer. Seine Wangen wirkten wie eingedrückt, der Kiefer ausgezackt, die Stirn pergamenten. Schlaff saß er da, den Leib ins Polster gedrückt, wehrlose Beute der Straße, von jedem Schlagloch seitwärts gerissen, von jedem Kiesel in die Höhe gepeitscht.

Sein Inneres sehnte sich nach Ruhe. War es früher ein leichtes, achtunddreißig Stunden ohne Schlaf ein Heer von Garköchen zu dirigieren, mußte er neuerdings seine letzten Ressourcen aufbrauchen, um ein Buffet zu vollenden. Baffour fühlte sich erschöpft. Nicht die Hand mochte er heben.

Muskelkraft hatte es gekostet, Geisteskraft. Was hatte er nicht alles erschaffen! Allein die Erfindung des Nougats hätte hinreichen müssen, ihn in die Académie zu wählen. Statt seiner wählten sie verknöcherte Generäle! Schundliteraten vom Rang eines Neufchâteau! Weitschweifige Schwätzer wie den Pater Sicard! Poetische Fruchttöpflinge wie Legou! Zeilenschinder wie den katzengesichtigen Roederer! Was hatten diese Grisetten des Geistes dem Königreich geschenkt? Dem Kontinent? Der Welt? Rasch vergilbende Verswüsten und Allerweltsgeschwätz. Alle stürzten sich darauf, indes ungewürdigt blieb, was er ihnen geschenkt hatte. Jahrhunderte des Irrtums hatte er hinweggewischt wie Staub. Mit einem Mal! Natur hatte er sie schmecken lassen, den Versucher gespielt – und alle verführt. Und siehe da: Seine Natur hatte besser geschmeckt als alles, was die Alten in Lorbeer, Kapern oder Pfeffer tränkten.

Maître Baffour hatte das Soufflé ersonnen. Ein Flüstern des Genießens! Lockendes Lispeln des Windes im Rosenstrauch – Baffour hieb mit der Faust aufs Polster. Allein für die Erfindung des Vol-au-vent gebührte ihm eine Kapelle in Saint-Denis – der Hauptchor! Nie hatte sein Ingenium gerastet. Er allein hatte die Charlotte entworfen! Sein Ingenium hatte sie gezeugt. (Zwei mittlere Finger schmeichelten sein Gemächt.) Hatte den Fonds das Bouquet garni geschenkt. Den Sherry als Zwischenarom etabliert. Champagner zu allen Speisen. Niemand dankte es ihm! Er hatte zwischen Dessert und Kaffee den Käse etabliert – sein Genie hatte dem Kaffee befohlen, das Menü zu beschließen. Saucen hatte er gestrafft, systematisiert – er allein, der große Baffour, hatte der Küche ein Fundament gelegt.

Statt ihm Dank abzustatten, herrschte Dummheit und Ignoranz. Wie sollte dieser bescheidene Mann etwas ahnen von einem Jüngling, der hinter ihm im Staub lag? Einem Winzling, der vollbringen würde, was der Koch aller Köche in seinen Träumen nicht zusammenphantasierte: Besser kochen als er.

11

Machandel ruhte in einer Kammer mit zwei deckenhohen Schlitzfenstern. Sein Leib füllte kaum die Hälfte seines Bettes aus. Im Kreuzgang des Couvent des Petites-Cordelières glänzten die Blätter der Orangenbäume, und das ständige Rauschen des Brunnens schlängelte sich wie ein Summen zwischen den Säulen sanft bis an Machandels Ohr. Fiebrig war er wie ein Ofen. Senfpflaster wurden aufgelegt, Tee von Königskerzen und Leinsamen eingeflößt – die Hand der Äbtissin hob seinen Kopf, sie fütterte ihn mit Gerstenschleim.

Da lag er und schluckte. Sein Denken war in diesem Augenblick so wirr wie ein Bündel dürrer Gräser, die leise und unheimlich auf dem Grat einer Mauer im Wind rascheln. Alte und frische Erinnerungen kamen auf und tauchten plötzlich hinab in schlammiges Gebrodel. Vielerlei Gedanken kamen, doch einer kehrte beharrlich wieder: Bleiben.

Hier bleiben. Krallte er seine Finger in die Seiten des Bettes, dann meinte er die Planken eines Schiffes zu berühren, in dem er vorantrieb. Er sah die Stube der Eltern: achtzehn Jahre waren verflossen seither. Ihm kam es wie gestern vor. Er sah das Kloster, sah Baffour, sah Nivet – indes stieg das Fieber, und tausend Gedanken brausten ihm durch den Kopf. Was spricht dagegen, in diesem Kloster zu bleiben? Er müßte aufstehen und die Äbtissin um die Stelle eines Gärtners ersuchen. Er sah seine Hand ein Pflanzstück glätten, sie schnitte, jätete, grübe Löcher in die Erde; er würde Strohmatten über Melonenbeete strecken, um sie vor Wind und Kälte zu schützen; wüßte nichts von Gattungen, nichts von Tournefort, Jussieu, Linné. Nicht die Pflanzenwelt würde sein Geist studieren, sondern sein Herz die Blumen lieben. Und würde er sich danach sehnen, umarmt zu werden, nähme er ein Bad in Wicken – so glitt er in einen geruhsamen Schlaf.

Als nach dem Verlauf mehrerer Wochen seine Wangen eine beständige Rosigkeit zeigten, als er vor lauter Langeweile nicht wußte, was er anstellen sollte, ließ ihm die Äbtissin mitteilen, die Auberge de la Hue sei nach seiner Erkrankung geplündert worden. Nichts war verblieben, kein Saal, keine Küche, kein Hof, kein Keller, keine Werkstatt.

Machandel nickte und schloß die Augen. Dachte an

traurige und verworrene Dinge. Eine muschelförmige Träne rann seine Wange hinab, indes nahm sein Gemüt die Nachricht mit Desinteresse entgegen. Allein die Hoffnung, Baffour kehre zurück in diese Stadt, durchpulste ihn mit frischem Lebensmut. Diese Idee kam unaufhörlich, sie belebte ihn am Morgen wie eine Schale Milch oder wie ein Pulver aus Kaskarillenrinde und sie besänftigte ihn am Abend wie ein Becher Wein. Verließ ihn diese Hoffnung für einen Augenblick, dann klammerte er sich an seinen Löffel und schlich mit der Zunge den Schaft hinab: Alles, was er getan hatte, wäre er bereit, noch einmal zu tun.

12

Die Grand Taverne de Londres, in der Rue Richelieu gelegen, galt als bestes Restaurant der Stadt. Betrieben wurde es von Antoine Beauvilliers, einem fünfzigjährigen Riesen. Seine Brauen standen struppig über zwei Augen, die sich zu Spalten verengten, sobald er nur das Wort Arbeit hörte – was selten der Fall war, denn seine Untergebenen wußten, daß er die Idee der Arbeit haßte.

Nur seinem Wein widmete er sich, der dort ruhte unter seinen Füßen. In Fässern, Flaschen, Kisten. Dort schlummerten die besten Weine der Welt. Nur um sie kümmerte er sich und um seine erlesenen Gäste, sonst ließ er andere für sich arbeiten. Aus einfachen Verhältnissen stammend, hatte dieser Mann geradlinig seinen Weg verfolgt, unbekümmert war er auf der Bahn des Erfolgs vorangeeilt – und war längst noch nicht am Ziel. Dieweil er mit süßlichem Atem phantasierte, wie er bald das Lokal von Perrin und das Etablissement von Fénelon in seine Fänge bekommen könnte, riß ihn ein dumpfes Hüsteln aus dem Vergnügen, einen Taler Schweizer Krokantschokolade auf seinem Handrücken schmelzen zu sehen.

»Keine Störung, verdammt.«

Jean Verdier, der Lehrling, trat ein. Breitbeinig, rundäugig und mit schiefem Kopf.

»Bringt Ihr Rosenöl aus Brüssel?«

Wortlos reichte der Lehrling ein Billet und verschwand in einem Bodenloch, dessen spiralförmige Treppe sich in die Tiefe fraß.

»Unverschämter! Tür schließen!«

Bedächtig studierte Beauvilliers die Nachricht. Er hatte es nicht mit der Schrift. Sie interessierte ihn nicht, weil er alles, was er zu wissen benötigte, in seinem Kopf trug. Seine Rezepte, seine Weine, die Namen seiner berühmten Klienten, all das ruhte in seinem Gedächtnis. Und mußte er doch einmal etwas lesen, dann tröstete ihn der Gedanke, daß sein Geist mindestens jeden zweiten Buchstaben des Alphabets kannte – eine stattliche Leistung, wie er fand, für ein Zeitalter, das den Analphabetismus für ein Zeichen von Talent pries. Er las, was er wollte, nur wollte er eben in der Regel gar nicht lesen, und wenngleich ihm die Äbtissin mitteilte, daß sie ihm einen ganz besonderen Menschen ans Herz lege, war das ein Beispiel dafür, daß alles Geschreibsel unnütz blieb, denn er sah überhaupt nichts von einem Menschen.

Lachen mußte er wie eine Robbe, sein Kopf rollte hin und her – *halt!* Da, im Schein des Kaminfeuers, da stand doch etwas.

Ein Zwerg.

Und dieser Zwerg war offenbar unfähig, einen Schritt vor oder einen Schritt zurück zu setzen.

Beauvilliers konnte nichts tun.

Unschlüssig stand er da. Der Zwerg stierte ihn an.

»Hier, iß!«

Von Mitleid und auch Neugier durchpulst, warf er dem Eindringling ein Buttertrüffelpraliné in Form einer winzigen Taube zu. Dann schritt er, das Wesen lauerte in seinem Rücken, an sein Canapé und lauschte.

Natürlich lauschte er nicht. Beauvilliers hatte ein Alter erreicht, in dem er sich von nichts und niemandem mehr akustisch belästigen ließ. Er hörte nur, was er hören wollte.

»Neu, das ist neu, Maître. Nie gab es dieses Aroma in dieser Stadt…«

»Natürlich ist das neu, das sind Kreationen, die ich im Frühjahr in die Paläste bringen lassen, sie sind so neu wie, wie…« Sein Geist suchte nach einem Vergleich. »Neu wie die Kartoffel! Neu wie der Heißluftballon! Neu wie Ihr! Nie habe ich Eure Visage gesehen, und ich vergesse kein Gesicht. Kein wichtiges Gesicht. Und da will mir die Äbtissin weismachen, Ihr hättet, trotz Eures Alters, ein eigenes Restaurant besessen…«

»Auberge, Auberge…«

»Schweigt! Oder habe ich Euch etwa darum gebeten, meine Ohren zu belästigen.« Feindselig starrte er auf ihn hinab. Beide Fäuste in die Hüften gestützt, man konnte nie wissen! Der da war ihm nun gar nicht geheuer, am liebsten hätte er ihn auf die Rue Richelieu setzen lassen, weil nun aber das Kloster bedauerlicherweise ein nicht zu verachtender Kunde war, ließ er ihn in die Küche entfernen.

»Nutzt Eure Chance, draußen lauern hundert Gestalten, die ihren letzten Sou hinwerfen würden, um nur einen Tag in meinem Etablissement zu buckeln. Apropos – in Anbetracht der schlechten ökonomischen Lage kann ich bedauerlicherweise nichts zahlen …«

»Nicht nötig, Maître. Ich verlange keinen Lohn. Nur eine Ecke, in der ich schlafen kann, und ein Stück Brot am Abend, mehr braucht Machandel nicht.«

In jenem Moment, da er den Lehrling Verdier bat, diese neue Kraft einzuweisen, hatte er ihn bereits vergessen. Nichts Besseres konnte diesem Wesen passieren.

Weil Beauvilliers (beziehungsweise Bonfleur, sein Souschef) diese billige Arbeitskraft nicht anders auszubeuten wußte, kochte Machandel von diesem Tage an Suppe. Sie galt nicht viel seinerzeit, die Suppe, dachte der Lehrling, dachten die Köche, dachte Beauvilliers, der Chef, dachte Bonfleur – also konnte der Frischling hier keinen Schaden anrichten. Konnte schalten und walten, wie es ihm gefiel. Einer Eingebung folgend, zeigte Ignaz nicht gleich am Anfang, was in ihm schlummerte – er nahm den gemächlichen Aufstieg. Wann immer sich ein Koch hinreißen ließ, ihm einen Handgriff zu zeigen, tat er so, als lerne er etwas. Zwischenhin vertrieb er sich die Zeit mit Zwiebelsuppe, Gemüsesuppe, Hühnersuppe – im Verlauf des nächsten halben Jahres schwang sein Löffel sich allmählich zu Kreationen auf, deren Komplexität die Grundidee der Suppe hinwegwischte: die Simplizität. Er ließ die Lamballe erklingen, die Louisette.

Machandel kochte Suppe von grünem Spargel, nicht aus Liebe zum Spargelaroma, sondern weil man in besseren Kreisen etwas darauf gab, das ganze Jahr über Spargel zu naschen. Sein Ingenium schenkte ihm Froschschenkelsuppen, deren Dekorationsgebilde aus Nußpastetenteig ihm den letzten Geduldsfaden raubten. Er allongierte scharf gebratenes Huhn an farbschwache Suppen, goß hier etwas Fasanenfond zu, dort etwas Fisch-Velouté. Experimentierte mit den Würfeln von Schnepfeneierstich oder Consommé. Von früh bis spät schwebte er in jenen Düften, die seiner Phantasie entsprangen. Ja, bisweilen konnte es einem so vorkommen, als stimmte er Tag für Tag eine neue Strophe eines Liedes an bis spät in die Nacht.

An die zweihundert Suppen hatte er kreiert, als eines Mittags der Bratkoch in die Küche stürmte – ein trauriges Gerippe mit spindeldürren, haarlosen Waden, dem das Feuer bald den Verstand rauben würde. Er stammelte »Lobstersuppe«. Alle Welt verlange mit einem Mal nach Lobstersuppe. Selbst Véry biete Lobstersuppe! Für abenteuerliche drei Livre.

In der folgenden Nacht zog Ignaz seine Lobstersuppe und fegte die Kreation Vérys auf den Mist. Man kann nicht sagen, daß Flüsse ihren Lauf geändert hätten, um diesen Aromen zu folgen. Es stürzten keine Tiere tot zu Boden, keine Steine erwachten zum Leben. Die Suppen, die er vollbrachte, änderten nichts in der Welt, aber etwas ließ die Gäste des Speisesaales den Atem anhalten, wen sie aufgetragen wurden.

Eines Abends mißachtete ein Gast das ungeschriebene Gesetz, betrat die Küche mit schwerem, stapfendem Schritt, ließ den Suppen-Winzling vortreten und verriet ihm, was als Gerücht im Saal und in sämtlichen Kabinetten umging: »Und dann nahmen Sie ihre ganze Kraft und vernichteten alle.« Das war das Wort, das er gebraucht hatte:

vernichten. Je tödlicher Aromen waren, desto besser. Doch vor allen anderen war er selbst das Opfer dieses Prozesses: Machandel, dessen unbedingter Wille aus den um ihn versammelten Substanzen die gesamte Klaviatur der Aromen herauspreßte, sah fürchterlich aus. Nach Sonnenuntergang brachte er kaum ein Röcheln hervor, die Stimme kroch über seine Lippen, blechern klang noch sein Niesen, als roste sein Gaumensegel. Seine Haare waren versengt, die Wimpern zu Stummeln geschmolzen und seine Augen gerötet.

Doch seine Energie war ungebremst. Das Schleppen der Mehlsäcke und Wasserbütten konnte seinen Elan nicht brechen; er war widerständig, robust, zäh. Er mußte bestehen, um eines Tages dem einen, Baffour, unter die Augen zu treten. Wäre jeder andere zusammengebrochen, merkte dieses Wesen nicht einmal, daß man ihn brechen wollte. Er scherte sich nicht darum, was ihm widerfuhr.

Zwar ächzte Machandel, sobald er einen Sack Zwiebeln hinaufwuchtete. Knie und Fußgelenke trugen Blessuren vom ewigen Stehen, doch er tänzelte weiter durch die Küche. Suppte. Er schöpfte. Rührte. Passierte. Er war in seinem Element.

13

Im Fahrwasser der Revolution aß man neuerdings überwiegend nach achtzehn Uhr, was den älteren Köchen aufstieß, mußten sie nun im Sommer zur heißesten Tageszeit das begehrte Halbgefrorene schaffen, das Chaudfroid.

Allein Machandel war es gleich, er begab sich später zu Bett und stand später auf. Sonst verrichtete er seinen Dienst an hyazinthfarbenen Krebsschwanz-Canapés oder Brandteigkrapfen. Wie eine Pappel, die ihre im Wind rauschenden Blätter mal hierhin, mal dorthin funkeln läßt, neigte sich Machandel mal hierhin, mal dorthin. In seinem Geist gab es glücklicherweise nicht genügend Platz, all die turbulenten äußeren Vorgänge zu registrieren – wenn also eine Revolution im Gange war, so sog er nur jenen Teil auf, der ihn berührte: das Essen.

Der Grand Taverne de Londres hätte übrigens nichts Wunderbareres widerfahren können als diese Revolution – manch einer behauptete gar, sie sei erwachsen aus ihren Séparées. Von überall quollen beredsame Würdenträger und Interessenvertreter herbei und ließen ihr dreckiges Lachen hören, Landpächter oder Weinhändler mit säuerlichen Ausdünstungen. Zuzeiten scharrte ein Stuhl, dann stemmte ein Pächter mit rosigem Teint und basaltgrauen Augen seinen Fuß in die Küchentür, um sein geliebtes auvergnatisches Huhn zu verlangen. Wenn er anständig zahlte, dann bekam er um der Revolution willen sein Huhn! Machandel sog auch solche Belanglosigkeiten auf wie das Auvergne-Huhn. Wie ein Lagerverwalter magazinierte er all das in seinem Aromenspeicher.

Unten suppte Machandel, oben diskutierten die Herren Oberrevolutionäre und Mauldeputierten aus allen Teilen des Landes. Wurde endlich die Verfassung verabschiedet, ließ Beauvilliers in Tintensud gefangenen gallischen Hahn auffahren. Am Tag des Ballhausschwures in Speckroben gekleidete, mit Handschuhen aus Weinblättern umhüllte Wachteln. Als nach dem Sturm auf die Bastille der

Kopf des Bastille-Kommandanten auf einem Spieß durch die Gassen flog, kredenzte er auf Wurzelstecken gespießte Rebhuhnköpfe à la Bastille. Wurde die Salzsteuer gesenkt, würzte der Oberkoch das Milchlamm mit Fleur de sel de Guérande. Diskutierten die Abgeordneten die Höhe des Mehlpreises, schuf er in Weißmehl panierte Taubenbrüstchen. Galt es, den Bau öffentlicher Sodabrunnen zu beschließen, briet er in Fontaine-Wasser gemästete Süßwasserkrebse.

Vor Tagen, so ging das Gerücht, habe der Henker Charles Henri Sanson einen Arzt getroffen, der auf den Namen Guillotin hörte. Man trieb, so hieß es, die Vollendung der Hinrichtungskunst voran. Als endlich nach einem Beschluß der Nationalversammlung am 25. April 1792 der Raubmörderkopf des Nicolas Jacques Pelletier mittels Fallbeils vom Rumpf gewischt wurde, offerierte die Grand Taverne de Londres enthauptete Kapaune in Kampferölsud. Ging es nach Ignaz Machandel, so konnte man alle Jahre Revolution machen! Nie hatte er munterer experimentiert!

Nur einmal folgte er seinem Instinkt. Er wohnte der Enthauptung Gabriel Doyens bei, des Hauskochs der Königin Marie Antoinette. Wann immer er an diesem Mann witterte: bei jedem Atemzug meinte er eine Prise Wissen zu atmen. In den bläulichen Senken neben seinen rotgeränderten Augen schlummerte ein Ausdruck mokanter Müdigkeit. Beide Nasenflügel vibrierten, indes er aufs Schafott schritt.

Der Henker ächzte, zerrte, drückte – und schnitt dem Koch zum Amuse gueule die Zunge aus dem Rachen. Das Blut schoß dem Hofkoch aus dem Schlund und ergoß sich aus Pflaster. Die Menge kochte vor Verzückung, man schrie wie in Rage, als der Henker die Zunge der Meute hinwarf.

Nebenher labte man sich an Weizenbrot, Gemüsetartes, Pasteten. Ein Händler bot Pralinés feil, man trank dünnen Kaffee. Erst kurz vor Sonnenuntergang, die Gesichter waren müde und satt, schlitzte der Henker dem Hofkoch endlich den Bauch auf. Machandel, der keinen Bissen gegessen hatte, um noch den allerletzten Nebel dieses so betörenden wie aufwühlenden Geschehens zu spüren, kauerte mittendrin. Als er die Augen aufriß, fiel auf der Place des Terreaux der Kopf des Mannes, dessen Messer ungezählte Frösche, Schildkröten, Fasane entleibt hatte. Sein Ohr vernahm ein leises Stöhnen, dem Pfeifton über dem Feuer siedender *grand bouillon* gleich. Der Schließmuskel gähnte, und als letzte aromatische Hervorbringung troff der Harn des Charles Doyen das Wippbrett hinab.

An jenem Abend kauerte Machandel bis weit nach Sonnenuntergang hinter einem Buchsstrauch, verborgen vor all den Passanten, die nach dem Ende des Hinrichtungsfestes in alle Richtungen strebten. Als er sein Versteck verlassen hatte, witterte er die Spuren des Erregungsschweißes einer Magd; witterte den Samen eines Wagnergesellen, und mit einem Mal ragte die Menschenmenge auf in seinem Geist. Da war sie, vieltausendfach gewaltiger als jene Menschen aus Fleisch und Blut, die längst in ihren feuchten Verschlägen bei der Abendsuppe saßen – da waren sie, lärmten in und um ihn, tobten. Er meinte, es sprenge seinen Verstand, so vielfältig tobte die Menge.

Als er das letzte Quent Raserei erhascht hatte, reckte sich Machandel in die Höhe. Den Löffel fest im Griff, schlich er durch Gassen und Winkel und folgte einem Totengräber zum Picpus-Friedhof. Dort angekommen, flehte, feilschte, drohte, lockte er; handelte lauernden Auges. Alles Geld hätte er geboten, seine Seele, er hätte den Totengräber bekocht oder getötet – alles hätte er getan, um dieses Ding zu erbeuten, das Objekt, nach dem er sich verzehrte.

Kurz darauf irrte er heimwärts. Den Kopf des Kochs, in eine Decke geschlagen, trug er unter dem Arm. In einem Bodenloch des Kellers der Grand Taverne de Londres ruhte der Hofkochschädel daraufhin, ruhte wenige Tage, um in einem diskreten Moment enthaart, gesalzen und gepfeffert zu werden – Machandel schuf aus dem Kopf Doyen-Sülze. Wann immer er davon kostete, schwoll ihm die Brust wie der Blasebalg einer Orgel, in die der Heilige Geist fährt. Ferner zog er einige Tropfen eines Fonds, der die Substanz mehrhundertjähriger aristokratischer Dekadenz barg. Er gab ihn in eine Phiole, bald würde der Moment kommen, diesen störrischen Geist aus der Flasche zu lassen.

14

Einmal im Monat trafen sich in der Grand Taverne de Londres die besten Pariser Köche. Man lauschte Gerüchten über Süßkartoffeln oder Lattichsalat; über Borschtschsuppe, die ein russischer Aristokrat, ein Mann mit senfgelbem Haar, der zu Selbstgesprächen neigte, in die Stadt geschmuggelt hatte. Neue Pfefferarten seien aus Indonesien in die Lagerkeller gerieselt. Die Köche verfaßten Abhandlungen über die Kunst des Schmorens, und wann immer Baffour in Paris weilte, nahm er teil an der Versammlung.

Reichlich floß der Bordeaux – es ging hitzig zu. Die Köche verhandelten die strittige Frage des Mehlpreises, sie erwogen die Vorteile der in Vergessenheit geratenen Topinambur-Knolle, als Barthélémy, der älteste der drei Provençaux-Brüder – ein breitmäuliger Sitzriese – einwarf, daß ein Geselle in diesen schwierigen Zeiten kaum über die nötigsten Grundkenntnisse verfüge.

»Die Jugend verlernt das Kochen.«

Sie verschlafe den Morgen, diese verlotterte Jugend. Sie könne kaum Lasten tragen. Fordere unentwegt. Schaue teigig aus. Morbide. Fahl. Verweichlicht sei die Jugend, unhöflich, hitzig, obendrein aufbrausend, daß es einem im Herzen rumore.

»Sie haben jedes Gespür für den Geschmack verloren«, sagte Laguipierre.

Verkleistert sei ihr Gaumen von den öffentlichen Revolutionsbuffets. Brot essen sie, immer nur Brot; und Obst – rohes Gemüse, alles im Sinne der Bewegung.

»Salate, igitt«, sagte Robert. »Was hat das mit einer Revolution zu tun!«

»Neulich«, sagte Beauvilliers, seine Stimme wurde vor Aufregung dünn wie Seidengarn, »behauptete mein Bursche, er kann ungekochtes Gemüse viel aromatischer richten als gekochtes.«

»Grausam!«

»Igitt!«

»Unverzeihlich!«

Man strich sich über die Stirn – manch eine Hand hatte nur noch vier oder drei Finger – das war ein selbst den hitzigsten Punschkopf echauffierender Gedanke. Zur Hebung der Kochkunst lobte die Mittwochsgesellschaft einen Preis aus. Dem Ungekochten müsse entgegengewirkt werden – »mit aller Härte«.

Wo diese besondere Zeit überall nach dem besonderen gierte, verfügten sie, daß mit den niedersten Zutaten gekocht werden solle.

»Jawohl«, sagte Beauvilliers. »Blendende Idee!« (Glänzend hatte er gemeint, dem Bordeaux sei Dank!)

»Famos!« Laguipierre reckte sich weit nach hinten und strich mit dem Handrücken über seine gesprenkelte Stirn. »Revolutionär!«

Robert hatte blaue Augen und eine rote Nase. Auf seinen Wangen waren geplatzte Äderchen zu sehen. Er schwieg und nickte eifrig.

»Aus Ivry-Butter und Ostende-Austern kann jeder Saucenpfuscher etwas zaubern.« Barthélémy genoß den Klang seiner tiefen Stimme. »Wer aus Hammelfleisch, Faulzwiebeln und Saueräpfeln eine schmackhafte Suppe aufkocht, der soll an der Seite des einen wirken!«

»Vorzüglich, Barthélémy, so soll es sein!«

Alle Augen musterten Baffour. Seinem stoischen Blick war anzusehen, was er von dieser Idee hielt. Nichts hielt er davon. Allein der Umstand, daß er beinahe täglich einen alten oder verbrauchten Koch oder einen erschöpften Gesellen gegen einen unverbrauchten und zähen Jüngling ersetzen mußte, ließ ihn zustimmen, den Träger des Preises unter seine Fittiche zu nehmen.

15

Keine Morgenröte, sondern das erste Morgengrauen lichtete den Himmel, gelegentlich war das Hufklappern eines Marktpferdes zu hören, und doch lag über allem noch die Stille der Dämmerstunde. Weil er nicht schlafen konnte vor Aufregung, wanderte Machandel mit bleichem Gesicht durch Gassen und stapfte über Plätze wie ein Lumpensammler. Stunden mußte er umhergeirrt sein, in Erwartung des Moments, seine Kunst mit anderen zu messen. Er allein durfte die Taverne de Londres vertreten bei diesem Wettbewerb, er hatte sie alle betört, hatte ihnen geschmeichelt, und wenn er ein zweites Mal all die faden Gaumen blendete, dann würde er in die Dienste des Kochs treten. Bald wäre er am Ziel. So strebte er ins Véry, tauchte in die Rue de Valois ein – als ihn nahe den Kolonnaden des Palais Royal ein zimtenes Aroma neckte.

Ein stark verlebtes Mädchen von vielleicht zwanzig Jahren saß auf einer Marmorbank im Schatten einer Urne. Ein Bein war über das andere geschlagen, und ein Kleid aus ungewaschener Gaze ließ die gebräunte Haut einer Arbeiterin durchscheinen. Sie starrte einen Springbrunnen an, und in ihrem Schoß ruhte eine Melone. Von Zeit zu Zeit grub sie ihr Messer ins Melonenfleisch, und bevor sie davon aß, kühlte sie ihre Wangen an der Frucht.

Machandel zelebrierte einen Handkuß, und mit einem spitzen Lachen bot sie ihm etwas von ihrer Melone an. Es kam ihm so vor, als habe er nie zuvor etwas Köstlicheres genossen als diese Melone. Ein Kern, hastig ausgespuckt, landete auf ihrem Fuß.

Da überfiel ihn ein unstillbares Verlangen danach, das Mädchen zu kosten – indes sie dasaß, wie erstarrt, wie geblendet von seiner Absonderlichkeit. Ihre Hüfte umschlang er, den Kopf hielt er weit zurückgeneigt, und murmelte »sautieren«, »zur Rose binden« – dicke Tränen quollen aus seinen Augen. Er seufzte liebkosend.

Als Ignaz endlich den Winkel verließ, um seine bescheidenen Talente mit anderen Jungköchen zu messen, lastete das Aroma schwerblütiger Hyazinthen auf seinem Geist. Er hatte gegen die Summe von zwanzig Sou elementar Leibliches gekostet. Es hatte geschmeckt wie nichts zuvor.

Drittes Buch

1

Früh am Morgen darauf querte Ignaz Machandel den Pont Neuf, um seinen Odem im Faubourg Saint-Germain zu verströmen. Sein Lockenschopf ragte kaum bis zur Brüstung hinauf, und wie er da so einsam auf der Brücke stand, glich sein Leib einer geborstenen Skulptur.

Geräuschvoll wälzte das Wasser heran, staute sich unter ihm und schwoll empor. Die Flut zerrte an den Brückenpfeilern, als wolle sie jeden einzelnen mit dicken, flüssigen Stricken fortreißen. Alles floß dahin, und in Gedanken trieb auch er auf diesem Teppich aus Schlamm zwischen Geröllbrocken und totem Plankenholz. Was macht es aus, dachte er, ob man mich eines Tages vom Pflaster der Rue Plumet aufhebt, mit einem Sackmesser im Rücken, ob ich in einem Jahr in den Fischernetzen von Saint-Cloud oder am Uferstreifen der Île des Cygnes aufgefunden werde, inmitten fauler Korkzapfen und ersäufter Hunde?

Sein Blick irrte entlang der Silhouette windumtoster Bäume, irrte über die Zackenlinie der Kamine und Hausfirste, und mit einem Mal stieg ihm der Geruch des Seine-Wassers in die Nase. Wuchtig. Der Geruch war selbstredend kein Geruch, sondern ein Zuber übelsten Gestanks, der ihm vorkam wie eine symphonische Komposition. Er barg das Bangen unzähliger Wesen. Im Wasser der Seine floß der Schweiß der Lastträger neben dem Blut der Bleichkocher, die Angst der Küfergesellen floß neben dem Fieber der Heißwäscherinnen dahin. Vergangenheit, Gegenwart und Zukunft verschmolzen zu einem morastigen, gelblichen Brei, doch inmitten dieses Chaos fand sich ein fester Punkt. Es war sein Wille, von Louis-Sébastien Baffour zu lernen. Lernen wollte er, jetzt, wo er alle Köche der Stadt mit seiner Suppe beeindruckt hatte, alle hatte er für sich eingenommen, bis auf den einen, denn Baffour lag, wie es hieß, am Tage des Wettbewerbs auf dem Krankenlager.

Ein letztes Mal beugte er sich zum Fluß hinab. Spuckte hinein, als flechte er dem Band der Aromen sein eigenes ein. Dann warf er den Reisesack über die linke Schulter, rückte den Geldgürtel zurecht. Machandel trottete voran, keinem anderen Wegweiser folgte er als seinem Instinkt. Über halbhohe Mauern stieg er, kroch durch Zaunritzen, drang in einen entlegenen Winkel vor, wich einer Kalesche aus, die seinen Buckel schrammte – bis er endlich Eisen kostete. Als er die Augen aufriß, stand er vor dem Gatter des Palastes, der ihn so magisch angezogen hatte. Kein Gatter, sondern schwarzgestrichene Eisenschäfte mit Lanzenspitzen aus purem Gold.

Acht dorische Säulen wuchsen aus dem feingeharkten Hofkies, ein Meer winziger Steine lag ihm zu Füßen, und jeder einzelne Stein funkelte in der Morgensonne so weiß wie saure Milch. Diesmal würde Baffour nicht entkommen! Diesmal würde er ihn empfangen! Ohne nachzudenken eilten seine Beine zum Lieferanteneingang – stets betrat er solche Paläste durch den Lieferanteneingang – ein breites Portal tat sich am Ende eines nach Ochsenblut und salzigen Mandeln schmeckenden Ganges auf.

Am liebsten wäre er dreist durch das Hauptportal getreten, Machandel fuhr mit der Hand über sein Gesicht. Dann streckte er beide Hände weit vor, ballte die Fäuste und rieb mit dem vorderen Daumenglied den Schlaf aus seinen Augen. Strich die Kniehosen straff, träufelte einen Tropfen vom Fond des Hofkochs Doyen über seine Nackenfalten, über beide Unterarme. Gefallen wollte er, wollte alles Müde und Kraftlose hinwegwischen, sich aufputzen. Dann endlich stellte er sich auf die Fußballen, hob den Türklöppel, schlug an.

Bumm. Bumm. Bumm.

Nichts war zu hören. Wieder rammte er den Kopf des Satyrs gegen die Bohlen.

Bum. Bum. Bum.

An seinem Daumen haftete das Aroma von kaltem Blut.

Ein Mensch wie er war es gewohnt zu warten – sein halbes Leben hatte aus Warten bestanden. Ignaz hatte die Arme um sich geschlagen, wie um sich zu wärmen, obwohl es Sommer war. Während er grübelte, woher er diese träumerische Form der Stille kannte, gähnte die Tür.

Das Kind, ein Mädchen, war kaum älter als zwölf oder dreizehn Jahre – sie war einen guten Kopf größer als er, hatte ungewöhnlich cremige, fast sahnige Haut, und aus ihren Augen starrte ihn jene freche Neugier an, die er an sich selbst zu erkennen glaubte, wenn er vor einem Spiegel stand. Lucette, so hieß das Mädchen, war ein leicht zum Närrischen neigendes Kind, das die Angewohnheit hatte, bei Tisch den Löffel oder die Gabel vor ihren Augen hin und her zu bewegen und dabei irgendein altkluges Wort, das ihr im Sinn hängenblieb, mit fragender Betonung wiederholt vor sich hin zu sprechen. Doch das Schönste an ihr waren die Haare, lange, schwere Haare, schwarz wie ein

Krähenflügel. Er mußte sich beherrschen, um nicht davon zu kosten.

Machandel starrte sie entgeistert an, er hatte mit allem gerechnet, mit einem groben Gesellen, der ihn hinauswarf; mit einem Küchenchef, der ihn zappeln ließ. Den Maître sofort persönlich zu sprechen, hatte er nicht zu hoffen gewagt, statt dessen stand dieses Mädchen vor ihm, und jetzt, wo er sie mit seinen Blicken und mit seinen Instinkten wahrnahm, da ahnte er, daß es die Tochter Baffours sein mußte.

»Seid Ihr Pinson, der Lehrling von Cassin, dem Zuckerbäcker?«

In ihren Augen lag die Andeutung eines sengenden Verlangens, und während sie ihn musterte, mußte er leise lächeln.

»Was soll er Euch denn bringen, Mademoiselle, dieser Lehrling Pinson?«

»Zuckerkuchen.«

Verlegen kramte Machandel in seinem Sack.

»Könnt Ihr Zuckerkuchen backen?« Es war ein Singen, und um ihrer Frage Nachdruck zu verleihen, riß sie die Tür weit auf und starrte ihm bohrend in die Augen.

»Mein Löffel kann sogar Spinnzucker zaubern, und wenn du ihn streichelst, dann zaubert er dir ein Stück roten Kandis.«

»Du kannst zaubern?«

»Da, nimm.« Er reichte ihr einen Brocken Kandis.

Sie starrte ihn an und konnte nicht verbergen, daß sie vor Neugier fast platzte.

»Vater kann auch zaubern. Blaue Schokolade, Nougat.«

»Wo steckt er denn, dein Vater?« Er richtete sich auf.

»Würdet Ihr Eurem Vater melden, daß Ignaz Machandel ihn zu sprechen wünscht!«

»Clotilde sagt, ich darf nur den Zuckerkuchen von Monsieur Cassin essen, der von Braille ist schlecht und böse und nicht gut und womöglich vergiftet.«

»Ein Mädchen soll tun, was man ihm sagt...«

»Wer ist es denn, Lucette?«

Eine schlanke, fast dürre Frau war herbeigeeilt, sie hielt eine Katze in den Armen, die sie mit spinnenbeinzarten Fingern streichelte.

»Geh jetzt! Und zieh dir Pantoffeln an, wie oft soll ich es noch sagen!« Um ihre Lippen lag eine fast grausam bittere Säuerlichkeit. Sie ließ die Katze hinabspringen, raffte ihre Jacke zusammen und starrte auf dieses Wesen herab.

»Kommen Sie herein, der Koch wird gleich da sein.« Clotilde, die Erzieherin des Mädchens, ließ Ignaz melden und musterte ihn mit offenem Argwohn. Hielt diesen Zwerg, der sie ängstigte und zugleich faszinicrte, für den Moment in Schach.

Gehüllt in eine silberbestickte Hausjacke, so blickte Baffour mit blutunterlaufenen Augen in den Morgen. Der Ausschnitt seines Hemdes war mit violetten Paspeln gesäumt – wie um sich seiner selbst zu versichern, strich der Koch mit dem Zeigefinger über den Saum seiner Ballonmütze.

»Clotilde! Das Kind bekommt den Reizhusten. Wie könnt Ihr sie an die Tür lassen – sie schwirrt ohne Pantoffeln am Dienstboteneingang herum.«

Sein Gesicht war ebenmäßig, die Haut wächsern, nur um seine Augen wuchs ein Netz zarter Fältchen. Den Mund hielt er verborgen unter einem Spucktuch aus Seide. Sein

Hüsteln war kaum zu hören. Still musterte er den Eindringling.

Wie ein Fisch.

Ohne zu atmen.

Baffour schlug mit dem Hinterkopf auf den Granit, es klang wie eine Konfektschale aus Sèvresporzellan, die in tausend Scherben zerbricht – und niemand würde in der Lage sein, sie wieder zusammenzusetzen.

Clotilde schrie, als risse man ihr sämtliche Haare aus, Lucette warf ihre Puppe zu Boden und rannte den Flur hinab zu ihrem Vater. Zögerlich bückte sich Ignaz über den Koch aller Köche. Er besah Gesicht und Hände, strich über die Stirn, ahnte wohl, daß Baffour ein Sturz wie dieser und erst eine Ohnmacht wie diese kaum etwas anhaben würden …

»Holt ein feuchtes Tuch«, bellte er. »Und tränkt es in Meerrettich. Und bringt eine Knoblauchzehe, meinetwegen eine aufgeschnittene Zwiebel. Schnell, schnell.«

Er bettete den Kopf auf ein Kissen, tupfte die Stirn mit dem Tuch, und als er die Knolle unter die Nase des Kochs rieb, zuckte ein Nasenflügel.

Da öffnete Baffour die Augen. Er röchelte, sein Leib stemmte sich in die Höhe, und er drohte zur Seite zu kippen. Sein Blick verriet peinliche Befangenheit.

Lucette stürmte mit einem riesenhaften Kerl herbei, der ein Beil in der Hand hielt. »Vater, Vater.«

»Schon gut, schon gut. Nur keine Aufregung. Frédéric, verschwindet! Überhaupt verschwindet, ich brauche niemanden, was steht Ihr hier rum, raus …« Er fuhr mit seinen Armen auf und ab, schneuzte sich, verlangte nach einem Schluck Wasser.

Louis-Sébastien Baffour hatte sich angewöhnt, die Schürze über die Hüfte zu ziehen, unter dem Schürzenbund kauerte das Etui seines Messers. Meist trug er eng anliegende Pantalons, dazu Seidenstrümpfe und cremeweiße Schaftstiefel.

»Was will er?«

Ungläubig starrte der Koch das Wesen an. Ein zerschlissener Rock, an dem die Knöpfe fehlten; Ärmel, die mit Löchern prunkten; eine Mütze, deren Stirnsaum sich verflüchtigte.

»Exzellenz. Ihr erinnert Euch, Ihr wart verhindert, doch der Wettbewerb, die Jugend, die Mittwochsgesellschaft …«

»Hört Ihr nicht! Ich habe zu tun – Clotilde, schafft das Kind in den Salon oder in den Garten oder sonstwohin und zieht ihr Pantoffeln an, wie oft soll ich es noch sagen!«

»Und den da schafft, wohin Ihr wollt, nur schafft ihn hinweg!« Auf alles war er gefaßt! Baffour hatte den Fasanenhändler erwartet, oder diesen Trottel von Gatois, den Seifenkocher aus der Rue des Poulis! Seinethalben hätte es der Pastetenhändler Muffetat sein können, der hinter seinem Rücken die Reste seiner peniblen Kreationen zu astronomischen Preisen in bessere Häuser lieferte. Schuft! Zehn Livre für eine Baffour-Pastete!

»Nein, halt«, sagte er und massierte mit Daumen und Zeigefinger seinen Nasensattel. »Ihr habt mir also das Leben gerettet, das denkt Ihr doch, habe ich recht?« Ohne auf eine Antwort zu warten, schaute er an sich herab, straffte die Brust, wendete sich um, er wollte in seiner Küche verschwinden …

»Beauvilliers schickt mich, Maître.«

»Beauvilliers«, sagte Baffour und drehte sich um. Man

sah den Widerwillen in seinem Blick, in seiner Küche war es verboten, den Namen des Konkurrenten zu erwähnen. »Soso. Schaut an. Saillands sagt, der Pfuscher Beauvilliers wäre gerade gestern an den Pocken gestorben.«

Es mußte eine Falle sein. Das war ohne jeden Zweifel ein Giftmischer, und er hatte ihm eben nur geholfen, um sich bei ihm einzuschmeicheln. Erst hatte er ihn traumatisiert, dann hatte er ihm aufgeholfen. Baffour schnupperte. Wedelte mit der Hand einen Aromenfaden an sein Gesicht heran. An seine Nase und an seine berühmte Zunge und an seinen feinen Gaumen, und sie alle nahmen die Idee einer stichigen Perlhuhnbouillon auf. Die Idee einer Zedernessenz, und irgendwo, da, an diesem jämmerlichen Reisesack, haftete ein geschmeidiges Öl – er tippte auf Buchecker oder ein mattes Substrat aus Pinienmark. Ein nußartiger, scharfer Klang, der sogleich in seinem Nasensack wütete. Er trat näher. Und je tiefer er in diesen Geschmacksfetzen drang, meinte er um alles jene Brotfarcen und Eier-Tunken zu ahnen, die Beauvilliers in seiner Folterkammer kreierte. Baffour schüttelte sich – es lag in diesem Geruch nicht ein Hauch Delikatesse.

»Ich habe gar nicht gewußt, daß ein Zwerg kochen kann. Nun, solltet Ihr das noch nicht wissen, dann müßt Ihr es lernen! Hier, in diesem Gang, standen vor Euch unzählige junge Burschen – und jeder einzelne von ihnen hielt sich für begabt und berufen und für einen Koch. Was, glaubt Ihr, ist aus ihnen geworden?«

Der Koch zog den Neuling in einen Winkel, er wollte ihn in aller Ruhe auskosten. Soso! Ein Frischling! Da kauerte ein komplexes Aromengebilde vor ihm, weit komplexer als alles, was sein Gaumen und seine Nase und erst seine Zunge je gewittert hatten; das da war – nie ließ ihn sein Instinkt im Stich – ein Gewürzsack. Ein Echoraum stand da vor ihm, all der Kräuter, die er in all den langen Jahren seines Schaffens aufgesogen hatte, ein Schwamm, der zweifellos nur darauf lauerte, ihn aufzusaugen. Nein! Auszusaugen. Ein Knoten auf zwei Beinen war das – man mußte nur an diesem Tuch da ziehen, das sein Kinn verbarg, an diesem Arm da rütteln, an dessen Ende dieser Löffel hing, und die Küche des größten aller Köche versänke in einer Flut ungeahnter Versprechen. Nein! Er hatte ja nur geträumt! Sich zu Irrbildern hinreißen lassen! Baffour ekelte vor dieser Gestalt.

»Habt Ihr Hunger?« Er schüttelte den Kopf und wartete keine Sekunde auf eine Antwort. »Warum frage ich überhaupt! Immer haben sie Hunger, alle – und die kleinsten und dünnsten fressen am meisten...«

2

Es begab sich am Morgen des 16. September 1796, daß Louis-Sébastien Baffour persönlich den Herd anfachte. Er stocherte in der Glut, er wußte kaum, wie man den Aschehaken hielt. Seit Jahren hatte seine Hand kein Feuer entfacht, das war die Aufgabe seiner Lakaien, der Hofschranzen, Schleimlecker und Holzburschen. Immerzu zog er einen Fliegenschwarm Parasiten hinter sich her, aber wenn man dann eine Hand brauchte, war man allein.

»Mist! Da, iß. Bringt dich nicht um. Wird deinen Hunger stillen.«

Baffour hatte eine Rotweinfahne, die er mit einem italienischen Likör zu vertreiben suchte. »Du hast sicher bei diesem Knauser Beauvilliers nichts Anständiges bekommen. Du hast Hunger, oder? Ach, was frage ich überhaupt: Ich befehle, daß du Hunger hast!«

»Ja, Koch.«

Lendenbraten trug er auf, eine Schüssel Lammbouillon, Trippa alla fiorentina mit geschmorten Auberginen – einfältige Naturen fürchteten die Aubergine, wenigstens war das keiner von diesen Auberginenverächtern! Kein Ängstlicher! Dazu trug er Blutwurst auf und obendrein den göttlichen Senf des göttlichen Verdier, dann, weil es nun einmal vor ihm stand, ein Hühnerfrikassee, das er mit Sherry abgerundet hatte; dazu einen Becher kühlen Apfelmost, ein Stück Obstkuchen, Branntweinpflaumen – was noch konnte er auf die Schnelle auftragen? Denn der da, es war nicht zu übersehen, hatte einen riesigen Hunger, was nun selbst einen Mann vom Schlage Baffours amüsierte. Ihm schmeichelte.

Es ging nicht um Raffinesse – es ging um Routine. Der Koch prüfte, wie sein Gehilfe aß. Prüfen wollte er, wie er es mit allen neu eintretenden Küchenhilfen tat. Und wenn dieser Machandel wirklich etwas so Besonderes wäre, wie man ihm zugetragen hatte, dann sollte er wenigstens passabel kosten können.

Klein war diese Gestalt, und wie sie so dasaß, weckte sie in ihm ein mildes, fast geschwätziges Wohlgefallen. Klein war dieses Wesen, kleiner als er! Seht, er kostet mit dem Löffel, wie putzig! Schmeckt – bedächtig, wie es sich gehört.

In einem Anfall von Vaterliebe hätte Baffour das Kind

umarmen können, denn es war ja ganz offensichtlich ein Kind – wenngleich die Haut und die Augen und erst der störrische Blick einen erwachsenen Mann auswiesen. Herzen hätte er es können, das Kind. Wie lange war es denn her, daß er ein Kind umarmt hatte? Lucette durfte er trotz ihrer zwölf oder dreizehn Jahre schon lange nicht mehr umarmen, das war vorbei. Das würde bald ein anderer tun. Ja, seit seine Gattin vor sieben Jahren von ihm gegangen war, hatte er überhaupt keinen Menschen mehr berührt – jetzt, in diesem Augenblick, kam ihm die Idee, daß es ihm gefehlt haben könnte in all den Jahren, einen Menschen zu umarmen. Ein Wesen, das er mochte. Liebte. Der Koch schwelgte und war folglich ausgezeichnet aufgelegt, denn der Anblick dieses Zwerges erheiterte ihn. Es fehlte nicht viel und er hätte sich als belustigt bezeichnet.

Charmiert.

»Ist das Verdier-Senf, Maître? Und das Lamm habt Ihr bei Soulager gekauft, hab ich recht?« Das Kind sprach zu ihm, ohne daß er darum gebeten hatte.

»Soso, ein Neunmalkluger! Der Senf stammt in der Tat von Verdier, das schmeckt ja nun jeder Trottel! Und wer es nicht schmeckt, der weiß, daß in der Küche Baffours nur der beste Senf aufgetragen wird. Und der stammt nun einmal, wie jeder in dieser Stadt weiß, von Verdier. Woher allerdings das Lamm stammt, das kann ich dir nicht sagen, denn selbst wenn ich es wüßte, würde ich es keinem dahergelaufenen Zwerg aufbinden, dieses Geheimnis – da mußt du den Lagergesellen fragen, Frédéric, weil es mich, je länger ich darüber nachdenke, nicht interessiert, es geht mir nicht darum, wer es liefert, sondern ob es frisch ist und zart…«

»Bei Mounot ist das Lamm noch frischer.«

Hatte er richtig gehört? Wollte ihn dieser Grünschnabel mit Ratschlägen beleidigen? »So, hat dir das etwa Beauvilliers verraten? Vielleicht hätte er dir ein paar Manieren beibringen sollen. Oder hast du ihn ausgespitzelt – wie du mich ausspitzeln willst? Sag, woher weißt du das?«

»Ich schmecke es. Und Ihr, Baffour, solltet es auch schmecken, nur wollt Ihr es nicht wissen, weil das Lamm dort zwölf Denier teurer ist...«

»Ach, halt deinen Mund und sprich nur, wenn ich es verlange. So, und jetzt iß.«

Er mußte sich neben ihn setzen und seine müden Augen auf diesen neunmalklugen Schwätzer heften. Seine Hand strich über eine dieser frisch geputzten Stülpdeckel, Cloches, die er, so sie nun Beauvilliers neuerdings auftischte, auch in seine Tafeln einwob. Da war etwas, das ihn anzog – trotz aller Störrischkeit, die von diesem Wesen nun einmal ausging; nur konnte er nicht ahnen, was. Dieses Geschöpf da, es paßte fast unter einen dieser Stülpdeckel, schenkte eine willkommene Ablenkung seines monotonen Alltags. Wenngleich er auch etwas drängend und frech und ungestüm wirkte, so verfügte er über einen ganz passablen Gaumen – und das gab es bedauerlicherweise selten genug in dieser Stadt.

Der Winzling hielt beide Augen geöffnet – das war ihm nun sehr recht, er haßte diese selbstverliebten Poseure, die mit ihrem Dämmerblick-Timbre Eindruck zu schinden suchten. Mit ihrem Maestro-Gehabe.

»Und woher kommt der Apfel? Wißt Ihr das etwa auch?«

»Aus der Normandie, eine Crasanne. Und das Huhn,

ich bin mir nicht sicher, aber es gibt jenseits der Porte d'Orléans einen Stall, und da habe ich im letzten Herbst ein Aroma entdeckt, das irgendwo im Raum steht…«

Natürlich wußte ein Mann vom Schlage Baffours nicht, woher das Huhn in seiner Küche stammte – es sollte froh sein, in seiner Küche zu landen, weil einem Huhn ja nichts Besseres widerfahren konnte, als in seinem Topf zu enden. Was die Frage seiner Herkunft naturgemäß in den Hintergrund drängte. Aber man konnte nie wissen! Bei nächster Gelegenheit würde er Frédéric fragen, ob es aus diesem Stall stammte. Entweder log dieser Winzling wie gedruckt, oder er besaß eine blühende Phantasie.

Mit einem Mal grauste es ihn vor dieser Kreatur. Baffour schwitzte! Er teilte den Wicht in seinem Geiste dem Bouillonkoch zu – ein Hüne, aus Poitiers gebürtig, der mit einer Hand eine Ananas ausquetschte. Wenn er bei Beauvilliers die Suppen durchgestanden hatte, war er hier für die Bouillon gerade recht! Das würde ihn lehren, Gemüse zu verdampfen. Und der da, dieser Blender, würde am Topf schmoren, bis seine hinterste Pore getränkt wäre von Bouillon.

Nebenher würde er, Baffour, ihm stundenlange Vorträge halten über die heilige *substance gelatineuse.* Würde Färbungen kreieren, die der Pfuscher Beauvilliers nicht einmal mit Tintenfischsekret künstlich erzeugen konnte! Würde ihm auftragen, Navets in geklärter Butter zu schmoren – lehren würde er ihn, einzuschneiden, um das Osmazom zu zaubern – würde diesen Fingern da beibringen, Brühenhaftes zu fühlen. Brühenhaftes *en soi!* Der Wicht würde seine ganze Kraft aushauchen beim Schleppen, Klären, Entfetten der Brühen und Bottiche.

»Gehen wir«, sagte er. »Wir wollen die Morgenfrische nutzen.«

Machandel sah aus, als sei ihm sterbenselend, und Baffour trat näher an ihn heran. »Alles in Ordnung?«

»Ja, Maître. Machandel hat sich nie besser gefühlt.«

Kurz darauf trat der Koch, Machandel an seiner Seite, in die Rue de Grenelle, pfiff eine Droschke herbei, hieß jene Erscheinung die Kiepe tragen und den Wagenschlag ließ er ihn sowieso öffnen, bat ihn Platz zu nehmen und bequemte seinen Steiß in die Polster. Ratternd fuhr die Droschke über die Seine hinan zu den Hallen.

3

In jenen Jahren existierte neben den Gewächshäusern des Jardin des Plantes ein weiterer Ort dieser Stadt, der an jedem Tag eines jeden Jahres das Kunststück vollbrachte, der Zeit den Atem zu rauben. Frühling, Sommer, Herbst und Winter gingen hier Hand in Hand. In den Hallen. In einem Winkel der Hallen: im Marché des Innocents.

Dort, wo vor kurzem noch auf dem Friedhof des Innocents Leichen in ein Kleid aus Lehm gehüllt worden waren, stand nun zum Verkauf, was immer die Erde austrieb. Und noch viel mehr. Hier stand, was die Wälder an Wild freigaben, stand, was die Meere und Flüsse und Seen an Fisch schenkten, die Hecken an Beeren, die Wildwiesen an Kräutern.

Endlose Stände zogen sich über den Platz und durch die angrenzenden Gassen, wackelige Tische und Bänke, zweirädrige Karren – meist von einem Schirm überspannt, dessen Tuch im Sommer die Sonne und im Winter den Schnee abhielt. Aus blanker Not mußte oft ein Lappen, liebevoll über dem festgetretenen Lehm ausgebreitet, die Illusion eines Marktstandes erwecken. Es gab Tücher mit selleriegroßen Löchern, auf denen ein Mütterchen neben einem Korb Berberitzen in der Hitze döste, sie konnte sich keinen der sonst an jedem Winkel umstehenden Sonnenschirme leisten. Kurz nach Mitternacht schoben die ersten Bauern ihre Handkarren über das Pflaster, aus allen vier Himmelsrichtungen fielen sie über die Stadt her, und trafen sie auf dem Markt ein, ermüdet von ihrer Reise, dann sanken sie in den Staub, dösten erst einmal ein oder zwei Stunden und wuchteten, kurz vor dem Eintreffen der ersten Händler und Mägde und Schnorrer und Bettler, ihre Kohlköpfe und ihre Artischockenbündel auf hektisch über Korbresten gestapelte Planken.

Dieser Markt bildete eine Stadt innerhalb der Stadt, chronisch verstopft waren die Winkel der Rue des Prouvaires und der Rue des Deux-Écus. Sumpfig und grausam – kein Kind und kein junges Mädchen aus besserem Hause durfte sich unbegleitet hierhin verirren. Das Rufen der Fuhrleute dröhnte in jedem Winkel, das Knallen der Peitschen hallte aus den finsteren, engen Gassen bis nah an den Louvre. Das Pflaster dröhnte unter eisenbeschlagenen Rädern, die Hufe der Pferde und Maultiere hallten bis zur Bastille. Hier, auf diesem Flecken, wurden Menschen gezeugt und leidlich erzogen, wurden Säuglinge gestillt und Alte in den Tod gesungen; manch einer wurde reich an diesem sagenhaften Ort, andere stürzte er in einen bitteren Ruin.

Kein Zweifel, der *Marché des Innocents* bildete das geheime Zentrum der Stadt, zwischen den Getreidehallen und dem Rathaus gelegen, nördlich der Seine, unweit der Place de Grève. Der Markt war der verhaßte Bastard der Kirche Saint-Eustache, der freche, stinkende kleine Bruder des Louvre. Wer suchte, der fand alles in dieser prall gefüllten Schatzkiste des Handels: Erdbeeren im Januar, Trauben an Ostern, Orangen das ganze Jahr über. Es war, als habe der Schöpfer an diesem Ort seine Schöpfung geprobt, bevor er endlich die ganze Welt erschuf. Wer nie diese Stände und diese Winkel und Schluchten verließ, würde dennoch ein Bild der belebten wie unbelebten Materie der Welt in sein Gedächtnis graben.

Da kauerten Frösche aus den reich bestückten Loire-Teichen in kolossalen Wasserfässern, Seine-Karpfen standen träge in untersetzten Bleirohren, müde mit der Rückenflosse wedelnde Riesen, und die Krebse krochen durch Bottiche mit atmendem Schlamm, allseits umstanden von geschwätzigen Gevatterinnen in zerschlissenen Roben, die Stunden um einen halben Sou oder einen Denier feilschen konnten. Das Wasser hatte die Farbe von funkelndem Bernstein oder hellem Smaragd, oder es war braun wie sumpfige Lauge. Riesige Hummer und Schnecken gingen lebend über den Ladentisch, fermentiert, geliert oder mit Salz versetzt, um endlich in den Körben der Mägde zu verenden, der Dienstmädchen, die mit schlampig geflochtenen Zöpfen vor Anbruch des Tages umherstrichen wie Nonnen zur Prim.

Am Stand von Madame Fontaine prunkten Anchovis aus Nizza, holländische Heringe und marinierte Thunfische aus Casablanca. Bei Wind und Wetter stand sie auf ihrem Posten, jedem Wellengang die Stirn bietend, unausgesetzt pries ihre schleppende Stimme Artischocken aus Laon, Maronen aus Lyon, Puten aus Rouen, Drosseln aus Alençon.

»Kauft Mirabellen aus Metz, Feigen aus Orioules, Pflaumen aus Roi!« Mit ungeheuren Händen riß sie einen Korb Mirabellen in die Höhe, stemmte ihn auf den Boden, senkte den Kopf, daß ihr fettiges Haar – viel war nicht mehr davon übrig – ihr über die Augen fiel.

»Kauft Mirabellen, kauft Mirabellen, kauft Mirabellen.«

In all den Jahren, die er in dieser Stadt brühte und suppte, hatte sich Machandel nicht getraut, seinen Fuß tief in die Gänge und Schluchten dieses Marktes zu zwängen. Mit Fisch, Gemüse, Obst hatte er sich auf den Märkten der Stadtviertel eingedeckt. Rückblickend mußte es einem so vorkommen, als habe er gehofft und gewartet, eines Tages an der Seite Baffours diesen Irrgarten auszukosten. Jetzt endlich war es soweit. Jetzt stolperte er hinter Baffour her, mit eingezogenem Kopf, wie ein Mann, der sich gegen starken Wind vorwärtskämpft. Um ihn war alles in Bewegung, nirgends bot sich ein Ort der Ruhe. Alle waren hier. Weil niemand sich einen Ort auf dieser Welt vorstellen konnte, der neben dem Gewöhnlichen das Delikate und das Dekadente feilbot, schwirrten die Freunde des guten Geschmacks wie Ameisen um die Reste wackeren Honigs.

Der Fischstand Madame Drieus galt als der beste der Stadt, folglich buhlten die Einkäufer und Gesellen um die Gunst dieser Frau, die man nur selten leibhaftig zu Gesicht bekam. Meist verschwand sie hinter einer Wand feuchter Säcke, von denen ein frischer Duft nach Seetang ausging. Wenn überhaupt, dann sah man ihre Hände, sie waren vom Schleim der Karpfen ganz schlierig. Und man hörte natürlich ihre Stimme, unausgesetzt feilschte dieser Baß um Grashechte oder Seeigel – in einer rußigen Pfanne lagerten Seemonster mit weit aufgerissenen Rachen, goldkäferfarbene Rheinkarpfen, Hechte, lang wie Kinderleiber. Düstere und prachtvolle Schleien, Fischleiber, die rotem, mit Grünspan geflecktem Licht glichen.

Die Nase des Kochs prüfte unerbittlich – er beugte sich vor und betastete einen Steinbutt leicht mit den Spitzen seiner Finger. Witterte oder rüsselte er an einer Miesmuschel nur die Ahnung süßlicher Hinfälligkeit, warf er sie nachlässig in den Sack zurück und verlangte nach frischen Muscheln. Madame Drieus rotgefrorene und mit Fischblut gebeizte Hände stießen in die Höhe, als hätte er ihr ein Unglück zugefügt. Sie flehte dabei um ihr Seelenheil und fluchte über die verdammte Nase des verdammten Kochs, drohte, in den Ruin getrieben zu werden, bückte sich – und zog aus einem Winkel einen Sack Muscheln hervor, den sie soeben aus dem Meer gerissen haben mußte, so frisch waren die Muscheln. So vital.

Machandel war innerlich zerrissen von der Fülle der Eindrücke. Sein Auge fixierte die Gesten des Kochs, seine Hand irrte über fette Doraden, seine Nase wieder irrte dem Duft von verdorbenem Rindfleisch hinterher, sein Gaumen tastete sich an die säuerliche Würze der Körbe mit Zitronen heran. Über dem Erdboden lag ein Teppich aus ekeligfeuchter Süßigkeit, und je höher die Sonne stieg, desto stärker übertünchte ein schwacher Hauch von Pestdunst die aromatische Wucht des Rosmarin und der schwarzgetigerten Hummer, die mit letzter Kraft auf einer Planke umherkrochen.

Unter all den hier versammelten Leinewebern, Weingrossisten und Steuerpächtern wandelte Baffour als ungekrönter König umher. Kräuterweiber mit stumpfen Nasen hingen an seinen Rockschößen, und die Innereienmetzger zogen Körbe voll Ochsenherzen herbei, sobald sie seine Wamsknöpfe nur funkeln sahen – kam er hinter einer Mauer von leeren Körben oder hinter einem Hügel Karotten zum Vorschein, warf sich ihm ein Bohnenbauer theatralisch in den Weg, ein Zahnloser, an dessen Wangen ungeheure Barthaare emporwucherten.

»Die besten Bohnen, die Ihr je gegessen habt.«

Seine Ballonmütze irrte durch Reihen und Winkel, und wo immer er hielt, stand nur allerbeste Ware vor ihm. Hatte sich in die hintersten Gelasse herumgesprochen, daß der Koch aller Köche Thymian bei Masson erwarb, dann strömte der halbe Markt zu Masson, um Thymian zu kaufen.

»Kauft! Bessere Erbsen hat selbst der Sultan von Konstantinopel nie gesehen.« Vor ihm schritt Madame Dauzat auf und ab, eine stattliche Matrone mit gewölbter Oberlippe.

»Da, mein Kleiner, wollt Ihr eine Erbse?«

Baffour zog sein Spitzenjabot zurecht, setzte eine feinsinnige Kennermiene auf und riß Machandel die Erbse aus den Händen, es war nun eindeutig an ihm, dem Kenner, zu zeigen, wie man Erbsen prüfe.

»Bessere Erbsen, soso! Nun, weil der Sultan von Konstantinopel nicht blind ist, bietet er Euch ein Viertel Livre für diese Erbsen – andernfalls könnt Ihr sie Euren Schweinen füttern.«

Sie kauften drei Bündel vom Römischen Salat, mit Strohhalmen zusammengebundene Ballen; sie kauften Lattich, kauften Endivie. Kauften Porree, die Stengel von Brocken satter Gartenerde bedeckt. Sie mieteten einen Träger, den Rest hatte er zu tragen, der Winzling, der ohnedem kaum folgen konnte. Hatte er sich in den verlockenden Anblick eines Schwarzrettichs verliebt, zerrte ihn der Koch an einen Tisch, an dem eine Vettel von hundert Jahren unter einem jämmerlich zerrissenen Seidenschirm drei magere Salatköpfe anbot.

Dann ließ er ihn einen Moment alleine umherirren, er habe, sagte Baffour, ein wichtiges Geschäft zu erledigen. Schon war der Koch mit dem Träger verschwunden. Schwer wog all das, was er schleppte, Machandel konnte kaum den Kopf heben, so sehr drückten ihn die Schinken, und die Rüben drückten ihn sowieso.

Ignaz schlich voran. Nicht weit von ihm werkelte ein Trüffelhändler mit trockenen, schorfigen Wangen, und ein Zitronenverkäufer preßte sein *citron, citron* über die Lippen. Dort kauerte auf einer Bank ein Weib, die Augenlider grob entzündet – und zwischen diesen Kreaturen sprangen die Lastträger umher, riesige, vor Kraft strotzende Kerle mit weißen Filzhüten und rotgestreiften Pumphosen.

Als sie heimwärts strebten, trug Machandel Trüffel aus dem Périgord und Kabeljau aus Dieppe. Wolga-Kaviar trug er, und ein Beutel, ihm um den Hals geschlagen, barg eine Ananas. Seine Halsmuskeln traten hervor, und sein Mund war vor Anstrengung leicht geöffnet, während er den Kampf gegen Gewicht und Trägheit führte. Er trug Shrimps aus Honfleur in seiner Rückenkiepe, ein Korb, den sein Buckel aufwarf, und Lachsforellen trug er, vom Mont-Cenis. An seinem rechten Unterarm schwankten Pasteten aus Nérac, gleichnishaft duftend. Als er schließlich fürchtete, unter der Last zusammenzubrechen, hievte der Koch auch noch einen aus Cherbourg angelandeten Steinbutt auf die Schulter des Zwerges. Dann ging es heimwärts, ins Hôtel Galliffet.

4

In den kommenden Monaten rafften die Blattern drei von Baffours Gesellen dahin. Ein herber Schlag. Schlimmer wog, daß Beauvilliers ihm zwei Bratmeister abgeworben hatte – und zu allem Unglück explodierte kurz vor Ostern ein Ofen. Das Unglück hatte einen Schälgehilfen gekostet, und Hermès, ein vielversprechender Saucier, hatte sein rechtes Bein eingebüßt. Allein der Winzling hatte das Unglück wie durch ein Wunder ohne die kleinste Schramme überstanden.

»Kommt um neun zu mir. Wir müssen reden«, ließ ihn Baffour wissen – und als er schließlich zur vereinbarten Stunde vor der Privatresidenz des Kochs stand, mit zitternden Knien, öffnete sich, noch ehe er anschlagen konnte, der kleinere der beiden Türflügel und ein gespenstisch schmal geschnittenes Gesicht beugte sich zu ihm herab.

»Der Koch wartet.«

Obgleich im Inneren des Hauses eine gewisse Wärme seinen Leib umschmeichelte, ergriff ihn ein Zittern, als träte er in einen Eiskeller.

Es duftete nach Anemonen, Honiggebäck und Mohn. Machandel meinte, man führe ihn in einen Garten. Sie stiegen die Treppe hinauf, das milchige Licht dämpfte die mit Atlas bespannten Wände. Als sie den Salon betraten, sah man durch die Stäbe des Ofenschirms Glut im Kamin. Nun war er allein mit sich und seinen Träumen. Er hörte das Pfeifen der Luft, die in Stößen durch den Kamin zog. Hörte das Knarren der Dielen, als der Diener den Treppenabsatz hinabschritt. Er war allein. Nur eine Ahnung des Rauchs besänftigte sein Herz.

»Wie lange lebt Ihr in Paris?«

»Maître Robert hatte sein Restaurant nicht eröffnet, da kochte Ignaz in der Auberge de la Hue ...«

»Auberge-de-la-was? Na, egal wie das Loch heißt, das wären also knappe zehn Jahre ...«

»Elf.«

»Setzt Euch! Setzt Euch endlich und spielt nicht länger den Zögerling – was man hört, seid Ihr sonst nicht zimperlich!«

Ungeduldig ruckte Machandel auf seinem Stuhl hin und her, einem Armsessel, dessen Polster eigens mit Kissen aufgesteift waren.

»Ihr brüstet Euch, den Fond des Hofkochs mit Euch zu tragen, hab ich recht! Mir entgeht nichts, und wenn Ihr Euch unbeobachtet glaubt, dann bin ich der Schatten, der hinter Euch lauert. Ihr seid ein halbes Jahr in meiner Küche. Das ist nicht lange, wie Ihr wißt, denn Geduld und Erfahrung sind die Paten jedes guten Geschmacks.«

Machandel lächelte stockend.

»Wie Ihr wißt, können wir, die wir im modernen Sinne kochen, uns Verschwendung nicht leisten. Wißt Ihr das? Ihr dürft nichts verschwenden, andererseits sagt man, Ihr zöget noch aus Dreck vorzügliche Saucen. Aus vergorenen, ranzigen Substanzen – übertreibt es nicht, wir müssen bei aller Delikatesse auf Qualität achten.«

»Vorzügliche Sauce. Maître wollen probieren?«

»Nein, das will er nicht! Da wo Ihr hockt, haben vor Euch schon ganz andere Kreaturen gesessen! Und sie alle wollten mir etwas beibringen oder mir etwas abschmeicheln – sie alle, tja, wie soll ich sagen, sind auf der Strecke geblieben. Und fallt mir nicht ins Wort. Und schmatzt nicht so. Wo habt Ihr gelernt?«

»Im Kloster Neuzelle, unter Pater Johannes …«

»Ich will nicht wissen, wo Ihr die Pilger vergiftet habt und wie der Trottel hieß, der den Honig versaut hat – ich sprach von der Kunst des Kochens …«

»Grand Taverne de Londres …«

»Genug – ich vergaß.« Ausgerechnet Beauvilliers! »Wenn Ihr noch mal versucht, mich zu belehren, lasse ich Euch ein Gebirge Möhren filetieren und Schleien ausnehmen, bis Ihr stinkt wie der Stand von Madame Drieu.«

Mit einer goldenen Gabel stippte er an einer Spargelspitze herum: »Brühe aus Faulrübe! Paßt ausgezeichnet zu diesem Geizkragen und Intriganten.«

»Rübe, das war meine Idee …«

Nichts hatte der Koch gehört. Vielmehr hatte er genug gehört.

»Schweigt, Idiot! Und vergeßt, was immer Beauvilliers oder Bonfleur, sein Steigbügellecker, Euch beigebracht haben – all das existiert nicht. Haben wir uns verstanden? Oder soll ich diesen geistigen Morast aus Euch hinausprügeln lassen?«

Machandel grub seinen Kopf zwischen beide Schultern, er schloß die Augen.

»Schaut mich gefälligst an, wenn ich mir die Mühe mache, Euch etwas beizubringen. Ihr sollt ab sofort meinen

Anweisungen folgen – und das heißt: Meinen Rezepten – versteht Ihr?«

Er ruckte sein Haupt in die Höhe und strich über sein Jabot. »Meine vielfältigen Verpflichtungen bringen es nun einmal mit sich, daß ich selten in der Küche walte – statt meiner sprechen meine Rezepte. Ihr werdet lernen, diese Sprache zu sprechen, und wenn Ihr Euch als so gelehrig erweist, wie ich vermute, dann werdet Ihr einer der Auserwählten sein, einen prächtigen Moment in der bedauerlicherweise viel zu kurzen Geschichte dieses Landes mitzuerleben.«

Hinter ihm lohte das Feuer. Er seufzte und streichelte einen Ring, den er von Katharina der Großen persönlich überreicht bekommen hatte.

»... ach, was sage ich: Einen größeren Moment hat die Geschichte überhaupt niemals gesehen! Nie! Vergeßt Hannibals Elefanten. Vergeßt Alexander, diesen kraftmeiernden Stümper, diesen versoffenen Päderasten. Und vergeßt Kolumbus, diesen inkontinenten Schwächling. Vergeßt Jeanne d'Arc, dieses busenstrotzende Kraftweib, vergeßt sie alle, denn es gibt nur Baffours Brühe ...«

Ein Zucken seiner Wange zeigte an, daß Machandel all das nicht zu vergessen brauchte.

»... hier ein Quentchen Chemie, dort ein Quentchen Botanik. So denkt sich das der Einfaltspinsel. Hier eine Prise Salz, dort eine Prise Zucker. Aber so geht das nicht!« Beide Arme streckte er in die Höhe, ließ sie zu beiden Seiten seines Sessels in die Tiefe sinken, schüttelte die Hände. »Kräuterkunde, Brennstoffwissenschaft – all das müßt Ihr beherrschen! Universell müßt Ihr denken! Komplex!«

»Wart Ihr je im Botanischen Garten, um die Entwicklung der Arten zu studieren ...«

»Ähem ... cher Maître ...«

»Habt Ihr – wie? In einem Kloster aufgewachsen ...? Gott stehe ihm bei! Ein Mann aus Clairvaux. Gute Schreiber sind das, Mönche! Na, wie steht es um die Generalabtei – hä? Da steht nach der Revolution kein Stein mehr auf dem anderen, was man so hört. Sicher haben die Mönche Euch in Kräuterkunde unterrichtet ... Aber das reicht nicht ... Ihr müßt von den Alten lernen ... Tradition ... Tradition ... Tradition!«

Die Hand des Kochs hieb auf den Tisch. »Und wenn Ihr es genau wissen wollt, dann müßt Ihr nicht erst bei Menon und Héliot anfangen, sondern in der Antike! Die Römer. Griechen. Etrusker. Es geht dabei, da gebe ich dem famosen Héliot recht, nicht um ihre Küche. Ihre Küche ist belanglos und lasch! Es geht um Philosophie! Mathematik. Arithmetik. Architektur. Die Botanik nicht zu vergessen ... Ihr könnt lesen, schreiben?«

»Ein wenig ...«

»Dann müßt Ihr all das studieren. All dieses Wissen müßt Ihr besitzen, um ein hervorragender Koch zu werden. Der beste. Ihr wollt doch ein hervorragender Koch werden? Einer wie ich?«

»Ja!«

»Dummkopf! Niemand ist wie ich, merkt Euch das! Und nun kostet meine Allemande – der König von Preußen würde mir einen Stall Mätressen spendieren, wenn ich einen Tag in seinem lächerlichen Küchenloch nach dem Rechten sähe.«

Der Koch nippte Champagner, noch sein Rülpsen hatte

eine majestätische Note. »Trinkt – oder sagt Euch ein 47er Mercier-Brut nicht zu?«

»...«

»Sprecht gefälligst, wenn ich es wünsche.«

»...«

»Man munkelt, Ihr besitzt eine Gabe. Es heiß, Ihr könnt kochendes Wasser bändigen, fauchendes Fett – stimmt das?«

»Was ist Besonderes daran, in eine Marmite-Bouillon zu greifen...?«

»Seid Ihr denn noch bei Trost? Jeder Mensch versengt sich die Finger, wenn er in einen Bottich heißes Wasser greift. Und erst kochendes Wasser – jeder, nur Ihr nicht.«

»Machandels Finger sind nun einmal taub...«

»Nein, nicht, weil Eure Finger taub sind, sondern weil sie empfindsam sind. Diese Finger sind so fein und edel wie meine Nase!«

»Ihr steckt Eure Nase in kochendes Wasser?«

»Natürlich nicht, Idiot. Ich halte es wie Ludwig XIV. und lasse keinen Tropfen Wasser an meinen Leib. Bedauerlicherweise läßt es sich nicht vermeiden, meine Finger mit Wasser zu benetzen. Aber, tjach, Wasser an die Nase – hört, Quenu, was dieser Tölpel für einen Unrat in seinem Kopf spazierenträgt.«

Quenu, der Hausdiener, verzog keine Miene.

»Es genügt, daß seit zwanzig Jahren der Brühqualm meine Nase schädigt. Dreißig! Sie reibt sich auf für die Welt, die begnadete Nase! Schaut, da! Schaut mir direkt in die Löcher meiner prächtigen Nase – rot wie eine Kirsche ist sie! Schaut!« Er beugte sich tief zu diesem Winzling hinab, um seine Nasenröte inspizieren zu lassen. »Und kein

Haar mehr geblieben! Nicht, Idiot! Igitt! Schauen sollt Ihr! Habe ich Euch befohlen, meine Nase mit Euren Drecksfingern zu peinigen! Mit Eurem lächerlichen Löffel?«

Mit beiden Händen fuchtelte Baffour vor seinem Gesicht herum, es sah aus, als hätte ihn eine Biene gestochen.

»Ein Tuch. Schnell! Quenu!«

Quenu eilte mit einem Seidentuch herbei, ließ es über die Flügel und Spitze der Baffourschen Nase gleiten – dann zog er sich wieder in jenen diskreten Halbschatten zurück, der neben einem fürstlichen Polstersessel auf ihn wartete.

»Täglich reibt sie sich auf, meine potente Nase, und eines nahen Tages wird nichts mehr übrig sein. Sie ist klein, schmal, aber täuscht Euch nicht! Fein ist sie noch immer! Hütet Euch, das Gegenteil zu behaupten!«

»Ihr wißt es nicht, aber meine Nase und Eure Zunge, anders: meine Nase und Eure Finger sollten sich verschwistern. Eure Brühe und meine Nase, das ist wie Adam und Eva, wie Sodom und Gomorrha, wie David und Goliath…«

»Goliath?«

»Ihr kauft passable Waren. Wißt Brühen zu ziehen.«

»Fischbrühe, Gemüsebrühe. Ich ziehe, was immer Ihr wünscht.«

»Ich weiß, welche Brühen Ihr zieht. Und redet nicht, wenn Ihr nicht gefragt seid – wie oft soll ich das noch sagen! In der Tat wünsche ich in Eure Brühe eingewiesen zu werden, jene, die Ihr gestern gezogen.«

»Navets, füllig. Bein von krankem Hahn! Rindshoden. Ein Stück Kartoffel, drei Wochen in vergorene Ziegenmilch – Rosmarin müßt Ihr drei Tage in Mottlauwasser weichen…«

»Müssen, müssen – meint Ihr etwa, der Koch aller Köche mache sich die Mühe, eine Feder zur Hand zu nehmen? Schreibt es auf, das Rezept Eurer Brühe. Lernt, wie man nach alter Kunst ein Rezept notiert. Alles Weitere werden wir sehen. So, und jetzt genießt das Dessert!«

Durch seine halbgeschlossenen Augen beobachtete er, wie Baffour vor dem Kamingitter auf und ab schritt. »Vorzügliche Idee. Sämtliche Brühen und Saucen notieren! Hervorragende Übung! Müßt Euern Geist ordnen! Ordnung!«

Er stieß den Feuerhaken in die Glut.

»Nichts funktioniert ohne Ordnung. Meint Ihr, Cäsar hat Gallien mit einem losen Haufen erobert? Ihr müßt mit System kochen! Was wären wir ohne Sosterides? Ohne Menon? Was ohne Robert? Seid Ihr des Lateinischen mächtig?«

»Quod sapit, nutrit…«

»Ihr werdet für mich Schriftstücke übersetzen! Wenn Ihr gut arbeitet, werdet Ihr in einem Jahr zum Demi-Gesellen erhoben.«

Quenu trug Mokka auf und Ruinart-Champagner – um den Idioten geschmeidig zu machen, ließ der Koch obendrein einen Fingerhut von seinem zweitbesten Amontillado-Sherry auftragen. Alles andere wäre Verschwendung gewesen.

5

Wer ihn von ferne beobachtete, zweifelte am Sinn seines unausgesetzten Schnüffelns und Witterns. Nur wer in sein Inneres drang, ahnte, daß er etwas Sinnvolles tat. Ignaz prägte sich die Würzimprimatur jeder einzelnen Pfanne ein. Sobald ein Fenster offenstand in der Küche Baffours, streckte er seinen Löffel in die Höhe. Den Wind der Kamine, den Wind der Fenster, den Wind der Verschläge nahm er auf – wer in diesen Tagen an seinen Schlafplatz trat, der hörte es unentwegt brausen, so tief hatte er seinen Geist dem Wind verschrieben.

Nachdem er den Wind erkannt hatte, studierte er die Kältezonen der Kammern – wer all das beherrschte, dachte er, der würde den Anforderungen des Kochs gerecht werden können. Wer nicht, der mußte untergehen, und das würde er um jeden Preis verhindern.

Gewissenhaft ging er daran, auch die Schallwelt um sich herum auszukosten – er brannte seinem Gedächtnis das Seufzen der Deckenbalken ein, das Knarren der Körbe, die an groben Haken an den Deckenbalken hingen, das Scheuern der Sohlen auf den Dielen. Nichts entging ihm. Anschließend erforschte er den Charakter des Personals. Er sortierte die Schäler und Dämpfer, die Wäscher und Magaziniers, Suppenköche und Bratgesellen, Sauciers und Beiköche nach heißspornigen, sanftmütigen oder idiotischen Charakteren. Die Arbeit war schnell getan.

Nur Lucette blieb ihm ein ewiges Rätsel. Die Tochter Baffours erschien ihm sanft wie die Frühlingssonne, dann wieder unbeherrscht, aufbrausend – neckisch und im selben Moment störrisch wie ein alter Bär. Er konnte sie nicht fassen. Wenn er ihr an seltenen Tagen Langusten in Süßwein auftrug oder hinter ihr die Treppe hinaufhuschte, dann suchte er dieses Rätsel zu erkunden.

»Oh, ein Geschenk!«

»Ja, Mademoiselle! Es vergeht kein Tag, da ich nicht an Euren Zuckerkuchen denke.«

»Gewiß, Zuckerkuchen. Und das hier ist jetzt also eine Waffel, habe ich recht.«

»Nicht irgendeine Waffel, Mademoiselle. Sie stammt von Van Rosmaelen, der besten Waffelmanufaktur der Stadt. Es ist die beste Waffel, die im ganzen Land aufzutreiben ist…«

»Soso, die beste Waffel. Darf ich sie essen oder soll sie vergoldet werden?« Sie schaute schnippisch auf ihn herab, es war, als wäre sie in den vergangenen Monaten um einen Doigt in die Höhe geschossen. »Habt Ihr die Waffel auch mit dem Löffel da hergezaubert?«

»Nein, Mademoiselle. Ich habe sie«, er zeigte auf seinen Mund, wagte jedoch nicht, seinen prächtigen Rachen aufzureißen, »mit meiner Zunge ausfindig gemacht.«

»Wollt Ihr ein Stück, Machandel?«

Sie streckte ihm die Hälfte ihrer Waffel entgegen, und weil es keinen Zweck hatte, ihr einen Wunsch abzuschlagen, nahm er sie.

»Sagt, könnt Ihr auch die besten Mandeln und die besten Schaumpastillen und Honigkuchen aufspüren?«

Freilich konnte er das! »Schaumpastillen, gleich morgen kann ich welche kaufen. Morgen, nein. Jetzt…«

Mit einem Satz war er die Treppe hinab und durch den Lieferanteneingang hinaus. Clotilde, die diese bizarre Szene mit angesehen hatte, wußte nicht, was sie davon halten sollte.

Machandel kaufte ein. Wo sich niemand um diese Tätigkeit riß, die einem die Sohlen aufschürfte und den Rücken krümmte, ging er alle Tage umher. Heimlich waren sämtliche dreiundzwanzig Köche und Gesellen froh, ihn fern zu wissen – es hieß, Baffour halte große Stücke auf den Gesellen, und am liebsten hätte man ihn nach Sumatra geschickt, um Zuckerrohr einzuhandeln!

Patisseriebutter schleppte er herbei und Stockfisch und Dill. Von der Porte de Clignancourt bis zur Straßenschranke von Grenelle kannte er bald jeden Winkel. Kein Laden entging seiner Nase, kein Lagerkeller. Bald gab es keinen Seine-Kahn, dessen Planken er nicht gekostet hatte. Wer den Buckel auf zwei Beinen sah, der dachte in jenen Tagen, als er Säcke schleppte, da habe sich einer krummgebuckelt. Ja, es sah sogar aus, als hätte er nie etwas anderes getan, als Säcke zu schleppen. Man meinte bisweilen, er trüge die Last der Welt auf seinen Schultern. Abgestumpft wirkte er, verhetzt. Dennoch eilte er immerfort, legte Elle um Elle zurück, geräuschvoll, unermüdlich.

Als er eines Tages das Haus verlassen hatte, begann es zu regnen. Blitze fuhren in den Boden, bald goß es wie aus Eimern. Nach zehn Minuten schäumte in jener Gasse, die er entlangschlich, ein kleiner Gießbach, Donner grollte, und es wurde stockfinster.

Er hielt an, stand triefend da, trat an den Tresen eines winzigen Ladens, der unzählige Salzsorten barg.

»Sie wünschen?«

»Salz, Pökelsalz.«

Der Verkäufer, ein kleiner, sehniger Herr von vielleicht fünfzig Jahren, reichte Machandel ein Handtuch.

»Was pökeln? Schwein?«

»Hasen. Eine Aprikose, Pflaumen ...«

Es war vollkommen klar, daß dieses triefende Wesen irre sein mußte, also reichte der Händler ihm ein Pökelsalz von minderer Qualität, schritt an den Ladentisch und verlangte stattliche sieben Denier.

»Das ist kein Salz, Monsieur. Ich brauche Salz, bestes Salz, Pökelsalz für meine Aprikose. Und vielleicht für eine Pflaume …«

»Schon gut, schon gut.«

Etienne-Jacques Armand, so hieß dieser Mann, der aus der fest verschlossenen Tür seiner Salzhandlung beobachtet hatte, wie der Regen den Schlamm der Rue de la Harpe aufweichte und in sein Reich trieb, der daran dachte, all seine Säcke in höher gelegene Geschosse zu tragen, denn Wasser blieb naturgemäß der größte Feind des Salzhändlers, verspürte nicht die geringste Lust, bis in den vierten Stock hinaufzusteigen, nur um diesen Tropf mit seinem besten Salz zu versorgen, dieser Mann nun stolperte zwei Stockwerke hinauf und als er nach einer Ewigkeit zurückkehrte, speiste er Ignaz mit einem halb gelungenen Pökelsalz ab.

»Kein Salz, kein Salz, kein Salz«, sagte dieses Wesen, unentwegt hieb sein Löffel auf einen Sack.

»Schert Euch hinaus, das ist ein wunderbares Salz und für Euch und Eure Pflaumen gerade gut genug«, er schritt an die Tür und riß sie weit auf, da wuchtete sich Machandel vor ihm in die Höhe und setzte zu einem Schrei an, den dieser musisch veranlagte Mann nicht eine Sekunde ertrug, denn er besaß so etwas wie das absolute Gehör.

»Schon gut, schon gut. Ich eile, ich hole Euch das beste Salz des Hauses, ein spanisches Meerpökelsalz, fünf Gros zu einem halben Livre, und wehe er hat nicht genug Geld dabei.«

Als Machandel an diesem Abend aus einem mehrfach verknoteten Ledersachet das Salz vor den staunenden Augen Baffours ausbreitete und davon schwärmte, wie er darin einen Lammfuß pökeln würde, glaubte der Maître erstmals, einen Irren vor sich zu sehen.

»Seht, Ihr müßt es mit dem Löffel reiben, und aromatisieren müßt Ihr es unbedingt mit etwas Anis. Etwas Mohn, dann sollt Ihr es rösten, das Salz, und wenn Ihr es zwei Tage stehen laßt, entfaltet es sein volles Aroma ...«

»Ja, ja, schon gut.« Er schüttelte das Haupt, daß seine Mütze um wenige Pouce verrückte. »Müssen, müssen, müssen – wie redet Ihr mit dem Maître?«

Er richtete seine Ballonmütze und seufzte vernehmlich. »Ich kann nicht auch noch Lammfüße pökeln ... nein! Essig ansetzen, Mayonnaise schlagen, macht, was Ihr wollt, solange Ihr Eure Vanillecreme zaubert, Lucette giert danach.«

Aus der Rue Sainte-Anne beschaffte er Kalbfleisch; nie hatte man zarteres Kalbfleisch genossen. Um provenzalische Gewürze zu proviantieren, die schmeckten, als stehe man in einem blütenschweren Lavendelfeld, eilte er zu Santerre in die Rue des Valois – und verfügte er über einen freien Finger, ging er zu Beginn der Glasgalerie des Palais Royal in den Laden Hyrmets.

Auf eine Kiste gekauert lauschte Machandel, verbrachte halbe Tage im Laden von Athanase-Jerôme Hyrmet, seinen Rücken an den Verkaufstisch gelehnt. Er lauschte.

Trüffel seufzten. Maibutter stöhnte – ein Korb Bohnen knirschte aus Schoten und Hülsen, indes das Äquivalent von zwölf Boisseaux Haselnüssen in einem Sack beleidigt vor sich hin schwieg. Hatten seine Ohren sich satt gehört, dann schaute er. Beobachtete. Hyrmet knüpfte Knoblauch zu Zöpfen und summte dabei ein Wiegenlied, als strähne er das Haar seiner bald siebenjährigen Enkeltochter Justine.

Irgendwann räusperte sich Ignaz, nachdem er für Stunden von Essigessenzen, Schlehenlikören und bauchigen Ölflakons geträumt hatte. Unsichtbar war er in diesen Momenten – und wer doch etwa seine Ohren hinter einem Sack spitzeln sah, nahm sie für eine Spezialität dieses Ladenlagers. Aufgehoben fühlte er sich und satt. Hier konnte man träumen – fern aller Schwülstigkeit, die in der Küche Baffours den Ton angab. Hier durfte man zugreifen, ohne zuvor die Hände mit Seife gereinigt zu haben. Beißen durfte man. Rupfen! Hier durfte man kosten. Hier durfte noch die Brust, das Ohr, der Arm fühlen.

In einem Schrank ruhten Bärenpfoten aus Spanien, er sah sie nicht, doch seine Zunge wußte, daß sie dort oben warteten. Auf ihn warteten. Oberhalb des Ladentisches aus geöltem Nußholz schlummerte ein Pinienkernöl, das halbe Poisson zu zwei Livre. Hier lagen Büffelzungen und Prachtkarutzen neben mit Cayennepfeffer gepunkteten westfälischen Schinken – ein Apfelgelee aus Rouen lag dort. Provenzalische Eselsalami. Crepinetten. Linsen aus Puy. Maronen. Zungenwürste in allen Reifegraden.

Montags stand Ignaz als erster vor der Ladentüre eines gewissen Taboureau. Er lauerte auf die Ankunft der Entenpasteten aus Amiens – wie durch ein Wunder schossen jedesmal kurz nach seinem Eintreffen die Lastfuhrwerke durch die Rue des Fossés-Montmartre. Er wich Postkutschen aus, taumelte vorbei an Senkgruben und rettete sich mit letzter Kraft in den Hof des Hôtel Galliffet, um seine kostbare Fracht auf den Kies zu stemmen. Dann kauerte er auf einer Treppenstufe, das Herz voll sanfter Entschlossenheit, und sammelte seine Kräfte. Kurz vor Sonnenuntergang eilte er von Bordins Essighandlung in die Rue des Prouvaires in die beste Nudelmanufaktur nördlich von Neapel.

Den ganzen Tag schweifte er umher, und gönnte er sich eine Pause, dann aß er an den Quais gebackenen Stint, Cremespeise, Würzbrot – er genoß das Brot. Genoß das Murmeln des Flusses; und über allem genoß er die Idee, aus diesen Facetten bald ein viel strahlenderes Geschmacksgebäude aufzumauern. Bisweilen dachte er, es gäbe Mandelhonig, Schwarzolivenöle und Morchelschaum nur aus dem einzigen Grund: daß nämlich er sich ihrer bemächtigen und sie ihrer Bestimmung zuführen würde. Seiner Bestimmung. Was genau das sein würde, konnte er noch nicht sagen. Ihn durchfuhr ja erst eine Ahnung davon. Die Idee einer Ahnung.

Er hatte einen Brie aufgetan, der ihn besänftigte, einen Cantal, mit dem es sich leidlich leben ließ – einen rauchigen Gaperon, erst vor wenigen Tagen, da bog er in einen Winkel des Faubourg Montparnasse, den er noch nie ausgekostet hatte. Alles schmeckte hier nach Käse, noch das Wasser, das an dem einzigen Brunnen des Viertels geschöpft wurde, versank in einem Schwall von Käsearomen.

Doch einer wie er ließ sich nicht verwirren. Sein Löffel tastete an einer Mauer entlang, kroch in einen Hinterhof – da, im Schutz eines aufgelassenen Hühnerstalls, saß eine Alte inmitten eines Berges von Kastanienblättern. Einen Banon hielt sie in der Hand, er trat näher heran, bot zehn Sou für ein Stück Käse – sie starrte ihn aus milchigen Augen an, guckte ganz ernst und starr wie ein spähendes Tier, bis er erkannte, daß diese Alte nichts sah.

Sie schlurfte über den Hof, griff in einen Kasten, zeigte ihm einen echten und vollen und tönenden Banon und reichte ihn dorthin, wo sie den Fremden vermutete. Dann kehrte sie wieder in ihre Ecke zurück und griff nach einem neuen Blatt. Ihre ledrigen Hände wickelten ein Kastanienblatt um einen Ziegenkäse, noch ein Blatt, noch eines, knüpften einen in Wasser getauchten Bastfaden um die Blätter – und betteten den verheißungsvollen Käse in einen Korb.

Als er die Blätter seines hallenden, schweren Exemplars hinwegriß und seinen wunden Kiefer in die harzige Masse trieb, wußte er, daß diese blinde Alte den besten Käse fabrizierte, der seine Zunge je umschmeichelt hatte – tausendmal besser als die edelsten Kreationen Lamberts an der Place Royale.

In stummer Hingerissenheit hätte er die Stirn der Alten mit Küssen bedecken mögen. Er war wie berauscht – denn längst hatte er sich in Sphären hineingefressen, die nur ihm vorbehalten blieben, ihm allein.

6

Bei Frost schlich er morgens zur Seine, um aus einem flachen Kahn obszön muntere Atlantikaustern herbeizuraffen, und witterte er nur die Ahnung jener Wärme, die den Austern auf dem langsamen Weg die Seine hinab jedes Aroma raubte, eilte er im Tarnmantel des Morgennebels zur Rue Montorgueil. Stunden kauerte er auf dem Vorsprung einer rissigen Mauerfalte und sah zu, wie da, zu seinen Füßen, die Kutschenaustern in Körben verkauft wurden.

All das hatte er im Verlauf eines langen Winters und

eines lauen Frühlings vervollkommnet. Machandel kannte die besten Brotdepots der Stadt, die besten Mehlreservoirs und Ölmanufakturen. Kein Händler konnte ihn mit minderer Ware abspeisen, denn dieses mit dem Löffel von tief unten an die Ladentische klopfende Wesen duldete keinen Pfusch. Keine Halbheiten. Keinen Murks. Sie erstarrten vor Schreck, erfüllte das Hallen seiner Holzschuhe oder das Scharren seines Löffels den Raum.

Sosehr man in ihn drang, er offenbarte nicht, wo er seine Waren auftat. Es waren seine Geschmacksnoten, er hatte sie entdeckt, und indem sie seinen Gaumen gekitzelt hatten, hatte er sie – in einem höheren Sinne – obendrein erschaffen! Sie waren seine Luft, sein Element. Auf diesen Wanderungen schöpfte Machandel den Atem, dessen er bedurfte, um eines Tages die Welt zu verführen. Es war ihm übrigens gleich, wenn er in Fragen des Einkaufs für unersetzlich galt.

Machandel scherte sich nicht um Haß oder Liebe der anderen. Nur die Liebe der einen wollte er erringen. Ihr Lob, ihren Tadel. Vom ersten Augenblick hatte er nur Augen für sie, für Lucette. Sie war der Antrieb, der ihn rennen und wittern ließ. Lobte sie eine Vanillecreme, die er nur für sie geschaffen hatte, dann war das vieltausendfach bedeutsamer als ein Lob des Kochs.

Glaubte er jedoch, sie mit einer Aprikosenmousse zu erheitern, schob sie bisweilen den Teller beiseite und schrie nach Entenconfit oder nach Hummersauce. Gönnte er ihr ein Nest taufrischer Austern, dann schrie Mademoiselle nach Maronencremesuppe – und er mußte nach Lyon eilen und Maronen herbeischaffen. Es war ein Fluch und es war eine Verheißung.

Keinen Abend streckte er seinen Buckel aufs Lager, ohne zu träumen, wie Baffour auf ihn zuschritte und das Haupt des Winzlings an seinen Bauch drücke. Noch verheißungsvoller waren jene Augenblicke, da er es wagte, an Lucettes Haar zu schnuppern; wenn sie ihre Serviette an die Lippen geführt hatte, ruhte er keine Sekunde, bis er diese Serviette erbeutet hatte und ihre Verheißung ihn erfüllte, während die Nacht über ihm hereinbrach. Es war ein stilles Begehren, ihr Aroma schenkte ihm seltene Momente der Ruhe und Zufriedenheit. Sog er nur ein Aromenteilchen von ihr auf, konnte ihn nichts mehr betrüben. Alles war unendlich leicht und sanft und schön – er trieb in Träumen und Bildern von sanfter Wärme dahin.

Baffour war ohnedem nur ein Gespenst. Eine Chimäre, ein lauer Hall. Louis-Sébastien Baffour – das hatte er rasch und schmerzhaft erfahren – agierte längst überall, nur nicht in seiner Küche! Der Küche lieh er seinen Namen, dafür strich er sein Gold und sein Silber ein, mehr wurde nicht von ihm erwartet. Seine Nase, sein Händchen ließ er sich andernorts vergolden. Versilbern. Kaum etwas geschah in dieser Stadt ohne ihn. Er führte Verhandlungen über die Mehlversorgung der Stadt. Baffour prüfte Weine in Burgund und legte am Abend desselben Tages den Grundstein eines Brunnens nahe Orléans. Baffour begrüßte Patissier-Delegationen, agierte als Gutachter vor Gericht, kurz: er stand die wenigste Zeit am Herd. Er wirkte in seiner Küche als sachwaltendes Prinzip. Mehr wurde nicht verlangt.

Nur in den ersten Tagen schwang sich Machandel auf, jenem Leitstern zu folgen, der über allem schwebte. Dem Rezept. Danach hielt er sich nicht mehr an die Rezepte des Kochs und wurde auch nicht dazu angehalten. Wenige

Wochen, nachdem er Lucette eine leichte Maronensuppe kredenzt hatte, stieß er in jenem Bureau, in dem der Souschef die Schöpfungen der Küche sammelte, auf seine Kreation unter dem Titel »Maronen à la Baffour«. Sein Birnenhuhn firmierte als »Poulet à la poire à la Parisienne« – siebzehn seiner Schöpfungen fand er hier als Rezept, ohne daß man ihn je gefragt hätte. Was, wie er ahnte, gar nicht notwendig war, denn alles, was er in diesen Hallen schuf, ging sogleich in den Besitz des Kochs über – woran kein Mensch Anstoß nahm, immerhin war es die Güte des Kochs, die solche Schöpfungen ermöglichte, indem sie Vorräte und Öfen und Gewürze bereitstellte, um all das zu ersinnen. War es da nicht recht, daß er den Ruhm einstrich?

Wenn Baffour vor diesem Regal stand – was alle halbe Jahre geschah, er hatte ja sein Personal – und die Papiere durch seine Hände gleiten ließ und von Schöpfungen schwärmte, ging ihm nicht durch den Kopf, daß all das nicht aus ihm selbst hervorgegangen war. Er hatte den Gedanken verdrängt, daß er nur raubte, was die Gesellen unter seiner Herrschaft in die Welt brachten. Seinen Steinbutt à l'Anglaise hatte er einem durchreisenden Iren abgetrotzt, die polnischen Suppen einem entlassenen Hofkoch aus Warschau.

»Maître, es ist pervers!« Frédéric eilte entsetzt herbei.

»Gestern hat er eine obszöne Waffel geschaffen, dann an einer Vanillecreme gefeilt – und gleich darauf vollendete er ein Frühlingssüppchen, das er Lucette auftragen ließ …«

»Und was ist daran obszön? Er macht seine Arbeit, und er macht sie gründlich, das muß man ihm lassen.«

»Er hat keine Angst, vor nichts – und er springt von der Zuckerbäckerei zu den Fischsuppen, die ihm wieder die

Idee einer verkünstelten Hummersauce einpeitschen – er springt zwischen den Kabinetten und Winkeln der Küche hin und her. Nichts ist ihm heilig.«

»Ihr werdet nicht dafür bezahlt, nachzudenken. Schreibt auf, was seinem Hirn entflieht. Und wenn er es nicht freiwillig preisgibt, dann fesselt ihn oder macht ihn betrunken, ich will so viel als möglich aus ihm herauspressen.«

Selbstredend war Machandel der Gedanke fremd, etwas so Sinnliches wie ein Cassoulet etwas so Abstraktem wie einer Formel zu überantworten – in seiner Welt folgte er diffusen Intentionen. Launen. Sein Geist sträubte sich gegen Setiers, Pinten, Löffel, Prisen. Gegen jede Mengenangabe. Es war, als rebelliere sein Geist gegen die Idee des Rezepts.

»Achtung, der Koch.« Frédéric sprang zur Seite und riß den Ofen weit auf.

»Mist!«

Man legte die Pikett-Karten beiseite, zog die Stiefel an, der Armagnac verschwand in einem Schrank. Der Rotisseur hieb ein Küchenbeil in einen nur für Baffour reservierten Klotz – das war das verabredete Zeichen, daß der Koch lauere.

»Wollt Ihr mich alle vergiften? Saillands, was soll das sein?«

Saillands, der Saucenkoch, tat, als wüßte er nicht, was vor ihm lag.

»Ich fürchte, das ist ein Stück halbverfaultes Aas, das ein Hund zwischen die Zähne bekommen hat.«

»Eine Unverschämtheit, Unverschämtheit. Wer hat das Lammcarrée versaut, wer?«

Niemand gab einen Laut von sich. Dreißig Seelen starrten auf eine Platte, und was sie sahen, war schauerlich.

»Ich, Koch.«

An einem schiefwüchsigen Schäler vorbei trieb sich der Löffel nach vorne, Machandel rückte seine einfache Mütze zurecht und stierte Baffour schüchtern an.

»Pardon! Ein Versehen.«

Es war selbstredend jedem klar, daß diese Schöpfung nicht von ihm stammen konnte – aus dem einfachen Grund, daß der Winzling noch nie einen Fehler begangen hatte. Zwar hatte er hier und da den Garpunkt überreizt, einen Hauch Salz zuviel ins Püree moussiert oder eine Pastete zu stürmisch garniert – doch nie unterlief ihm eine jener Pannen, die in einer Küche nun das Normale eines Tagewerks waren.

Als der Koch dieses weiße, zu allem entschlossene Gesicht sah, resignierte er.

»Gut«, nickte Baffour. »Kommt nach dem Service in mein Bureau.«

Der Koch trat an eine Kupferreine, seine Hand lupfte den Deckel und nahm eine in Butter geschwenkte Erbse des Suppenkochs auf seinen Löffel. Man reichte ihm Wasser. Dann schwenkte er die Erbse, er trat an ein Fenster, behauchte sie, um zu studieren, wie sie auf Wind reagiere.

Sämtliche Fensterflügel ließ er aufstoßen und beatmete die Erbse. Baffour nappierte die Erbse mit seinen Eckzähnen, seine Backenzähne genossen den Widerstand, er riß beide Augen auf und katapultierte seinen Leib auf die Zehenspitzen.

Baffour japste, daß jeder der um ihn gedrängten Gestalten meinte, er falle vornüber – dann biß er zu. Natürlich biß er nicht. Beißen, das war etwas für arme Schlucker, er würde niemals beißen, nur tranchieren mit sanftem Druck. Wie ein Messer, das durch einen Block handwarmer Butter schwappt. Es war mehr ein fühlendes Tasten, ein nie endendes Zögern – als wehre er sich, diese Erbse mit seinen Zähnen zu quälen – die Spannung hätte gereicht, um einer brodelnden Marmite den Deckel hinwegzuschleudern. Es kam allen Beteiligten noch am kommenden Tag so vor, als hätten sie ein halbes Leben gewartet, bis er die Erbse mit seinem Kiefer palpierte – mach schon, dachte der Rotisseur, in seinen Händen lag ein Tranchiermesser, das er im nächsten Moment dort in diesen Wanst gestoßen hätte, nur um dieser unerträglichen Spannung ein Ende zu bereiten …

Dann endlich wedelte der Meister mit beiden Händen auf und ab und verkündete das Urteil.

Bon!

Es war *bon.* Er nahm eine Erbse in Empfang, ganz wie er Erbsen liebte, und der Suppenkoch wischte sich mit dem Küchentuch den Schweiß von der Stirn. Verschenke ihr Aroma – und bewahre ihr Geheimnis. Eine Erbse muß locken und schenken, witzelte Baffour, ganz wie in der Liebe. Nur ein Narr offenbare seiner Geliebten seine tiefsten Geheimnisse. »Merkt Euch das!«

7

Am Ende des Sommers, die ersten kühlen Herbstwinde zogen durch den Luxembourg-Park, bald würden die Enten und Störche ihr Lager abbrechen, verkündete Lucette, sie trete ab sofort in den Hungerstreik.

Clotilde, in höchster Sorge, setzte alle Hebel in Bewegung, und Verlaque, der Hausarzt, war ihr wichtigster Hebel. Er verkündete, die junge Mademoiselle neige ganz entschieden zur Pneumonie. Als Lucette auch am dritten Tag noch an ihrer Weigerung festhielt, ließ Baffour seiner Tochter ausrichten, sie könne alle Tage in den Frères Provençaux speisen. Alles sei geregelt, Barthélémy oder auch Simon werde persönlich auftragen …

»Sie hat nein gesagt.«

»Was?«

Baffour legte den Entwurf eines Banketts zur Seite, drei riesige Bögen für eine Lästigkeit, die er für die Hochzeit des Meister-Apothekers Fontaine ausrichten sollte. Eine stumpfe Prunkerei in Trüffel und Hummer und Kaviar – es war ungewiß, ob die September-Austern pünktlich aus Cancale eintreffen würden.

»Sie wünscht von Ignaz, dem Demi-Gesellen bekocht zu werden. Der Winzling, an dem sie einen Narren gefressen hat.«

»Streunt sowieso den halben Tag im Laden von Hyrmet herum …« In weit ausholenden Schwüngen skizzierte seine Hand die Platten und Prunkschalen auf einer Ristplatte an, er würde hundert Gästen in vier Sälen servieren lassen –

»Man redet. Er ist ein Mann und er ist, wenn auch unverhältnismäßig klein, so doch unverheiratet!« Sie zupfte an ihrer dürren Nase. Clotilde, die bis in den Wahnsinn gläubige Erzieherin Lucettes, hatte mit dem Leben längst abgeschlossen – sie aß überwiegend Brühe und trockenes Brot. Sie ging nach Sonnenuntergang zu Bett, betete versessen, und ein Lächeln ging ihr nur zur Weihnachtsmesse über die Lippen. Je älter ihr Mündel wurde, desto grimmiger sah sie, wie neben ihr neues Leben austrieb – während ihres schrumpfte. Entwich. Schwand. Lucette hingegen war ein prächtiges, schönes, obendrein kluges Mädchen, sie war das allerschönste Mündel, das sie je in einem Salon der Stadt gesehen hatte – jedenfalls in jenen Jahren, da sie Salons frequentiert hatte, lange vor der Revolution und mithin in einer anderen Zeit.

»Laßt sie reden, Clotilde. Sie zerreißen sich sowieso das Maul über uns – wißt Ihr, was ich gestern auf dem Markt gehört habe?« Clotilde preßte ihre Nasenspitze so fest zusammen, daß alles Blut aus den Fingern floß. Sie platzte vor Neugier.

»Es geht das Gerücht, die Erzieherin meiner Tochter besäße einen Ara-Papagei, der den ganzen Tag nur schreie«, Baffour tat, als ginge er in die Bibliothek.

»... schreie, schreie, schreie. Und was schreit er angeblich wohl? Was, Clotilde?«

Es riß sie förmlich auseinander, am liebsten wäre sie ihm in die Bibliothek gefolgt, hätte ihn von seiner Trittleiter gerissen und ihm entgegengeschrien: »Sag's, sag's, sag's!«

Statt dessen rieb sie sich die Hände und verschränkte danach die Arme vor ihrem durchgescheuerten Strickjäckchen.

»Mehr Brot, mehr Brot, mehr Brot ...«

»Das ist eine außerordentliche Geschmacklosigkeit«, befand sie stoisch. »Besonders in Tagen, wo die Menschen Hungers sterben, das ist ...«

8

Was die Küche anging, tat Ignaz, was man ihm auftrug, nur tat er es auf *seine* Weise – was Baffour in den Wahnsinn trieb. Er nahm Wachteln, Fasane und Puten und verschwand in den finstersten Winkel. Schleppte Navets und Spargel in Bottichen herbei und machte sich an die Arbeit.

Niemand glaubte, hier arbeite ein Koch ernstlich an einer Bouillon. Man sah ein Kind, und das Kind spielte. Machandel scherte sich nicht um saubere Messer oder um ein geputztes Schneidebrett, er beließ den Möhren ihren Dreck, wischte die Finger an einem stinkenden Lappen rein – und ging umher in verkrusteten Stiefeln. Dem Topf beließ er seine Dreckkrusten, als wären sie ein wesentlicher Teil des Topf-Wesens. In seinem Winkel sah es aus wie in der Werkstatt eines Tafelmalers, nur daß nicht zehn Gesellen ihre Tuben und Tiegel umherstehen ließen, sondern nur er allein.

Er gab Sellerie geviertelt in den Topf, so unverschämt roh, wie ihn ein unverschämter Gott geschaffen hatte – wer inmitten dieser Dunkelheit ahnte, wie Machandel brühte, gab vor, nichts mit diesem Wüten zu tun zu haben. Mit weniger als Vollkommenheit wollte er nicht leben. Allein, was seinem Topf nach tagelangem Brühen entfloh, es wirkte reich und geschwätzig und gewaltig, ohne Aufsehen zu erregen. Irgendwie hatte er von frühester Kindheit an verstanden, leise Aromen zu vollenden. Was er schuf, das wog all die Unebenheiten auf, die dieser bizarre Geselle in die Welt setzte. Man übersah den Weg und lobte das Produkt.

»Was tut Ihr da?«

Sie stand vor ihm, frisch wie der Morgen. Es war das erste Mal, daß Lucette sich an seinen Herd wagte. Der Rauch unzähliger Feuer, die hier gebrannt hatten, vermischte sich mit der Würze eines Thymianfeldes. Speckig waren die Wände, die Kupferkasserollen verbeult; der Kamin glänzte bräunlich-rosig, getränkt mit Butter und Gänseschmalz und Hammelbratenfett.

»Ich ziehe Frühlingssuppe, der Lauch soll singen, der Sellerie soll brummen, und die winzigen Zwiebeln will ich im Fond tanzen sehen – schaut.«

»Ihr müßt viel sanfter werden, Machandel. Ihr seid zu stürmisch – so werdet Ihr nie die Stadt erobern. Webt Zucker hinein oder Honig oder Ahornsirup, und es wird geschmeidiger werden. Sanfter.«

Sie bewegte vielsagend die Hände.

Mittlerweile konnte sie diesen Sonderling lesen wie ein Buch – ein vielgelesenes, geliebtes Buch – und sie war ziemlich sicher, daß sie bekommen würde, was sie wollte. Aromen und die Erlaubnis, nur von ihm allein bekocht zu werden.

In den kommenden Wochen ließ Machandel jedoch nicht das geringste Anzeichen erkennen, sein Talent entfalten zu wollen, er unternahm nicht einmal den Versuch, sein prächtiges Innenleben auswärts zu stülpen, er mußte, bevor er zu Höherem schritt, zuerst eine Aufgabe vollbringen.

Endlos wob und extrahierte er. Sein Gewebe sollte Weichheit schenken und die Wärme des Englischleder. Seine Hände brühten und stanken folglich bestialisch nach Geflügel. Stand er vor der Comédie-Française, schmeckte er nur die Kraft seiner eigenen Bouillon. Brühen schwirrten in seinem Kopf durcheinander wie die Erinnerung an einen Alptraum. Und bisweilen schwamm er als Teil des Gebräus im Seihtopf, er selbst war Teil seiner Bouillon. Wer auch immer mit ihm zu tun hatte, hielt sich die Nase zu – so bestialisch stank er nach *grand bouillon*.

Nach zwei Monaten hatte er fünfzig Schinken, dreißig Fasane, hundert Wachteln, drei Körbe Zwiebeln, einen Berg Sellerie und Lauch und Navets und Karotten zu einem Fond geschweißt, der, in einer schiefergrau lauernden Kristallflasche verkorkt, neben dem Doyen-Extrakt in seiner Wamstasche ruhte. Strich er mit einer Hand darüber, dann flammten seine dunklen Augen auf, und ein euphorischer Schauer kroch an den beflaumten Flanken seiner beiden Arme hinauf, wie Ameisen, die ein Ärmelfutter stürmen.

9

Es war ein ungewöhnlich schwüler Tag. Schweiß rann ihm aus allen Poren – er stolperte in den Eiskeller und schmiegte seine Wangen an einen riesigen kalten Block.

Machandel roch und witterte und kostete, es war, als hätte sich an diesem ungewöhnlich schwülen Tag ein Block aus Eis über die Stadt gelegt, nirgends war eine Bouillabaisse zu wittern, eine Julienne – nicht die Idee eines gerösteten Huhns (das Huhn bildete in der ständigen Symphonie den Basisklang der Stadt) war aufzutreiben. Über die Île Saint-Louis hastete er, hastete die Rue de Sèvres hinab und über den Pont-Royal durch die Tuilerien, selbst am Fuße der Residenz, wo stets die geschwätzigsten Töne standen, war es an diesem Tag merkwürdig still.

Da stieg er zur Seine hinab, stippte nahe dem Hafen von Saint-Paul seine Füße in den Fluß, kaute auf einem trockenen Stück Holz und versuchte, in der Reglosigkeit, die um ihn alles erstarren ließ, zu denken. Nicht zu denken, vielmehr ließ er sich treiben. Er lauerte auf jenen Moment, an dem das allererste Aromenteilchen seinen schläfrigen Gaumen wachkitzeln würde. Und weil mit seinem Gaumen diese ganze Figur in eine ungewohnte Trägheit verfiel, streckte er sich auf den Kies und schlief.

In Paris war nach der Revolution im großen und ganzen alles wie gehabt. Im Tuilerien-Palast residierte statt des Königs ein Erster Konsul (und bald ein echter Kaiser). Nicht weit davon entfernt, im Bischofspalais, würde bald Jean Baptiste de Belloy-Morangle, der Erzbischof, am Ende eines Prunkdiners vor den Verfehlungen des Fleisches warnen. Unweit davon, im Justizpalast, hielt Louis Nicolas Dubois, der Polizeipräfekt, die Fäden der Macht in seinen Händen.

Die Börse florierte und der Handel florierte und die Gewalt florierte. Der Betrug florierte. Die Prostitution florierte sowieso – und von der Porte Saint-Denis bis zur Porte Saint-Jacques, vom Faubourg Montmartre bis zum Faubourg Saint-Marcel verreckten die Armen im Straßendreck.

Alles war wie gewohnt – mit einer Ausnahme. Wer an diesem Hochsommertag ein Café oder eine Patisserie, eine Traiteurbude oder ein Restaurant betrat, der wäre hungernd nach Hause getaumelt. Nichts! *Rien!* Nirgendwo gab es etwas zu essen, es herrschte blanke, schreiende Leere. Kein Bäcker buk Brot. Kein Pastetenmacher buk Pasteten. Kein Fischbrater briet Fisch. Nicht, weil die Vorräte knapp waren. Weil Krieg, Seuchen, Hungersnöte wüteten. Es gab nichts, weil sämtliche Bäcker und Patissiers und Traiteure und Metzger und Wirtsleute und Köche der Stadt zum Collège National an der Place Cambrai strömten.

Die Schlachter schritten durch die Gassen, das Weiß der Mützen erinnerte an eine Schar Gänse, die unter Apfelbäumen umherirrten. Dürre strömten heran, pausbäckige Gestalten wankten herbei, Jünglinge mit unschuldigen Kindswangen tapsten, Sanftlinge trotteten, die energischen Naturen eilten voran mit martialischem Schritt. Fistelstimmen hörte man, den Baß eines Ochsenmetzgers, das Hämmern der Kastorschuhe auf dem Pflaster. Vor dem Portal bildete sich eine Schlange. Man wartete. Eine geschlagene Stunde verging, zu einer Ewigkeit zerdehnt. Es war, als hielte die Zeit den Atem an.

Die Schlauen hatten Leitern mitgebracht. Wohlhabende mieteten eine Droschke oder gleich den Rücken eines Lakaien, um von oben auf die Fenster des Vortragssaales Blaise Pascal zu blicken. Andere liehen sich gegen unverschämte vier Sou Stühle. Laufburschen, die einen Denier verdienen wollten, rollten Fässer herbei, um Neugierige einen Ausschnitt des Rednerpults erahnen zu lassen, an dem ihr König sprechen würde, Louis-Sébastien Baffour.

Schlag sechzehn Uhr öffnete ein Bediensteter mit goldener Borte an der Mütze die Kutscheinfahrt zu Baffours Haus in der Rue de la Convention, und ein Karriol preschte über den Pont-Royal, die Seine hinauf in die Rue Saint-Jacques zum Haus des Wissens. Der Koch betrat – gemäß einer Abmachung mit dem Polizeipräfekten – das Collège National durch den Hintereingang.

Während Machandel sich vom Ufer der Seine erhob, den Staub von seinem Kittel wischte, um ins Collège zu trotten, schlüpfte exakt um halb fünf Maître Baffour durch eine Blindtür in den Vortragssaal (nebenan las man über Klassisches Chinesisch oder Staatsökonomie). Ein Tumult brach los, größer als einst zur Antrittsvorlesung des Astrologen Jean Picard, nur ein Niesen von Baffours göttlicher Nase war Anlaß genug, in Jubelstürme auszubrechen.

Da stand er nun, sein Pincenez prangte auf der weichen, ebenmäßigen Nase. Allein sein Schneuzen klang einen Tick zu theatralisch, noch ahnte niemand, wie sehr er diesen Augenblick genoß. Er verbeugte sich, eine imperiale Locke wehte über die Stirn, seine Hände ordneten Papiere, seine Stimme dankte den Anwesenden, dann fuhr sein Zeigefinger den Nasensattel auf und ab, strich die Locke aus der Stirn: »Liebe Brüder ...«

Über die Nachteile der alten wie über die Fortschritte der allerneuesten Küche sprach er. Es folgte eine Analyse der Küche Héliots, Vorkoster Ludwigs XV. Sodann psalmodierte er von Parmentiers propagierter Kartoffel – »Ich war nicht anwesend, als Parmentier am fünfundzwanzigsten August 1785 Ludwig XVI. einen Korb Kartoffeln überreichte ...«

»Ich war da, ich, ich«, tönte es aus der dritten Reihe. »Ich, ich, ich!«

Ein Küchenchef hob seine lachsrote Hand. »So war es, so und nicht anders ...« Baffour hieß den Zeugen Platz nehmen und schwieg, bis die Aufmerksamkeit wieder allein ihm galt.

»Ähem.«

Ein Seitenhieb rügte den anwesenden Beauvilliers. Er indes, Baffour – er zeigte eine polierte Knolle vor – führe bald die Kartoffelisation auf ungeahnte Höhen. In seinem demnächst erscheinenden L'art du cuisinier werde er allein an vierzig Weisen auflisten, der Kartoffel zu jener Ehre zu verhelfen, die ihr gebühre.

Applaus kraulte seine Brust, und alle waren begeistert, nur ein Zuhörer stutzte, aus dem einfachen Grund, daß es sein Werk war, das ihm hier entgegenwehte. Machandel hatte sich satt gesehen an diesem Anblick, hatte sich neugierig unter das Volk gemischt, und jetzt packte ihn das Entsetzen, denn der Koch breitete aus, was er in den letzten Jahren entdeckt hatte. Monate hatte er nur der Kartoffel gewidmet, jenem vorgeblich niederen und ungesunden Erdgewächs. Er hatte ihr einen Knödel abgerungen, eine Pastete, eine Suppe, die ihresgleichen suchte – er hatte diesem Baffour all sein Wissen hingeworfen. Und nun trug er es vor, als sei es ein Werk seiner Inspiration.

Darunter, spitzelte Baffour, werde er auch das Püree Parmentier notieren. Ein Staunen ging durch die Reihen, man fächelte sich Luft zu. Er werde die Welt mit Kartoffelcroquetten beschenken, mit Soufflés, um gerade eben hauchleicht die Note des Nachtschattengewächses zu verströmen. Die Honoratioren in der ersten Reihe hätten ein Königreich hergeschenkt, um von dieser Schöpfung zu kosten. Es gab sogar vereinzelten Applaus, den Baffour mit einem gezielten Blick zum Schweigen brachte.

Nachdem er die Kartoffel abgehandelt hatte, diese nur vordergründig den Arbeitern vorbehaltene Knolle, rekapitulierte er die Wirkung der Tomate, die, dank seines

Wirkens – Baffour reckte das Haupt in die Höhe – Einzug gehalten habe in die Kategorienlehre der Grundsaucen.

Das konnte nicht sein, er, Machandel, hatte die Vitalität der Tomate bei Beauvilliers freigelegt, nein: entdeckt – jetzt gab diese Kreatur, die ihn stets belächelt hatte für seine Tomatensaucen und Tomatensuppen und tomatisierten Pasteten, vor, deren Entdecker und Förderer zu sein!

»In unseren Tagen wird die Tomate, man nennt sie wissenschaftlich das Lycopersicon esculentum, kaum älter als das Fest des heiligen Thomas. Die Revolution hat sie mit den südländischen Deputierten auf unsere Märkte gespült, ein unverzichtbarer Bestandteil der Küchenwissenschaft ...«

Dann lobte er die volatilen Salze des Eies, wies auf die Wunder lymphatischen Eiweißes hin, verbreitete sich über die fettadstringierende Wirkung des gelblichen Eiteiles – ein Scherzbold gackerte, und die Honoratioren lächelten indigniert.

Übrigens sei es keinem Geringeren als Harvey vorbehalten gewesen, die Präformationshypothese nebst Einschachtelungstheorie zu verkünden, der zufolge sich der Organismus mit allen künftigen Geschlechtern im Ei im »entwickelten« Zustand befände. Es gackerte auf den einfachen Plätzen, man hielt sich die Bäuche. Er rühmte die acetisch-vitriolique oder sinapische Kraft des Essigs aus dem Hause Bordin. Beschwor die gesundheitschenkende Wirkung der russischen Orka-Suppen, würdigte die kardial-stomachische Grundäolisierung des Muskat – »Brüder, bei unserem Tun dürfen wir die heilende Kraft der Speise nie aus dem Auge verlieren.«

Noch grob ungesunde Gestalten nickten wie in Trance.

Über Thymian sprach er, Basilikum, Sellerie, den Blattlorbeer. Lobte das Sellerieöl – nichts davon, fuhr es Machandel durch die Sinne, hatte dieser Mann erschaffen. Der Koch hatte ihm das Sellerieöl entrissen – und stets betont, es tauge nichts. Öl des Sellerie! Er, Machandel, hatte im Auftrag des Meisters Gesundheitsbrühen und Breie entworfen, die in Bicêtre und im Hôtel-Dieu gelobt worden waren.

Dann sprach er über den Siedepunkt des Spargels – noch fehlten Chronometer, um solche Finessen zu notieren. Noch! (Sein Zeigefinger fuhr in die Höhe!) Rekapitulierte die Spezifikationen siedender Verbrühung, strich mit einem Seidenhandschuh über seine Stirn. Hüstelte. Sortierte seine Stimme. Fegte Flusiges von seinem Revers und ließ eine Bemerkung über die Hitze fallen – um endlich das Wunder der Kraft des Reduzierfeuers zu erläutern.

»Geschmack ist der kleine Bruder der Geduld.«

»Vivat!« ging es durch den Raum.

»Mais oui!« hallte es jenseits der Fensterbrüstung.

»Hört, hört!« riefen einige, die Wangen gebläht, als äßen sie Cassoulet.

»Wie recht er hat!«

Und als sei all dies nur ein Präludium gewesen, ging er daran, sein Referat auf die *bouillon* zu führen.

Das Tier – »wie wir alle wissen« – zerlege sich in den tierischen Faserstoff, Gallerte, Osmazom. Phosphorsaures Natron. Ammonium. Kalk. Fett. Leim. Er scheue sich, Banalitäten auszubreiten – das beträfe übrigens alles Leben. »Und nicht nur das Tier.« Keiner verstand die Anspielung.

Nach kurzer Pause sprach Baffour von der Brühkraft

des Auvergne-Rindes, wenn es im späten Januar nach seiner fettglättenden Wanderung in der Hauptstadt anlange. Der Saaldiener erschien, nicht wenige hofften, er führe ein Rind hinein. Er predigte vom Osmazom, dem Heiligen Geist fleischiger Brühen, als sei es ein Fetisch, den es anzubeten gelte. Vom Albumin sprach er, dem muskelinhärenten Schaumspender, sprach von der *substance gelatineuse,* die hinreiche, Siechende zu stärken. Er hielt ein Plädoyer für Leimstoff, den Grundstoff aller Gelees: »Hühner, Schweine, Baumpieper sind gesegnet mit Leimstoff...«

Machandel wußte nicht, wie ihm geschah. Der Ekel stand ihm im Gesicht, denn was immer dort aus diesem Mund quoll, das hatte er in seinem Winkel ersonnen. Nicht, daß es ihn befremdete, vielmehr konnte er nicht begreifen, daß Baffour halb ausgereifte Wahrheiten unters Volk posaunte. Es stand noch aus, all das in einem Guß zu vereinen und einer resümierenden Probe zu unterziehen.

Baffour hüstelte und fingerte das Seidentuch hervor, er spuckte; dann pries seine Stimme die Tapiocasuppe. Begann ein Fachreferat über die Ehe von Qualitätsweinen und Essen, riet zu Sherry nach dem Vorspeisengang. Der Champagner könne jedes Essen begleiten; alter Käse sei nirgends besser aufgehoben als in einem Bad Sherry. Er lobte die Strahlkraft der französischen Küche. Niemand könne ihr das Wasser reichen.

Ein schallendes »Vive la France!« ging durch den Saal.

Dann trat er vom Pult hinab, verbeugte sich anhaltend. Schritt zu einem nahe dem Fenster aufgebauten Buffet, das für die Dauer des Vortrags hinter Paravents verborgen geblieben war und von Baffour nun mit großer Geste freigegeben wurde. Man schnupperte, die Zungen schossen in die Höhe. Keiner wollte leer ausgehen. Auf den Gesichtern lag das selige Lächeln, das die Messe oder der Tod nach langer Krankheit schenken.

Ein Bratkoch eilte in roten Strümpfen und Schuhen mit wuchtigen Silberschnallen davon und summte vor sich hin. Er schien versunken im Unendlichen, das glückliche Opfer einer Träumerei. Verständlicherweise versank am kommenden Abend die Stadt in rasender Gourmandise. Paris seufzte unter der Dunstglocke einer gewaltigen Schlemmerei, die der Koch errichtet hatte mit seinen Worten, er allein.

10

Alle nickten! Alle lächelten! Alle waren verzaubert. Alle – bis auf einen. Obwohl auch er lächelte, war seine blasse Stirn von einer Vorahnung gezeichnet. Statt zu staunen, hielt Ignaz inne. Er witterte.

Was immer er hier kostete, das kam ihm unheimlich vor. Und vertraut. Das in Feigen geschmorte Kaninchen, das lauwarme Auberginenpüree, selbst die Variation des Krebses – nichts, was Baffour verkündet hatte, war ihm neu, aus dem simplen Grund, daß all das aus ihm geflossen war. All das hatte er ihr auf den Gaumen gedichtet, Lucette – und selbstredend hatte Baffour, ein argwöhnischer Vater, der stets neben ihr hockte, wenn sie aß, es aufgesogen; er hatte es von seinen Schreibern kopieren und anschließend prüfen lassen, und nun flog es als seine Kreation in die Welt. Was, wenn alles, was dieser Mann je in die

Welt posaunt hatte, nicht dem Ingenium seiner Sinne entsprungen wäre, sondern das Produkt all der Sklaven sein sollte, die für ihn gekocht hatten?

Dieser Mann, den er lieben gelernt hatte, verströmte das Aroma der Angst. Baffour hatte Angst, sie stand um seine Ballonmütze und in seinen Augenwinkeln, noch seine Lippen umspielte ein Gran Angst, und es war, als wage er nicht, zu lachen. Aus Angst. Noch sollte es dem Winzling nicht möglich sein, zu ahnen, woher diese Angst kam. Was sie nährte. Sie war einfach nur da, die Angst. Sie war da, mit einem Mal, und das war beinahe noch bedrohlicher, dieses Ungewisse, Lauernde, Schwärende um diese Person. Es war geradezu grotesk. Schön sah er aus, beinahe begehrlich, und man hätte diesen Koch lieben können, wäre diese Schönheit nicht Ausfluß eitler Borniertheit gewesen.

War das etwa die Angst, die den Koch umbrauste? Angst, daß seine Brühen nicht ans Tausendstel der Machandelschen *bouillon absolu* reichten? Hier schlummerte sie, nahe seinem Herzen.

Brav.

Brav.

Selbstverständlich behielt er sein Wissen für sich. Nur ein Knirschen seiner Zähne verriet, daß es in ihm rumorte. Nur bisweilen loderten seine Augenwinkel auf. Er glich in jenen Tagen, die auf diese Erkenntnis folgten, einer Auster. Nur wenn ein besänftigender Rauch seinen Leib umgarnte, öffnete er seine Schale und gönnte seinem Leib den Eindruck der Welt.

Das war im Juni. Im September, am Ende seines Probejahres als Demi-Geselle, absolvierte Machandel an der Seite Saillands' die Saucenküche. Selbst in seiner Begeisterung war dieser Mann zurückhaltend. Die meiste Zeit gab er sich überaus kühl und sachlich, und seine Lehrmethode war so archaisch wie revolutionär. Alles an diesem Saucier schrie nach Harlekinade und Künstelei. Ein Schnurrbart teilte sein kirschrundes Gesicht, und ein Flechtzopf ragte wie ein aufgezopfter Bund Zwiebeln aus seinem Hinterschädel. Jeder andere hätte ihn angehimmelt oder verworfen. Machandel ignorierte die Eigenheiten des Mannes und nahm nur dessen Können wahr. Und das Können dieses Mannes war nun beträchtlich. Saillands besaß Geschmack – dieser Mann war ein Brunnen des Glücks für den ermatteten Machandel.

Vom ersten Augenblick an hatte sein Ingenium unter der Fassade dieses Mannes ein Wissen bloßgelegt, das ihn mit Ehrfurcht erfüllte. Man mußte die Fingerkuppen des Sauciers streicheln, um zu ahnen, wie eine Soubise sich anfühlte. Seine Nase flammte alle Tage im senfigen Gelb seiner geschwätzigen Sauce Robert.

Bisweilen reichte ein Blick, und Saillands begriff, daß seine Venitienne nach einem Pouce Estragonessig schrie. Man meinte, dieser Mensch spreche mit seinen Saucen. Es ging das Gerücht, er esse ausschließlich Saucen – das war natürlich eine jener Übertreibungen, die die Zeit liebte. Saillands trank grünen Tee, abgekochtes Wasser mit Zitronenjus, Kokosmilch, und an Sonntagen trank er das Sickerwasser gereifter Quarkleibe. Nie hatte er einen Tropfen Branntwein genossen, nie eine Kanne Bier in seinen Magen gespült. Es hätte seinem Gaumen schaden können. Das galt es zu verhindern. Um jeden Preis.

Allein, er konnte bedauerlicherweise sein Wissen nicht teilen. Dieser Mann glich einer pädagogischen Null – weil er sich um alles in der Welt nicht vorstellen konnte, daß ein Wesen nicht wisse, was ihm in jeder Faser steckte. Indes vermochte ein Wesen ihm sein Wissen abzuahnen. Hinwegzusaugen. Das tat Ignaz Machandel.

An der Seite dieses Mannes interpretierte sein Löffel Grundsaucen, die denen des Saucenkochs kaum nachstanden. Kadenzierte er Eigelb über schlummernden Flammen, glich er einem Chorknaben, der das erste Mal das hohe gestrichene C singt. Adelte er eine Allemande mit Petersilie, weißem Pfeffer und Zitronenjus zur Sauce à la poulette, dann zitterte noch seine Nasenspitze.

Da der Neuling ungewöhnlich geschickt vorging, wollte das Glück, daß er ab morgens drei Uhr am Saucenherd stehen durfte, während der Saucier in seinem straff gespannten Bett in der zweiten Etage der Residenz davon träumte, bald als schönster Mann Frankreichs erkannt zu werden. Niemand schien in der wie leergefegten Stadt auf den Beinen, nur eine Lerche schrie ihre Melodien in die blendende Dunkelheit, als wollte sie die Sonne herbeisingen. Ständig scharrte er Bohnenreste zusammen. Klaubte Tomaten aus dem Mist. Heimlich mußte er saucen. Wenn Baffour geahnt hätte, was hier vorging, er hätte ihn in die Seine geschmissen wie eine faulende Rübe.

Einstweilen reduzierte Machandel seinen Fond. Er mußte die Farbe nicht sehen, er konnte sie ja schmecken – ja, es kam ihm bisweilen so vor, als schenke erst vollkommene Dunkelheit Aromen. Ihre Aromen. Bald würde er nicht nur den Geschmack ihrer Lippen, sondern noch die Farbe ihrer Haare nachbilden, es fehlte nicht viel, und seine Allemande besäße die Farbe ihrer Haut.

»Was tut Ihr hier?«

Ihre Stimme raubte ihm die Sinne, und es kam ihm so vor, als träume er.

»Nichts, nichts …«

»Das ganze Haus schläft, nur Ihr seid auf den Beinen – um nichts zu tun?« Sie trug ein Gebetbuch in den Händen, um ihre Schultern schmiegte sich ein Mantel aus Wolle.

»Und warum macht Ihr keine Fackel an? Man sieht keine halbe Elle weit.«

Er rührte, ließ den Löffel kreisen.

»Darf ich kosten?«

Wie stets, wenn er ihr nur eine Löffelspitze reichte und klagte, dieses sei noch zu bitter und jenes zu schwülstig, war es um Längen besser als alles, was sie aus der Hand ihres Vaters gekostet hatte.

»Darf ich?«

Etwas Zitronensaft wob sie hinein, Bröckchen eines betagten, rissigen Cantal. Sie ließen Knoblauch in den Hummerfond rieseln, Impressionen von sanftem Curry, Safran, Chili, Nelkenpfeffer – nie hatte man in den zurückliegenden Jahren für ihn gekocht – jetzt tastete sich Lucette vor in sein Begehren, und es war sonderbarerweise um Längen besser als alles, was er aß, um seinen Hunger zu stillen. Oder hatte er sich all dies etwa nur eingebildet, denn als er den Löffel hob, um Hummersauce zu kosten, stand nur ein Korb Zwiebeln vor ihm.

Von Lucette keine Spur.

Wenn sie in den folgenden Wochen abends bei ihrem Vater weilte oder noch nicht aus dem Theater heimgekommen war, schlich er sich heimlich in ihr Zimmer und atmete ihren Geruch. Er kostete von ihrem Laken, er wischte

Puderstaub von ihrem Schminktisch in eine Phiole, um von ihr zu kosten, wenn ihn die Sehnsucht nach ihr überkam.

Und er flüchtete in die Arbeit.

Sein Ohr lauschte auf den Rhythmus der Reduktion, es war, als presse die Kraft des Feuers die zahllosen Einzelnoten in ein Schwitzbad, aus dem es kein Entkommen gab. Er probte die Reduktion, ließ sie wieder und wieder Intonieren, das einfachste Lied der Welt, so selbstverständlich und geheimnisvoll wie das Atmen. Seine Hände umarmten dickbauchige Strohflaschen, als wären sie alte Freunde. Seine Hände streichelten an Flakons und Phiolen entlang, um ihnen ein Geheimnis abzuschmeicheln, das sie nur ihm schenkten, ihm allein. Seine Zunge liebkoste Reibtiegel, kraulte Scheidetrichter, tätschelte Schliffstopfen – die Geräte lagen im Dreck, rostende Messer, ein Lederschlauch. Man meinte einen Kuhstall zu betreten, setzte man die Stiefelspitze in seinen Winkel. Kam Saillands in Machandels Reich mit der Sohle auf, stieß er an einen Flakon Maronenessig. Merkwürdig, dachte er – und hatte sogleich wieder vergessen, den Gesellen bei nächster Gelegenheit zur Rede zu stellen.

Dutzende Gefäße standen da, schläfrig und matt, die meisten muffig und triefend. Ungepflegt wirkte sein Winkel, der Tisch von Brühe gebeizt. Dämpfe von Unreinlichkeit stachen in die Nase – dabei wucherten aus diesem Chaos Saucen in einer Fülle, die kein Ort der Stadt je vollbracht hatte. Es kam übrigens vor, daß er Passagen plötzlich mit einer kleinen Zäsur oder einem aromatischen Rubato ausschmückte, Nuancen, die nicht einmal aufmerksame Koster bemerkt hätten.

Wann immer Laguipierre oder der berühmte Richard bei Baffour vorsprachen, um seine bis Neapel gerühmten Saucen zu kosten, zog sich ihnen die Stirn kraus vor Neid, so mühelos glitten diese Saucen den Rachen hinab – *con discretione.* Niemand kam auf die Idee, daß nicht der Koch persönlich der Schöpfer dieser symphonischen Zyklen war. (Machandel hob die Hände und senkte die Brauen, ganz Bajazzo, Inbegriff unschuldiger Ahnungslosigkeit.) All das war bisweilen fast idiotisch gut.

Unentwegt probierte Machandel, fuhr mit dem Löffel über sein Tiegelreich, badete mit den Händen inmitten zartester Klümpchen, die zergingen und ihre Fülle entluden wie pralle Trauben ihren Saft. Seine Zungenspitze fuhr über Korken, glitt über Spatel. Soff Gesottenes aus dampfenden Tiegeln.

Nach Wochen ging all das wie im Schlaf, und er zog sich ganz in sich zurück, feilte an seiner Rache. Natürlich würde er Rache nehmen, an Paris – und am Lauf der Zeiten sowieso. Und vor allem würde er sich an all den Kochfratzen rächen, die Tag für Tag ignorierten, wer all dies an ihrer Seite schuf. Und an Louis-Sébastien Baffour, dem Blindesten der Blinden.

Verschwand er auf den Latrinen, schien es bisweilen, als pisse er ein Glas reinsten Chablis. Wo sein Verdauungstrakt gewissen natürlichen Konsequenzen folgte, da rebellierte sein Magen.

11

Die warme Frühlingssonne leckte den Tau von den Wiesen, im Bois de Boulogne trieben die Linden aus. Es war ein Sonntag, und die halbe Stadt war auf den Beinen – und weil die bessere Hälfte der Stadt in Equipagen durch den Wald trieb, folgte ein Wagen dem anderen. Ziel dieser Wanderung war das ehemalige Kloster Longchamp.

Lucette stand im sechzehnten Jahr. Den grausamen Winter hatte sie im Ballett verlebt, im Kupferstichkabinett und in der Oper. Wie liebte sie Mozarts Così fan tutte! Sie hatte den Karneval in der Maske eines Fischweibes gefeiert (nie hatte sie einen Schwall ähnlich derber Wörter von sich gegeben, ja sie hatte nicht einmal eine Ahnung davon, daß all diese Wörter ihr so leicht über die Lippen gehen konnten…). Sie hatte an der Seite ihres Vaters zwei Wochen in den Bädern verbummelt, und wenn sie an die Tänze und die Bankette dachte, die im Laufe des Frühjahrs und Sommers folgen würden – Dejeuners in den Ebenen und Spaziergänge entlang der Flußauen – dann verflog ihre Verdrießlichkeit.

An Freitagen ging sie zur besten Leibschneiderin der Stadt und ließ sich, je nach Jahreszeit, Mantillen oder Pelzroben anfertigen; sie hörte die Messen in Saint-Sulpice (noch immer war die Kirche von der Revolution halb verwüstet!). Sie trank Tee im Jardin Turc am Boulevard du Temple und ließ ihr Ohr von den Chansons des Garten-Orchesters umgarnen; einmal im Monat ging sie mit Clotilde ins Medaillenkabinett und bewunderte frisch geprägte Münzen – all das war nun nicht uninteressant, aber konnte nur auf Momente die Langeweile vertreiben, die sie durchströmte. Sie sehnte sich nach Abwechslung!

Zwar errötete sie jedesmal, wenn ihr Cousin sie auf die Wange küßte – ein einfältiger Knabe von bald fünfzehn Jahren, dessen Lippen von einer winzigen Falte geteilt wurden; doch sie dachte tatsächlich noch immer, die Kinder würden aus einem Brunnen geschöpft oder wüchsen aus einem Kürbis.

Früher, als sie selbst noch ein Kind gewesen war, durfte sie in Begleitung ihres Kindermädchens mehrmals die Woche in den Tuilerien-Garten eilen, um Goldfische in den Bassins mit frischem Brot zu füttern. Sie war als Sechsjährige in den winzigen, rot und gelb gestrichenen und von Hunden gezogenen Wagen durch den Luxembourg-Park geeilt. War auf Eseln den Uferweg die Seine hinabgeritten, und an Neujahr fieberte ihr kindliches Herz riesigen Körben mit Zuckerwerk entgegen, Honigkuchen und rauschenden Mandeln.

All das war aufregend gewesen – im Gegenzug war ihre Gegenwart beklemmend und beinahe eintönig. Nur die seltenen Momente, da sie mit diesem so sonderbaren Wesen in den Trois Frères saß, ließen ein Prickeln über ihre Haut laufen, das sie so noch nicht kannte.

Ausgerechnet dieser Fremde kannte die Stadt wie kein anderer. Er kannte all jene Winkel, die ihr bislang verschlossen geblieben waren. Wenn er von wüsten Spektakeln an einer der nördlichen Barrieren erzählte, wo drei grobe Hunde einen Stier zerrissen hatten; wenn er ihr vom Gestank der Boulevard-Bettler berichtete oder von den Lumpensammlern, die verendete Hunde auflasen, um sie den Leimsiedern gegen fünf Sou zu überlassen, dann lauschte sie gebannt. Machandel verschwand in den verräucherten Cafés des Palais Royal und spielte Pikett oder Domino oder Billard, nicht allein, weil er das Spiel liebte, sondern weil er es liebte, Menschen zu sehen, Menschen gleich ihm, die sich einem rauschhaften Leben hingaben. Die einer Passion folgten. Am liebsten floh er einmal im Monat ins Café des Bauchredners Fitzjames, dessen sprechender Pudel unentwegt »Mama« und »Papa« sang. Und weil er selbst im Rang einer Kuriosität stand, mußte er nicht warten, um in das so begehrte Café des Mille Colonnes zu schlüpfen und die Schönheit von Madame Romain zu bestaunen.

»Halt, nein. Fahrt nicht durch den Wald. Fahrt ans Ufer, es soll dort einen Zirkustrupp geben, der einen Bären tanzen läßt.«

Der Droschkenkutscher sog an seiner Zigarre, bog eine Passage hin zum Ufer ein. Er schwieg.

Clotilde wußte nicht, was hier geschah. Ihr eben noch frisches Gesicht zeigte ein Meer von Falten, und der weiße Teint ihrer Wangen schien mit einem Mal grünlich.

»Lucette, wolltet Ihr nicht erst nach Longchamp und dann mit Eurer Cousine in dem Wäschegeschäft in der Ecke Rue de la Paix eine Pelerine anprobieren?«

»Später Clotilde. Erst der Bär.«

In Massen waren die Menschen an die Seine geströmt, sie tranken Lakritzwasser und aßen Gimbletten, und als es hieß, der Bär sei bereit zu tanzen, spielte ein Geiger ein türkisches Lied, und alle klatschten, und das Tier patschte seine Pfoten auf und patschte sie wieder ab. Eine Losverkäuferin verkaufte Lose. Arme, schmutzige Mädchen verkauften welke Blumensträuße für drei Sou, und auf simplen Budenbühnen stießen und hieben Marionetten mit irren Penissen und grotesken Brüsten aufeinander ein, daß Clotilde ihr Gesicht von diesem obszönen Spektakel abwandte.

»Lucette. Ihr solltet nicht hier sein, das ist nichts für uns …«

Das Mädchen war wie gebannt. Monsieur Jules, das wandelnde Panharmonicon, spielte die Cimbel, zwei Pfeifen, eine Trommel und einen Triangel zugleich, im Dreck knieten als Schuhputzer verkleidete Bettler, leichte Mädchen drängten sich an besser gekleidete Herren heran.

Und weil alle um sie staunten und gafften und riefen, weil sie den Bären neckten und dem Geiger einen Sou zuwarfen, weil alle aßen und tranken, kostete Lucette eine Croquinette mit Zimt und Muskatblüte und einem Hauch Anis.

»Clotilde, kommt dir dieses Aroma bekannt vor?«

Sie ließ ihre Zunge über das Brot fahren, doch ihre alte und träge Zunge konnte sich nicht erinnern. Des Morgens nahm diese Frau Kaffee mit Rahm, um ein Uhr trank sie Fleischbrühe mit einem Löffel Alicante-Wein, nach Tisch schwarzen Kaffee und ein Gläschen Parfait Amour, und seit unvordenklichen Zeiten hatte sie nicht mehr zu Nacht gegessen als einen Flügel einer Poularde nebst einer Schnitte Confitüre und drei Schluck alten Mâcon. Wie sollte dieses Wesen ahnen, daß in dieses Brot die Kindheit Lucettes hineingebacken war?

Sie schlenderte in der Menge umher, und ihre Mantille sog die Blicke der armen Mädchen auf. Sie gab hier einen Sou, dort trank sie eine Limonade, das Mädchen reichte ihr einen Becher, und er kam ihr köstlicher vor als all der

Wein und der Champagner, den sie in den letzten Jahren genossen hatte.

In den kommenden Wochen gab Lucette immer wieder der Eingebung nach, ihre gewohnten Wege zu verlassen; statt in der Messe zu sitzen, zog sie unter einem Schleier und in einfachen Holzschuhen über den Fischmarkt; statt in die Oper ging sie in eines der Boulevardtheater, wo Näherinnen neben Buffetfrauen lachten und soffen. Es war, als wollte sie all die Zwänge ihres Hauses ablegen, und weil weder ihr Vater noch Clotilde spürten, was in ihr vorging, blieb sie weitgehend unbeobachtet.

Es gab nur ein Augenpaar, das ihr auf den Fersen war – in seltenen Momenten, wenn sie sich beobachtet fühlte, kauerte sie ihre Schulter an einen Pfosten oder einen Baum, und wenn sie sich umdrehte und witterte, ob wieder ihr Verfolger nahe bei ihr stand und lauerte, dann sah sie nichts, nur eine schattenlose Begierde, die nach ihr die Hand auszustrecken schien … Wann immer sie das Haus verließ, kleidete sie sich in einer Kutsche um; sie gab vor, eine Freundin zu besuchen – dann eilte sie zu einem einfachen Volksfest im Seine-Tal oder sie mischte sich unter den Pöbel auf einem Jahrmarkt. Nicht lange blieben ihre Ausflüge geheim, bald würde die halbe Küche und das halbe Personal des Hauses davon wissen.

Sie fing an, ihre Haut nicht zu pudern, und trieb es so weit, in einem öffentlichen Badehaus ein Bad zu nehmen. Im Juli bereits zeigte ihre Gesichtshaut jene verräterische Bräune, die nur den Arbeiterinnen zustand – und weil sie sich wehrte, zu sagen, was sie im Schilde führte, durfte sie für einen Monat das Haus nicht verlassen.

Eines Morgens – es muß der dritte oder vierte Tag

ihres Hausarrests gewesen sein – stand Machandel mit Zuckerkuchen vor ihr und sagte: »Als wir uns das erste Mal sahen, habe ich Euch Zuckerkuchen versprochen, erinnert Ihr Euch? Heute ist der Moment gekommen – da, kostet.«

»Machandel, ich war vor Monaten an der Seine und habe dem Bären zugeschaut. Nehmt Ihr mich mit, wenn Ihr wieder einen Bären seht?«

Er blieb stumm, ihre Blicke trafen sich, und er wandte die Augen ab wie vor etwas Gefährlichem, dessen Anblick er nicht ertragen konnte. Sie spürte, wie ein Zittern seinen Körper durchlief.

»Das ist nichts für Euch. Laßt das.« Er starrte zu Boden und hielt ihr noch immer den Zuckerkuchen hin.

»Wieso ist es nichts für mich? All die anderen Mädchen dürfen dort Limonade trinken, nur ich soll das nicht dürfen?«

Sein Verstand war, wenn er sie anstarrte, eine blanke, arktische Einöde. »Ihr seid etwas Besonderes, denn Ihr seid die Tochter des Kochs. Es ziemt sich nicht, in Eurem Alter allein das Haus zu verlassen und dem Volk hinterherzustarren.«

»Wenn Ihr mich nicht mitnehmt, werde ich meinem Vater berichten, daß Ihr hinter seinem Rücken experimentiert – mit seinen Vorräten.«

»Morgen. Ein Hundehetzen jenseits der Porte Saint-Denis, kurz nach Einbruch der Nacht. Aber ich weiß von nichts, ich habe nichts damit zu tun.«

12

Baffour eilte in die Saucenküche, er mußte nach dem Rechten sehen. Es war seit Wochen, so hatte man ihm zugeflüstert, ein ständiges Kommen und Gehen in diesem Loch!

Herrgott, wie ihm davor grauste!

Bisweilen stieg jedoch ein so bezwingendes Aromengewölk aus diesem Winkel auf, daß jede empfindsame Nase durch die Küche irrte, um die Quelle der Ausdünstungen zu wittern.

Verdammt, verdammt, verdammt!

Baffour widerstrebte der Gedanke, dort einzudringen. Je mehr er lauschte, desto mehr ekelte es ihn davor, seine zarten Füße in diese Kammer zu befehligen. Er hatte Angst. Die Angst kroch seine Nase hinauf und stürmte seinen Rachen hinab. Sie wütete in seiner Speiseröhre, und in seinem Pneumonium führte sie ein Feuerwerk auf, daß er meinte, man schnüre ihm die Brust mit brennenden Fesseln.

Bleib, wo du bist. Bleib, laß es sein!

Wozu eindringen? Es ging prächtig ohne ihn. Saillands genoß sein Vertrauen, und seit der Wunderbursche an der Seite des Alten brühte, ahnte der Koch nahezu vollkommene Saucen. Oder konnte er seinem Sensorium nicht länger trauen? Hatte ihn ein Hochstapler getäuscht?

Laß ihn, dort drinnen hast du nichts zu suchen!

Er wischte den Gedanken hinweg, und alles war gut. Baffour wollte am Saucenraum vorbeischleichen, wie er es stets tat, wenn ihn die Neugier packte.

Nur mal kurz schauen, nichts weiter!

Nur für eine Sekunde würde er seine Nase in die Tür

hängen, wittern. Nun, das konnte nicht schaden! Mehr nicht: In der Tür stehen, wittern.

Er stand.

Stand, bis eine Welle des Ekels durch seine Brust peitschte, daß er sein Spucktuch vor den Mund preßte und den Gang entlangstürmte, um im Hof – gestützt auf einen Baumstumpf – einen Augenblick durchzuatmen.

Er hat dir einen Hieb versetzt, und wenn du jetzt nicht eingreifst, wird er dich bald zur Strecke bringen!

Es durfte nicht sein! Das wäre ja noch schöner! Er war schließlich der Patron! Er liebte, was aus dieser Saucenküche zu ihm drang, und wagte nicht, den Ort selbst aufzusuchen! Unsinn.

Beherzt trat er ein. Er meinte, den Buckel zu sehen. Baffour hörte nur das Knirschen einer Muschelschale unter der Sohle seiner Stiefel. Dreckig war es. Glitschig. Der Koch klammerte sich an einen Klotz wie ein Ertrinkender an einen Felsen. Ein Hacktisch, ein riesiger, gegen die Wand gelehnter Eichenblock, zernarbt und ausgehöhlt. Dabei roch es sanft. Köstlicher Wohlgeruch, wie von grauem Amber, neckte seinen Gaumen. Mit zitternden Knien hielt er den Atem an und wagte für einen Moment, die Augen zu öffnen. Von diesem Wesen – barfuß stand es da, die Hosen aufgekrempelt, spindeldürre Beine – ging ein unwiderstehlicher Reiz aus. Küssen hätte er ihn mögen! Dabei gab es objektiv betrachtet nichts als einen Winzling, der reduzieren ließ.

»Halt! Nein!« Baffour starrte auf die Hand Machandels. Ein brühheißer Fasan troff in dieser Hand!

»Was tut Ihr da, verdammt!« Er zog sich hinter ein verdutztes Lächeln zurück, das, wie er feststellte, immer häufiger von seinem Gesicht Besitz ergriff, wenn er vor dem Gesellen stand.

»Brühen, Koch!«

»Das sehe ich, Idiot! Vielmehr sehe ich gar nichts, weil Ihr in vollkommener Dunkelheit steht. Da, nehmt, ohne Licht kann der Mensch nicht kochen.«

»Dunkelheit schmeichelt dem Gaumen, Koch.«

»Schwachsinn! Die bescheuerte Dunkelheit kann gar nicht schmeicheln! Sie vernichtet! Dunkelheit macht, daß Ihr Euch mit dem Messer schneidet. Sie macht, daß Ihr mit dem Hackbeil den Daumen abtrennt. Das vollbringt die blöde und animalische Dunkelheit, Narr.«

Baffour ging mit der Lampe auf und ab, er sah große, steife Zungen, geröstete Heringe sah er, schwarz und verkohlt, und wann immer das Licht den Tisch beschien, durchfuhr ihn der Ekel.

»Wer hat Euch befohlen, verdorbenen Kohl und stinkende Lammhälften in diese Brühe zu geben?« Ihm wurde plötzlich schwindelig, er mußte sich setzen.

»Meine Zunge ...«

»Die Zunge befiehlt nicht, die Zunge kann niemals der Schöpfer sein, sie ist immer nur unser Publikum – wie oft habe ich das gepredigt? Hä? Folgt nicht Eurer zufällig stattlich geratenen Zunge – mir scheint, sie ist das einzige, das an Euch stattlich ist.«

Geradezu unverschämt war dieser Winzling!

»Was sollen diese Abfälle da auf dem Boden – Ihr laßt jetzt sofort einen Burschen kommen, und der wird all das auf die Straße werfen, wie es sich gehört.«

»Nein! Das sind Aromen, Ihr dürft sie nicht auf die Straße werfen.«

Angewidert hielt Baffour die Nase zu – er fürchtete, seine Körpersäfte zu irritieren an diesem erbärmlichen Ort, und vor lauter Angst lachte er sein schönes und klangvolles Lachen, ein kehliges Lachen, das sogleich seine Laune hob.

»Möchtet Ihr kosten, Maître?«

Mondlicht drang durch das Fenster, alles wirkte wie mit Kreide gezeichnet. Machandel trat mit einer Rübe an den Koch heran. Diese Rübe da, sie stank wie eine Gefängnislatrine an einem Sommerabend, doch anstatt auf diese Rübe zu achten, die ihm nun gar nicht behagte, inspizierte der Koch diesen Winkel. Da, direkt hinter dem Gesellen, wackelte ein tischähnliches Gestell, das er sogleich würde ausbessern lassen, ein loser Haufen Bretter, auf dem unzählige Flaschen, Kruken und Bocksbeutel aller Art ihre Bäuche aneinanderstießen – auch die würde er entfernen lassen, und inmitten dieser Substanzen werkelte Machandel.

»Igitt, hinweg damit. Auf den Mist! Wollt Ihr mich vergiften?«

Taumelnd und wie betäubt trat Baffour an eine Flasche heran, riß den Korken aus, roch. Er meinte, in einem Meer aus Lebertran zu versinken.

»Ihr wollt mich vergiften! Das ist es! Mich wollt Ihr vernichten! Ist es das, was Ihr ausheckt? Mich, Baffour, vergiften? Seid Ihr noch bei Sinnen? Diese heilige Zunge da, seht, ist nicht irgendeine Zunge. Nein! Es ist die Zunge des Innungsmeisters Baffour! Diese Zunge ist viel zu schade, um nur ein Wort an Euch zu verschenken – da rede ich Stunde um Stunde mit dem da, und er will mich immer nur vergiften. Die Zunge des Meisters, vergeßt das nicht,

Dahergelaufener! Blender! Das seid Ihr, ein Blender. Eine Rübe! Ihr, Ihr…«

Der Koch fand in der Aufregung kein geeignetes Wort, also sagte er –

»… Wicht! Nein, diese Zunge wird nicht mit Dreck beleidigt! Ihr wollt meine Zunge ruinieren! Habe ich recht? Seit meiner Jugend ist etwas wie dieses Gebräu nicht über meine Lippen gekommen – und ich kenne mich aus. Ich habe in meiner Jugend all das fressen müssen, um nicht zu verhungern, wie jeder in dieser Stadt weiß, weil auch ich aus sehr einfachen Verhältnissen stamme. Und ich werde, wie jeder Mensch mit einem Rest Verstand, alles andere tun, als davon zu kosten.«

»Wie Ihr meint, Koch!«

»Halt«, setzte Baffour nach, indem sein Zeigefinger an die Stirn stippte. »Ihr habt doch sicher nichts dagegen, von all dem hier zu trinken, um zu beweisen, daß Ihr mich nicht vergiften wollt?«

Ohne zu zögern trat Machandel näher an das Gestell, beugte sich vor, riß den Mund auf und trank.

Gut, dachte Baffour. So ist's gut. Schade um diese Seele, die mir manches gute Saucengebilde geschenkt hat, aber der Preis ist zu hoch – es muß jetzt ein Ende haben, wobei, andererseits, wenn der dahinscheidet, dann…

Noch von der vor ihm suppenden Brühe goß er einen Schwall brennender Substanz in den Rachen, indes der Koch einen Schritt zurückwich und wartete, bis dieser Winzling vor ihm tot umfiel.

Natürlich fiel Machandel nicht tot um. Vielmehr schien Ignaz wie belebt von all den Substanzen, die durch seine Därme peitschten.

»Ihr faßt in diesen Topf, als wäre er ein Kübel Eiswasser?«

»Seht!«

»Nein, nein! Nicht doch! Der Topf kocht. Er mißt gute achtzig Réaumur!«

»Réaumur?«

»Ihr kennt die Skala des ehrwürdigen Réaumur nicht?«

»–«

»Der Feuerknecht sagt, Ihr fischt Croutons mit blanker Hand aus der Pfanne mit kochendem Öl?«

»Soll Machandel?«

»Nein, natürlich soll er das nicht! Viel zu heiß für die Hand. Ihr habt Euch nie verbrannt? Ist es das? Wollt Ihr mir das weismachen? Da, seht!« Hektisch raffte Baffour den Ärmel auf. »Als Zehnjähriger einen Kübel dampfender Brühe, direkt über den Unterarm. Pure Bosheit. Da. Eine ganze Bouteille brennendes Öl, die Hälfte des Daumens! Da, ein hinterlistiges Waffeleisen. Linker Unterschenkel …«

Noch seine Weste legte der Koch ab, und als er obendrein seine Hose ablegen wollte – einst hatte ihm ein Kübel Fischbrühe das halbe Skrotum weggedampft – besann er sich.

»Schaut! Fühlt! Ihr behauptet allen Ernstes, daß ausgerechnet Ihr keine einzige Brandwunde auf dem Leib tragt. Verstehe ich Euch recht?«

Mit krampfartig verspannten Fingern hielt Machandel seine Mütze umfangen, seine Finger krallten sich in den Mützensaum, scheu neigte er das Haupt zur Seite. Er wollte den Raum verlassen, Scham und Verbitterung trieben ihn voran, als ihn die Hand Baffours zurückhielt. »Was spürt Ihr, wenn Ihr ins Fett greift?«

»Machandel spürt, ob Lamm gar, Forelle, Erbsen …«

Lamm? Forelle? Baffour kraulte sich mit dem Mittelfinger hinter dem rechten Ohr. Was war das wieder für ein dummes Zeug!

»Erbärmliche Lüge! Niemand greift in einen kochenden Topf, ohne sich zu verbrennen!«

Es durfte nicht sein! Der Koch grübelte, hüstelte, und noch während er säuerlich aufstieß, überkam ihn die Gewißheit, daß da zweifelsohne eine vorzügliche Brühe zog. Womöglich ließ sich ihm das Geheimnis dieser Brühe entlocken. Baffour dachte an einen Gesellen, dem er vor zwei Dekaden ein Saucenrezept abgetrotzt hatte, das den Gaumen des Bischofs bestürmte. Besann sich seiner Lehrer, denen er Rezepturen entrissen hatte, das tat nun heutzutage jeder, was war daran auszusetzen? Der da würde es auch so halten, wenn er an meiner Stelle wäre. Ist er aber nicht!

Wie aber, wenn es andersherum stünde? Was, wenn der Geselle eingedrungen war in sein Reich, um ihn zu berauben? Er, der beste Koch des Kontinents, besaß, was alle verlangten. Schon kroch die Angst erneut seine Beine hinauf und schlich in seinen Magen. Pfiff durch seine Lunge – und als er glaubte, die Angst wiche aus seinem Darm wie ein Furz, rumorte sie in seinem Adamsapfel.

Weil er zu allem Leid keine Luft bekam und Angst verspürte vor seiner eigenen Angst, rannte Baffour aus der Saucenküche. Er floh.

13

Irgendwann – er mochte Stunden gelegen haben – streckte Machandel sich in die Höhe, rückte die Mütze gerade und strich etwas Doyen-Fond auf seine Lippen. Geblendet war er vor duftenden Erleuchtungen. Er trat vor einen Spiegel und begann eine Reihe von Rachenübungen. Wie ein Tenor stand er vor dem Spiegel, seine Zunge strich über Nasenspitze und Kinn. Er streckte sie weit vor und rieb sie trokken mit Seide.

Wenn er recht verstand, verlangte der Koch von ihm, daß er sich selbst beraube. Er, Machandel, sollte dem Koch die Rezepte seiner Brühen und Saucen aufschreiben – sollte tun, was alle Gesellen in allen Küchen der Stadt zu tun hatten: Ihre Entdeckungen ihren Meistern widmen.

Machandel hielt mit sich Rat, und weil er das Licht der Welt, die Trägheit der Menschen, die Monotonie des Tages nicht länger ertrug, stolperte er ins Kellergelaß, die Stufen so tief und hoch, daß er sie rückwärts nahm, auf allen vieren. Er flüchtete in einen Winkel des Gemüsekellers, nahe den Rüben, und trank ihre erdige Frische. Es genügte vollends, daß er seine eigenen Ideen aufschreiben sollte, aber warum verlangte der Koch gerade von ihm, die Alten und Klassiker abzuschreiben? Was hatte sein Geist mit alldem Buchstabenkram zu schaffen? Wie sollte er aus einem Meer von Buchstaben etwas so überaus Sinnliches wie Aroma, Duft, Geschmack ziehen?

Obschon seiner haptischen Neugier nichts ferner stand als das stete Blättern, Transkribieren, Memorieren, tat er in den kommenden Wochen dann ebendas. Buchstabenwissen rumorte in seinem Schädel, es kam ihm neuerdings so vor, als lösche jeder Gedanke Menons oder Héliots, den er aufnahm, seine eigene Phantasie aus wie der Sturmwind eine Ölfackel.

Sein Gemüt war wie verzerrt. Eine Hütte war sein Geist, über die ein Sturm hinwegfegte. Er mühte sich redlich, den Buchstaben einen Sinn abzutrotzen, allein, es gelang nicht. Ignaz las im Apicius, las im Platina; blätterte bei Plinius dem Älteren; las im Poseidonios – und wenn die Müdigkeit ihn niederstreckte, rieb er mit den Daumenflanken seine Brauen entlang. Wann immer er einen Gedanken erfaßt hatte, verstand er kaum, wie daraus das Buch erwachsen sollte, mit dem Baffour seinen Traktat der *ancien* und der *modernes* zu krönen beabsichtigte. L'art du cuisinier. Die Alten, die Neuen. Das waren die Pole, zwischen denen der Koch dachte – alles andere interessierte ihn nicht. Er kleidete sich in den Anschein der Neugier. In Wirklichkeit war er innerlich erloschen. Er war phlegmatisch, indolent, lasch, jawohl!

Dieser Baffour war die Trägheit in Person – nur sah man es nicht. Alle Tage irrte er umher, daß man meinte, er sei in Bewegung. Nichts war in Bewegung, sein Gaumen nicht, seine Zunge nicht und seine Nase schon gar nicht. Wann immer man den Koch musterte, verströmte seine marmorne Haut dieselbe Steifigkeit. Machandel hingegen drang in dessen Seele vor, ohne sein Geheimnis bergen zu können. (Auf die simple Idee, daß es kein Geheimnis seiner Trägheit gab, kam er nicht.) Ausgerechnet er sollte für den Koch ein Werk entwerfen, das alles, was bislang über die Kunst des Kochens zu Papier gebracht worden war, in den Schatten stellte. Es sollte eine Enzyklopädie des Genusses, eine Philosophie der Aromen sein, all das in einem Guß – es war unmöglich!

Mehrmals die Woche traf er den Koch, und war Ignaz anfangs voll Eifer hingeeilt, trottete er neuerlich zu Baffour wie ein zum Tode Verurteilter zum Richtblock des Henkers. Im Herbst hatten sie die Großwerke der Patisserie behandelt, im Winter die Süßwarenwissenschaft vervollständigt. Nach dem Dreikönigstag beschrieb der Koch den Aufbau seiner viel geliebten Pièces montées. Und zum Karneval diktierte er die Präliminarien der Zuckerpastenherstellung – Ignaz fror. Ihn fror erbärmlich.

Kurz vor Ostern stand er in zuckergewirkten Harfenwäldern, vor Pfingsten skizzierte er Hünengräber aus Marzipanextrakt. Der Koch exemplifizierte die Form seiner Gebilde, indem er seinen Leib und seine Arme und seine Beine auf dem Boden streckte, anschließend hüllte er sich in einen farbenflammenden Umhang und diktierte die Herstellung warmer Farben aus Indigo, Safran oder Erbsengrün; er riet zur Errichtung gotischer Pavillons oder arabischer Lustschlösser. Nichts sei unmöglich, man könne aus Zuckerstaub noch das Forum Romanum errichten.

Geräuschlos kauerte Machandel am Pult. Er sah den Phantasten schwirren, dicht über das Papier gebückt. Seufzte. Immer wird das Auge, nie der Gaumen gekitzelt – der Gedanke irrte durch seine Seele, und weil er die Dunkelheit liebte und nichts gab auf das Augenlicht, ödete ihn all dies furchtbar an.

Ein Jahr war verstrichen, und nur das Auge hatte der Koch hofiert! Wann immer ihn Baffour entließ, kroch er die Leiter hinauf in ein Zimmer, das man ihm im Dach des Hauses eingerichtet hatte. Die halbe Nacht starrte er dann im Licht eines dunstigen Mondes auf die Notate, allein die Flamme seiner Kerze wehte im Wind, der durchs Fenster zog, und ihr Schatten zitterte auf der Tapete. Je länger er lebte in diesen Papieren, desto fremder schien seinem Geist, was er schrieb.

14

Was indes Lucette anging, so verließ sie vorgeblich nie das Haus ohne Begleitung, entweder Clotilde oder Quenu, der Hausdiener, eilten an ihrer Seite in die Oper oder in die Kirche oder ins Naturhistorische Kabinett oder zu einer jener Paraden, die sie langweilten, oder in ein Café. Kein Mund sprach, und kein Löffel rührte sich mehr – erst nachdem sie sich gesetzt hatte, nahm das Leben wieder seinen normalen Gang. Bei Zoppi oder Procope.

Natürlich stahl sie sich gelegentlich auch weiterhin, wie alle Heranwachsenden, heimlich aus dem Haus. Weil sie meist durch den Lieferanteneingang schlüpfte, gab es bald keinen Lageristen, der nicht davon wußte; nie wäre es Frédéric oder Gradelle, dem Bratmeister, in den Sinn gekommen, dem Vater davon zu berichten, denn man hielt seine Eifersucht für eine pathologische Deformation krankhafter Liebe – es war recht, daß sie tat, was junge Frauen taten. Heimlich entschlüpfen.

Dann heftete sich Machandel an ihre Fersen, und da er sich mühte, ihr heimlich zu folgen, wartete er meist eine halbe Stunde, bevor er unter einem Vorwand hinter ihr aus dem Dunst der Küche floh, sich tief auf das Pflaster niederbeugte, an einem Kieselstein lutschte oder in einen Zweig biß, den sie gestreift haben mußte in ihrer Eile, und witterte.

Meist ahnte er, wann sie an dieser oder jener Stelle vorbeigeirrt war, und er mußte nur seinem Löffel folgen und wußte, ob sie heimlich über den Blumenmarkt eilte, ob sie eine Limonade trank oder in einem Reisehof Stockfisch aß.

»Was macht Ihr hier, Machandel?«

»Ich bin Euch gefolgt, Mademoiselle – ich hatte Angst, es könnte Euch etwas geschehen.«

»Oh, was soll geschehen – Ihr redet wie mein Vater, der alte Gockel.«

»Alles kann geschehen! Gestern wurde ein Mädchen in Eurem Alter direkt vor dem Justizpalast niedergestochen, erst letzte Woche hat man drei Leichen in einem Eierkahn gefunden – und vor einem Jahr hat man im ehemaligen Kloster von Saint-Denis den Leichnam einer Frau ausgegraben, die sich unbemerkt aus dem Haus geschlichen hatte.«

»Die Phantasie geht mit Euch durch – na, wie Ihr seht, ist mir nichts geschehen. Jetzt, wo ich einen starken Mann an meiner Seite habe, wie sollte da etwas passieren?« Sie schaute ihn schelmisch an. »Es sei denn, Ihr wolltet mich jetzt gleich entführen.«

Sie blitzte ihn an – er ertrug ihren Spott und ihren Witz. Er tastete an seine Hüfte, wo sein Messer schlummerte. Zum ersten Mal, seit er Lucette kannte – und das waren nun gut vier Jahre – hatte er Angst um sie.

In dieser Nacht wurde er von furchtbaren Träumen geplagt, er wachte schweißdurchnäßt auf und schluchzte. In seinem Traum hatte ein Lüstling Lucette in seinen Besitz gebracht, sich an ihr vergangen und ihren Leib anschließend in einem Kalksteinbruch unter einer Halde aus Bruchsteinen begraben. Nie war ihm die Idee gekommen, Lucette könnte *nicht* bei ihm sein. Wann immer er an ihrer Seite in den Trois Frères saß und ihrer Stimme lauschte, stand die Zeit still – und er verschwendete keine Sekunde an die Idee der Hinfälligkeit dieses Augenblicks. Nun sah er klar, daß sie eines Tages der Tod oder die Liebe oder das Schicksal oder die Neugier von seiner Seite risse – an diesem Tag (genauer: in dieser Nacht), endete die erste Baffoursche Periode seines Lebens. Von nun an konnte er sie keine Sekunde aus den Augen lassen.

Mit der Angst, sie eines Tages zu verlieren, wich alles Leichte und Spielerische aus seinen Kompositionen. Die Braten waren nun schwer und ölig, die Suppen lasteten wie Mühlsteine im Magen, und die Saucen wirkten wie Bänder aus Stahl, die einem den Leib zusammenkrallten.

Ständig stierte er hinter einem Vorhang oder einer Hecke darauf, daß sie bei ihm sei – was nun seine Weise war, sich in seinem Inneren auf den bitteren Moment vorzubereiten, da ihm das Wertvollste in seinem Leben geraubt würde: die Seele und das Herz und die Liebe und der Gaumen dieses unvorstellbaren Mädchens. Dieser Frau. Erstaunlicherweise war sie in den letzten Monaten zur Frau gereift – was nun Machandel nicht an jenen zwei knospenden Brüsten erkostete, die seit neuestem ihre Blusen wölbten, sondern an ihrem merklich tiefsinnigeren Witz. Und an ihrem Geschmack, längst hatte sie jede kindliche Begeisterung für Savarinkuchen und Schaumpastillen, für Liebesknochen und Windbeutel mit Schlagsahne, für Kandiszucker und Bratäpfel aufgegeben; statt dessen lechzte sie nach Trüffeln, wußte eine Hollandaise auf Herz und Nieren zu prüfen, ein Kürbispüree zu kommentieren.

Und weil es sicher war, daß eines Tages ein anderer Mann ihm dieses Wesen entreißen würde, witterte er um so präziser an jedem Herrenrock und Kutscherkittel, denn es konnte jeder Magazinier oder jeder Bankier jener Schuft sein, der ihm den wunderbarsten Gaumen der Stadt entriß.

Im Frühjahr wurde Machandel von Baffour in die Bretagne geschickt. Bretagne-Lachs solle er angeln, frisch wie der Morgenwind. Am Morgen des zehnten Mai 1801 stand inmitten des Quartier Saint-Germain ein zitterndes Wesen, mit Reisesack, Stulpenstiefeln, einem kreppblauen Leinenblouson, den Kopf von einem Dreieckstuch behaubt. Machandel starrte vom Prellstein des Boulevard de la Tour Maubourg in den Morgen. Er stierte nach einem Fuhrwerk, so als könne sein Blick Kaleschen in Bewegung setzen. Kaum jemand war auf den Beinen, nur wenige Gassenjungen streunten durch den Morgen.

Als sich der weichende Nebel zerteilte, trat die Sonne hervor, und aus einer Nebelschwade schälte sich eine Droschke, die ihn aufnahm. Nicht den Ellbogen streckte er aus dem Fenster, sondern seine Beine.

Nachdem der Wagen die Stadtgrenze hinter sich gelassen hatte, zog er eine Staubfahne hinter sich her. Und statt hinauszustarren, schlief der Winzling – Tage mußte er geschlafen haben, bis er vor dem Rathaus von Châteaulin aus der Droschke stieg. Der Buckel spannte, und er spürte seinen linken Fuß nicht mehr. Wacker näherte er sich einem Menschenauflauf vor der Brücke des Städtchens. Die Angel geschultert. Jedoch, ohne Rute und Haken, so angelte man hier auf Lachs!

Ein Gewitter stand grollend am Horizont, und wann immer in der Ferne ein Donnerschlag niederging, hallte es in seiner Brust. Er fluchte, stürmte mit wütender Verbissenheit in den Bach, und als er schon nicht mehr daran glaubte, je einen Fisch in die Finger zu bekommen, hatte er den Bogen raus. Bettete den Lachs in eine Kiste, kaufte Blockeis, viel Blockeis, genug, um die Reise bis nach Paris zu bestehen.

Machandel verfluchte Gott, er verfluchte die Welt und verfluchte Louis-Sébastien Baffour – dieweil seine Droschke heimkehrte in die Rue de Grenelle. Dort angekommen, stapfte er mit wütendem Schritt auf das Portal zu und fluchte erneut, daß der Hofstaat zusammenlief. Es war, wie sollte es anders sein, ein dummer Spaß. Es war sein Gesellenritual.

Am folgenden Tag kommandierte Baffour ihn an den Boulevard Madeleine. Er solle beim Hutmacher Pannier etwas abholen – Machandel erhielt einen Koffer. Als er den Koffer in der Küche öffnete, trat Baffour aus der Dunkelheit an ihn heran, er hielt sich, wie immer, wenn er den Gesellen in seinem finsteren Revier besuchte, die Nase zu.

Eine Ballonmütze!

Verlegen tanzte er von einem Bein aufs andere, eine vogelbeergroße Träne rann seine Wange hinab. Er versuchte, die Mütze über seine Locken zu ziehen, allein, es wollte nicht gelingen. Zu lieblos war die Mütze gewählt, mindestens drei Nummern zu klein – als sich Machandel aufrichtete, sah er aus dem Augenwinkel Baffour davoneilen. Seine Stiefel stürmten einem Buffet entgegen – er floh.

Noch Stunden später streichelte Machandel den Saum

der Ballonmütze. Seiner Mütze. Er fragte, wo seine Schuhe blieben. Als der Page sie brachte, glänzten sie wie zwei Obsidianspiegel. So saß er da – alle Stunde eilte er in den Speisesaal und ging vor der Spiegelwand auf und ab. Groß war er mit einem Mal, seine Körperlänge durch die Mütze wie verdoppelt. Wenn er zudem Stiefel mit hohem Absatz trug, reichte er an einen kleinen Menschen heran! Wieder trat er auf den Spiegel zu – wann würde der Koch endlich begreifen, daß der Buckel die Folge war jener Last der Begabung, die er mit sich schleppte? Begreifen, daß seine Einsamkeit die Voraussetzung dafür bildete, in der Menge ihn umgebender Substanzen nicht den Kopf zu verlieren? Daß das Unregelhafte seines Gesellen nichts anderes bedeutete als den Ausfluß wütender Neugier?

Wäre Machandel nicht betäubt und blind gewesen vor Glück, wäre ihm aufgegangen, daß andere vor ihm die Haube erhalten hatten; daß weitere folgen würden. Es war ein Kommen und Gehen im Hutgeschäft Pannier, wo gerade eben der Hutmacher seine beiden flossenähnlich zulaufenden Hände rieb. Seine Mundwinkel konnten nicht verbergen, daß er unter Wassersucht litt.

Viertes Buch

1

Wie jedes Jahr, verreiste Louis-Sébastien Baffour auch im Jahr 1802 über die Karnevalszeit in den Badeflecken Plombières-les-Bains, wo er Mineralbäder gegen seine Arthritis nahm, wie es hieß. Wenngleich der Koch ein gewisses Alter erreicht hatte und das Gerücht umlief, er wolle sich ein zweites Mal den Ring durch die Nase ziehen lassen, ging es in Wirklichkeit um Lucette, seine geliebte Tochter. Hier, in den Bädern, sollte sie sich umsehen. Diese Tochter aber – sie hatte das zarte Alter von achtzehn Jahren erreicht – dachte nicht daran, dem erstbesten Gockel ihre Hand zu reichen. Sie wollte gar nicht heiraten – was sie verschwieg, um ihren Vater und Marie Salpêtrière, ihre greise Großtante, nicht zu beunruhigen.

Längst war sie nicht mehr jenes fast schwärmerische Mädchen, das Ignaz vor Jahren kennengelernt hatte. Statt höflich und wohlerzogen, war sie nun eigensinnig bis zur Verbohrtheit, was ihrer Schönheit jenen besonderen Klang verlieh, der die unnahbaren Naturen auszeichnet. Sie war zart, wenngleich nicht ungewöhnlich schlank, und ihr Lächeln konnte so unbeschwert einnehmen, daß es jede Widerrede im Keim erstickte. Ihren Vater jedoch übergoß sie allzuoft mit jenem giftigen Hohn, den nur enttäuschte Liebe in die Welt setzt. Dabei war ihr Hohn nur eine unendlich verschlungene Form der Zuneigung, denn allen anderen gegenüber war sie die Liebenswürdigkeit in Person. Man mußte sie förmlich mögen, und war man jung und tatenfreudig und noch dazu ein Mann, dann mußte man sich in sie verlieben. Folglich wurden ihre Anmut und ihr Liebreiz in der Stadt ebenso gerühmt wie die Kunst ihres Vaters. Allein, sie hatte jeden Bewerber in die Flucht geschlagen – es schien, als warte sie auf den einen Prinzen, von dem nur sie ein Bild in ihrer Seele trug.

»Lucette, tut mir einen Gefallen und seid nicht gar so schroff zu den jungen Herren wie letztes Jahr.« Baffour fläzte sich tief in die Polster, er grummelte leise vor sich hin.

Belustigt beugte sie sich aus dem Wagenfenster. »Oh, wie heiß!« sagte sie und machte ihren Pelz noch weiter auf, obwohl drei Grad Frost herrschten.

»Schließt das Fenster, ich werde mich verkühlen.«

Gelangweilt starrte sie ihren Vater an. Schloß das Fenster. Schmollte. »Wen habt Ihr denn diesmal in die Bäder geladen? Einen Richter? Oder einen Steuerpächter, einen wie Dulfré, der stets nach Rotwein stinkt und kaltem Rauch?«

Die Kutsche ruckte über einen Stein, ein Brocken von einem Stein, groß wie die Kuppel des Panthéon. »Aaauuutsch. Verdammt! Ich sollte das Reisen lassen, ich vertrage es nicht länger …«

»Schön, dann laßt uns umkehren.«

»Wenn du dieses Jahr fündig würdest, könnte ich nächstes Jahr auf diese Reise verzichten …« Baffour kannte die Sturheit seiner Tochter, kannte sie nur zu gut, gelangweilt warf er einen mitleidigen Blick auf Clotilde, die dieses störrische Kind von früh bis spät zu formen hatte. Manchmal fürchtete er, seine Tochter wäre irre.

Dabei war Lucette überaus klar und präzise. Es war ihr gleich, über welchen Stand und über welche Einkünfte ihr Angehimmelter verfügte. Allein dem Durchschnittlichen galt ihre Verachtung, ihr Geliebter sollte entweder besonders groß oder doch besonders feingliedrig oder besonders musikalisch, besonders klug oder mutig sein.

»Ist dir unter den jungen Heiratskandidaten nicht Herr von Manerville aufgefallen?«

»O ja, er betrachtet immer seine Füße, vielleicht weil er sie für zu klein hält, und er bewundert sich ständig im Spiegel! Außerdem ist er blond, ich liebe die Blonden nicht.« Sie strich ihr schwarzes Haar aus der Stirn, es war dieses fast brennende Schwarz, dessen Anblick ihn in den Wahnsinn trieb. Das Schwarz wilden Mohns, nein, es war das Schwarz einer Krähenfeder; eines von Öl überzogenen rußigen Herdfeldes.

»Und Herr von Beaudenord? Und was hast du gegen Rastignac einzuwenden? Er hat uns fünfzigtausend geboten – ist das etwa nichts?«

»Warte einen Monat – und irgendein alter Sack wird dir sechzigtausend bieten«, sagte sie boshaft. Der spöttische Funke in ihren Augen erlosch. »Wenn du mir die Hälfte abtrittst, dann kannst du die Urkunden ausfertigen.«

Bald würden sie an diesem Gasthof vorbeirumpeln, bald zwei Jahre war es her, daß er sich dort mit saurer Fischbrühe den Magen verdorben hatte. Er zögerte einen winzigen Augenblick, dazu, die Hälfte abzutreten, war er nun gar nicht bereit. Soweit kam es noch! »Und der Vicomte von Portenduère, ein guter Jäger. Soll über beste Verbindungen verfügen?«

»Oh, dann sollte es ihm leichtfallen, eine noch bessere

Partie zu machen. Er ist kindisch, ein schlechter Tänzer, und er hat in seinem kurzen Leben noch kein einziges Buch gelesen.«

Sie tat gerade so, dachte er, als wäre sie dreißig Jahre alt und hätte ihre Studien absolviert. »Und was ist mit Duberry, dem Sohn von…«

»Zu jung«, sagte Lucette erbost. »Wie stellst du dir das überhaupt vor? Soll die Tochter des großen Louis-Sébastien Baffour für den Rest ihres Lebens auf all das verzichten, was ihr zur Gewohnheit geworden ist? Wer soll für mich kochen, wer, wenn nicht Machandel oder du? Angenommen«, ihre Hand gebot ihm Schweigen, »nur mal angenommen, ich fände irgendwann einen Gatten, dann mußt du mir Ignaz als Koch mitgeben. Und bis dahin bleibe ich zu Hause, das ist mein letztes Wort!«

Ein langgezogener, klagender Laut sprudelte aus seiner Kehle. Baffour tat so, als hätte er diesen letzten Einwand nicht gehört, fing praktisch von vorne an, faßte sich wieder und hob den Kopf. »Du hast also in diesem Winter niemanden gefunden, der…«

»Nein.«

Da saß sie vor ihm und rührte sich nicht. Er seufzte, müde. Mit dünner Stimme verkündete er: »Dann hast du jetzt Zeit, dich umzuschauen. Aber ich warne dich! Wenn du zu lange zögerst, werde ich einen Vertrag aufsetzen lassen, ohne dich zu fragen…«

»Untersteh dich! Du würdest es nicht überleben.«

»Soll das eine Drohung sein?« Er massierte seinen arg verspannten Nacken.

»Eher ein Versprechen«, sagte sie mit ihrem gewinnendsten Lächeln. »Nimm es als Versprechen, mon père.«

2

Während der Koch im rasenden Tempo von sechs Meilen in der Stunde nach Lothringen schlich, eilte sein Küchenpersonal zum Karneval in eine Kaschemme im Gassengewirr zwischen Notre-Dame und Justizpalast. In den Fünf Ziegen wurde geraucht, gespielt, getrunken.

Im Licht der Fackeln hüpften zu vorgerückter Stunde Admiräle mit Narben auf den Wangen zwischen Pierrots mit Ochsenköpfen und Burgfrauen in blauen Kleidern, Marquisen mit Pechpflasternasen, Matrosen und Nonnen in schmutzigen Alben – indes stand Machandel der Sinn nicht nach Tanzen, er suhlte sich in einem Bad halböffentlicher Einsamkeit, während ihn eine gefällige Wärme durchspülte. Ignaz fühlte sich wohl. Und müde.

Er zählte Nußschalen in seinem Blickkreis, er brachte es auf vierundsiebzig. Obendrein zählte er dreiundzwanzig Zigarrenstummel, bis ein samtener Schlaf ihn umhüllte. Als er kurz darauf, geweckt durch das Dröhnen des Tanzbodens, die Augen aufriß, sah er fratzenhafte Gesichter, die Brühwürste in ihre Mäuler stopften. Alles lachte, trank. Er sah dicke, vor Röte fast blutig wirkende Lippen, und kalter Schweiß rann seine Stirn hinab. Ein kahlköpfiger, blatternnarbiger Mann in einem Hemd aus grober Leinwand rempelte ihn an, er hielt ein dickes, sehr entblößtes Mädchen im Arm – Ignaz sackte zu Boden. Weil er im Weg lag, zerrte man ihn ans Fenster.

Neben ihm ruhte eine Frau, die ihre erste Jugendblüte hinter sich hatte. Sie war über dreißig und füllig, aber sie hatte ein lebendiges, wenn auch etwas abgekämpftes Gesicht. Machandel erinnerte sich jenes Tages, als er im Gasthof an der Via Regia erstmals eine Frau gekostet hatte. Er schmeckte das sahnige Aroma ihrer Brüste, schmeckte die Scheu ihrer Wangen. Die fast sengende Hitze ihres Mundes.

Ein Begehren stob durch seine Brust – er mußte seine Arme ausstrecken und dieses füllige Hürchen kosten. Als er ihre Hand berührte, überfiel ihn die Sehnsucht nach jener *bouillon,* die an seiner Brust ruhte. Und als er endlich über seine Brust strich, glitten seine Finger über die Phiole, in welcher der Fond des Hofkochs Doyen schlummerte. Er hatte den Kopf des Toten entwendet – nun würde der Leib bis ans Ende der Welt in der Hölle schmoren. Es war Sünde, und er hatte gesündigt. Er zwinkerte, murmelte, schüttelte den Kopf und setzte mehrere Male zum Sprechen an, um dann doch lieber noch einmal zu überlegen …

Getötet hatte er – Tag für Tag. Er mußte ja töten, wo alles Aromatische dem Tod verwandt blieb. Nur Verwandlung schafft Aromen, doch der erste Schritt dieser endlosen Prozedur kraftzehrender Verwandlungen blieb der Tod. Worin bestand der Unterschied, ob er sich eines Selleries bemächtigte oder eines Huhns? Eines Menschen? Da, in seiner Wamstasche, da ruhte die vollkommene Bouillon – wahre Schönheit, gebunden an die Idee des Hinscheidens. Nur den Korken müßte er ziehen, und eine fast vollendete Kreation würde die Nacht erfüllen. Konnte er nicht aus sich selbst Leben schenken! Aromen schaffen? Verströmen und diffundieren in Genuß? Er starrte zur Seite, und weil er ebendas nicht vermochte, wollte er seine Kompositionen der Welt vor die Füße kotzen – wuchtig und unbehauen. Aus purem Trotz. Aus infernalischer Rache. Dachte er für den Moment und saß da wie in sich verkrochen. Er schien nichts mehr zu sehen und nichts zu denken.

Ignaz ließ den Kopf hängen. Er stemmte sich auf den Löffel. Wankte wie ein Trunkener. Verfluchte sein Schicksal. Weinte. Im selben Moment rannte er durch die Schenke, sprang zum Feuer, genoß das Züngeln der Flammen. Noch die grobschlächtigsten Gestalten rührte der Anblick des weinenden Häufleins – das plötzlich den Löffel in die Höhe riß und sein Mea culpa auf Gläser und Kelche trommelte. Mit wütendem Ingrimm zerschlug er Schalen und Becher, er schrie und tobte, bis ihn einer am Kragen packte und aus der Kaschemme expedierte.

Mondlicht sackte auf ihn hinab. Wie ein Dieb taumelte er in die Nacht, betäubt vom Lärm der Droschken. Niedergeschlagen sog er den Geruch der Nußbäume am Straßenrand in sich. So trottete er heim, um allein zu sein mit sich, seinem Schicksal und dem Bild Doyens, das er bei sich trug.

3

Bevor Baffour in seinen riesigen Lehnsessel sank, warf er mißtrauische Blicke um sich, zupfte Tabakspuren von seinem Ärmel und putzte sorgsam seine Nase mit einem dieser neumodischen Schneuztücher, dem Geschenk eines Gönners. Er steckte die Zehen tief in seine Pantoffel hinein und hoffte, daß nichts mehr Anlaß zu jenen boshaften Bemerkungen geben konnte, mit denen seine Tochter seine Ratschläge sonst zu beantworten pflegte.

»Guten Morgen, Vater; was ist so dringlich, daß Ihr mich so früh habt rufen lassen?« Lucette platzte zur Tür herein, Baffour, verschreckt von soviel ungestümer Jugend, stöhnte kaum hörbar auf.

»Mein liebes Kind, ich habe dich rufen lassen, weil ich mit dir reden muß.«

»Schon wieder!«, sagte Lucette. »Mir scheint, wir hätten das Thema erst neulich ausgiebig behandelt.« Sie wollte gehen, doch er hielt sie zurück.

»Es vergeht kein Tag, an dem mich nicht ein Bankier oder Notar bekniet, seinen Sohn in unseren Salon zu laden – sie rennen mir das Haus ein. Wir müssen an deine Zukunft denken, du kannst nicht dein Leben in diesem Haus verschwenden. Das wäre ja noch schöner!«

Sie wechselten einen kühlen, festen Blick.

»Vater«, unterbrach ihn Lucette. »Es ist doch recht einfach.« Sie flocht das Haar zu einem Zopf und steckte es auf.

»Nichts ist einfach, alles ist unendlich komplex, wie du weißt, mein Täubchen.« Er fächerte sich Luft zu.

»Nie hast du dich für mich interessiert – warum auf einmal diese Eile? Es gab doch bisher in unserem Leben nur die Küche, dazu Könige, Bischöfe, den Ersten Konsul.« Hier blitzte ihm das gleiche böse Funkeln entgegen, das in den Augen seiner Frau aufschien, wenn sie anderer Meinung gewesen war als er, Louis-Sébastien Baffour.

Er starrte in die Flammen, um seine innere Anspannung zu verbergen. »Da irrst du. Da irrst du sogar gewaltig. Wer hat dich nach Wien mitgenommen, nach Petersburg? Welches Mädchen in deinem Alter hat das Privileg genossen, dem Zaren den Ring zu küssen?« Er verzog sein

Gesicht, verschränkte die Arme, dann rieb er seine Hände vor Aufregung.

»Ich war doch nur ein Gepäckstück für dich, nie hast du mir eine Sekunde gewidmet.«

»Bedauere, Prinzessin, daß ich, um unseren Lebensstil zu gewährleisten, zwanzig Stunden am Tag in der Küche stehe.« Jener strenge, steinerne Ausdruck, den sie so sehr fürchtete, wich von seinem Gesicht. Er stützte seine geballte Faust auf die Tischkante, schweigend stand er da und starrte sie an.

Aber sie hörte nicht auf ihn.

»Werde nicht zynisch. Und laß mich in Ruhe. Ich will nicht länger als Heiratsvieh in den Salons vorgeführt werden.«

»Und wie«, fragte er höflich, »willst du bitte einen geeigneten Kandidaten finden, wenn du dich den ganzen Tag in deinem Zimmer einschließt? Kannst du nicht einmal an mich denken? Seit dem Tod dciner Mutter bin ich allein für dein Wohl verantwortlich. Denk nur eine Sekunde an deinen Vater, der sich um deine Zukunft sorgt...«

»Ach, Papa.«

»Sieh, ich bin nicht mehr der Jüngste, deine Mutter ist längst tot – was, wenn mich morgen der Schlag trifft...« Vor wenigen Tagen noch hätte sie ihn für verrückt erklärt, wenn er solche Sätze von sich gab. Er straffte die Brust, seine Westenknöpfe funkelten, er richtete sich hinter der Lehne seines Sessels auf, groß wirkte er mit einem Mal, ungewöhnlich groß. »Nicht auszudenken...«

»Gut, wenn du mich weiter ausstellst, dann mußt du damit leben, daß der erstbeste, der mir gefällt, mich bekommen wird«, sie zeigte ein vergnügtes, giftiges Lächeln.

»Ein Soldat, ein Schuster oder ein stattlicher Bettler. Es soll mir gleich sein. Und du, du«, ihr Zeigefinger stach auf ihn ein, »du wirst nichts anderes tun können, als tatenlos zuzusehen.«

Was hatte sie gesagt! Baffour riß seine Augen weit auf, beide Hände krallten sich in die Lehne – längst war er in die Höhe geschnellt, nichts hielt ihn mehr – und seine Handrücken, von Narben gezeichnet, waren so bleich wie ein Häuflein alter, trockener Hühnerknochen.

»Genug. Geh auf der Stelle in dein Zimmer, ich will dich nicht mehr sehen.« Als fange er eine Motte, fuchtelte er mit den Händen in der Luft. »Clotilde wird dafür sorgen, daß du das Haus nicht verläßt – so …« Er hatte nicht zu Ende gesprochen, schon war Lucette verschwunden, sie rannte in den Hof, sprang vom Hof auf die Straße – und tauchte in das lärmende Gewühl der Gassen. Am liebsten hätte er sie sich selbst überlassen! Was nun leider nicht ging, man würde reden, und das Gerede wuchs rasch zu einem geschäftsschädigenden Gerücht an, oh, er kannte die Schwatzhaftigkeit dieser Stadt. Er mußte handeln. Sie irgendwo in Sicherheit bringen. Und weil er keinem Kerker traute und keinem Günstling. Weil er keinem Kloster traute – es gab ja kaum noch Klöster – weil er keinem Freund und der Großtante Salpêtrière schon gar nicht traute, weil in diesen Zeiten auf niemanden Verlaß war, würde er sie in seinem Palast in Arles einsperren. Ja, gleich morgen würde er sie mit Quenu auf die Reise schicken. Am liebsten würde er sie begleiten, wenn ihm nur nicht dieses vermaledeite Buch auf der Seele läge. Gab es denn nicht ein Mal eine erfreuliche Mitteilung? Wegsperren mußte er seine Tochter, soviel war klar, um in aller Ruhe einen Kandidaten aufzutun. So! Und er mußte Machandel antreiben, dieses verdammte Buch zu beenden.

Wohlig badete er seinen Geist in einer Welle der Entschlossenheit. Da kam ihm eine weitere Idee. Eine, wie er fand, überhaupt ganz ausgezeichnete Idee. Sie, Lucette, war süchtig nach den Speisen Machandels; und er, nun, er tat nichts lieber, als ihr seine neuesten Kreationen auf den Leib zu schneidern. Ja, es kam ihm sogar so vor, als schüre nichts das Feuer dieses Ignaz so mächtig, als die Ankündigung, er solle für sie den köstlichsten Kuchen backen oder die vollendetste Suppe schaffen.

In aller Ruhe könnte er, Baffour, die Kandidaten auf Herz und Nieren prüfen. Erst gestern ließ der Bankier Epernasse aus Lyon melden, sein Sohn sei der Idee einer Ehe nicht abgeneigt. Was natürlich hieß: der alte Epernasse war nicht abgeneigt. Soso, Epernasse wollte sich bei ihm einschleimen. Er würde prüfen, was dahintersteckte. Jedenfalls sobald seine wunderbare Lucette in der Nähe seines Gesellen wäre, würde Machandel in Schwung kommen. Brummen würde es! Das war eine gute Idee, es war sogar eine ausgezeichnete Idee. Ein Coup! Er spürte ein Aufwallen seines Herzens, wo doch sonst sein Herz zu allem schwieg. Gut war das! Und für alle Fälle würde Quenu mitkommen. Nach dem Rechten sehen. Er rieb sich die Hände. Das war gut. Nein. Ausgezeichnet. Je länger er darüber nachdachte, desto klüger fand er seinen Plan.

»Quenu, bestellt Machandel, daß er in der kommenden Woche von aller Küchenpflicht befreit ist. Schreiben soll er, bis ihm die Finger bluten – sagt ihm das! Herkommen soll er und sich in der Schreibstube verschanzen. Es pressiert.«

Nur einen winzigen Moment zögerte Baffour. Er dachte nach, stieß einen Holzscheit in den Kamin, zischte. »Nein, halt, sagt ihm, er soll alles vorbereiten für das Odéon-Buffet, dann erst soll er schreiben!«

Zufrieden stach er den Feuerhaken in die Glut, ein Funkenregen sengte übers Parkett. »Falsch. Sag ihm: erst das Odéon, dann wird er packen müssen, um zu verreisen – wir werden diesen Winzling in einen Winkel setzen, mit den allerbesten Zutaten des Landstrichs. Nichts soll ihm fehlen. Wäre doch gelacht, wenn er sein genialisches Wesen nicht in diesem Buch austoben könnte…

Ach, und Lucette laßt ausrichten, daß sie in Arles zur Vernunft kommen soll. Nein, das sagt ihr nun gerade nicht. Sagt, daß ich ihr recht gebe und sie als Zeichen meiner Schuld nach Arles reisen darf, zur Belohnung mit ihrem geliebten kleinen Koch. Bittet sie, diese kleine Reise zu unternehmen.«

4

Das geschah am Dienstag. Drei Tage später, an einem Freitag, war es endlich soweit – der Küchentrakt des Palais Luxembourg glich kurz nach fünf Uhr in der Frühe einem Dampfkessel. Einem Kessel, der brodelte.

Feuerburschen schleppten ganze Wälder heran, ihre Arme brannten wie Pech – indes die Schenkel und Knie der Blasebalgtreter vor Erschöpfung zitterten, so unerbittlich forderten die Herdluken das Holz. Klafter um Klafter, die Flammen fraßen mit dem Appetit von Riesen. Viehisch schwitzende Gestalten entfachten die Glut mit Blasrohren, ihre lumpenumwickelten Hände hielten Rohrschäfte, ihre Wangen waren gedunsen, die Lungen kurzatmig wie die Lungen alter Marktweiber.

Saillands hatte die seidenen Pantalons bis über die Knie hinaufgekrempelt, seine Waden zitterten vor Erschöpfung. Auch er schrie nach Holz, doch seine Stimme verebbte in Lärm und Gebrüll. Erfahrene Hände teilten die Asche mit Stielschaufeln, schoben sie auf die Seite, und hatten sie endlich das Feuer gefrischt, dann flehte Saillands, auf eine seiner Flammen Asche zu streuen, um seiner Sauce à la soubise nicht den Verstand zu rauben. Gradelle, der Rotisseur, schrie wieder nach starker Glut für seine Enten, und während die Köche nach Feuer japsten, bettelten die Patissiers nach Block- oder Roheis, um ihre Kreationen aus gesponnenem Zucker zu refroidieren. Die Küche wogte im ewigen Widerstreit zwischen Hitze und Kälte, Feuer und Eis.

Seihtücher dampften, Quirle schnurrten, Schaumlöffel rotierten. Die Rebhuhnschenkel vergingen in Rotweinfond, bronzierte und bezaubernd karamelisierte Fasanenbrusttranchen verschenkten sich an etouffierte Entrées, denen man die Form von Kronen oder Schiffen verliehen hatte.

Bisweilen trat ein Koch in den Hof, wandelte eine Allee des Luxembourg-Parks hinab, seine Arme kreisten in der Luft, als scheuchten sie Saatkrähen auf. Wieder ein anderer fiel in Ohnmacht, er wurde durch einen ebenso besessen rührenden Kollegen ersetzt. Nur einer wankte keine Sekunde, der Dirigent dieses Konzerts: Louis-Sébastien Baffour. Mit breitspurigem Schritt stolzierte er hin und her, befahl, Brühe zu ziehen, Feuer zu schüren, Mörser zu spülen – und an seiner Seite stand und sprang Machandel, dem Baffour die Planung und Verfeinerung des Buffets übertragen hatte.

Kurz vor dem Diner – im Odéon-Theater tafelten tausend Gäste – vergrößerte der Koch die Mannschaft auf fünfzig Helfer. Man konnte den altehrwürdigen Laguipierre beobachten beim Bordieren, auf beiden Schultern prangte ein Paar gekreuzter Gabeln. Robert (wie stets war er als letzter hinzugetreten) und Méot hantierten in der Fischküche. Morillion schritt in die Teigkammer und versank in einem Nieselregen aus Mehl, indes Beauvilliers an einem eigenen Tisch über einem Gebirge regenbogenfarbig flammender Pasteten thronte und tat, als sehe er den Winzling nicht, jenes unverschämte Wesen, das die Dreistigkeit besessen hatte, bei einem anderen in Dienst zu treten. Selbst Richaud traf ein, seine sehnige, ausgedörrte rechte Hand umklammerte bei jedem Schritt den Entenschnabelknauf eines Malakkastocks.

Da stand er, der berühmteste aller Saucenköche (die Gesellen erstarrten vor Ehrfurcht), langsam und gemächlich, wie es sich für einen Könner gehörte, beugte er seinen Rumpf hinab und inhalierte die Impression einer Sainte-Ménehould. Selbst Baffour war für einen Augenblick ergriffen von dieser Gestalt, dann eilte er weiter. Noch in größter Hektik ließ er es sich nicht nehmen, jeden Meisterkoch persönlich zu grüßen. Dann ging es wieder an die Arbeit.

Ein Schwarm von Gesellen verfeinerte die großen Saucen, dann würde der Souschef zu ihnen treten, um daraus die kleinen Saucen zu ziehen. Zwanzig Hilfsköche rührten in Wärmebädern, sie rührten um ihr Leben, kein Häutchen sollte entstehen, andernfalls risse man ihnen die Haut von Armen und Schultern. Eng aneinandergedrängt standen sie vor den *bains-marie,* sie schwitzten, es war, als rührten sie den Saucen mit jedem Kreisen ihrer Löffel den letzten Rest Geist unter. Damit keine Sauce verwechselt wurde, hatte Robert persönlich jedem Saucenbad ein Schild angeheftet.

Draußen im Foyer bahnten sich Hunderte Schulterschiffchen ihren Weg. Tischburschen wuchteten Messer in Koffern herbei, die Gabeln in offenen Bastkörben. In strohgepolsterten Kästen schleppten sie Baccara-Gläser ins Opernfoyer oder schafften mit geöltem Minzwachs geeiste Suppenteller aus Sèvresporzellan herbei. Mit Wollhandschuhen fischte der Glasmeister die Trinkgebilde aus Strohnestern, die Tüllen hatten die Form von Schwanenschnäbeln – indes der Gedeckmeister das Werk einer Woche bestaunte, jede Serviette war gefaltet in der Form einer Wasserlilie.

Gefolgt von Morillion, dem Oberpatissier, gefolgt von einem Schwarm Handlanger und Lakaien, schritt Baffour voran. Mit einem guten Dutzend Helfer setzten sie spinnenbeindünne Dessert-Kreationen in die Mitte der Tische. Aus Vorsicht band man allen Beteiligten Tücher vor Mund und Nase, ein Hauch genügte, und alles wäre dahin. Alles, das waren phantastische Schöpfungen, deren Basis parnassische Brunnen nachahmte, den Apoll von Belvedere; Lyren. Niobiden. Der Koch streifte Handschuhe über, räusperte sich kurz und geräuschvoll, strich mit dem Mittelfinger seine Stirn auf und ab, sich sammelnd, schloß die Augen. Und schon wandte er sich der Tafel zu, arrangierte

Terrakotten, Sandsteinmauern, Türme. Flügel mußte er richten, Orangenschiffe sicher in ihre Häfen dirigieren, sie glitten über ein Meer türkisblau colorierter Zuckerwatte, sämtliche Segel aus Waffeln gegossen, gestrafft von lächerlich feinmaschigen Spanten aus Marzipanzwirn. Bisweilen schwebte er auf einer von drei Assistenten gehaltenen Planke bis an die Tischmitte, um mit Zeigefinger und Ringfinger – beide Finger flirrten wie die Flügel einer Libelle – einen Palmwedel zu richten. Keiner wagte zu atmen.

5

Punkt neun Uhr erschienen die ersten Gäste. Diener, flink wie Windhunde, eilten umher, lautlos und stumm. Nur vor dem Theater klirrten die Eisenketten der Pferdegespanne. Im Licht Tausender Kerzen erstrahlte das lackierte Lederzeug, es knirschte, sobald ein Pferd seine Mähne schüttelte.

Allein vom Widerschein der Lampen und Laternen leuchtete die Fassade des Theaters auf wie eine Orange im Sonnenlicht. Lampions rankten aus Fenstern, über den Schlußsteinen wuchsen Orchideenkronen in die Nacht. Kaleschen fuhren vor oder prächtige Traber, schwer beladene Viktorias rumpelten, dezente Coupés mit kräftigen Rappen, arrogant wirkende Wägelchen tänzelten über den Prellstein, glänzende Karossen, gezogen von zwei oder vier Schimmeln, stoppten abrupt. Mähne stand dicht an Mähne, Laterne dicht an Laterne. Die Pferde schnaubten, und alle Augenblicke huschte ein Paar kratzfederfeiner

Pantoffeln über den Vorplatz, dieweil ein Bursche mit silbernem Kehrblech den Platz von Pferdekot befreite.

Gichtgeplagte schlurften die wenigen Stufen hinan, häßlich wie Maulesel latschten und krebsten sie umher. Hatten sie endlich den Teppich aus rotem Samt erreicht, hielten sie mit Lorgnons nach Hindernissen Ausschau, während neben ihnen Damen ins Innere staksten, gehüllt in Schlepproben aus Halbseide. Es roch nach schwerem Irisparfüm.

Noch in entlegensten Alkoven parlierte es in Crêpe de Chine und Linnen. Man rühmte die Aufmerksamkeit der Lüster. Lobte die Pünktlichkeit der Uhrwerke, und die Teppichbahnen lobte man dafür, daß sie in sämtliche Himmelsrichtungen flüsterten wie Bachläufe. Man lobte die Reihen der Tafeln, in deren Mitte Kelche erwuchsen mit eigens im Botanischen Garten gezogenen Orchideen. In Logen und auf den Rängen tafelten Würdenträger und Generäle, Botschafter und Minister, gehobene Diplomaten. Unten, im Parkett, schlemmte der bourgeoise Pöbel. Es war ein unerbittliches Gefecht mit Schmuck und Schminke, keine Dame gönnte einer Rivalin den Sieg auf diesem Schlachtfeld der Eitelkeiten, die jungen unter ihnen lächelten mit unverhüllter, fast grimmiger Sinnlichkeit. Kein Herr ließ ein Bonmot unbeantwortet im Raum stehen.

Im Entrée hatte Baffour ein nierenförmiges Becken montieren lassen, darin Goldfische gemächlich ihre Bahn zogen. Als die Gräfin Montfort Platz nahm, der Ehrengast des Abends, eilten Diener herbei und rückten den Armsessel vom Tisch. Ein Page reichte ein Tablett für ihre Spitzenhandschuhe, ein dritter offerierte Orangenlikör in einem Trinkpokal aus Bleikristall. Gräfin Montfort bat zu Tisch.

Während der Ansprachen wagte im Küchentrakt keiner, nur ein Fenster zu öffnen – die Angst steckte den Köchen in jeder Pore, panische Angst, ein einziger Luftzug könne die Saucen abkühlen. Nur Machandel hüpfte mit ausgelassener Unbekümmertheit herum, er ahnte, daß etwas Großes auf ihn wartete.

Endlich wurden Austern und Crevettenschwänze serviert. Gefüllte Torteletts. Knochenförmige Blätterteigstreifen, Éclairs, Schinkentüten – Schildkrötensuppe. Potage Condé. Es folgten die warmen Hauptspeisen: Pute à la Godard oder Hecht à la Régence. Sodann schwirrten die heißersehnten Entrées in den Saal: Poulardenflügel à la Pompadour oder Seezungenfiletsalat à la Provençale, Entenmedaillons à la Bigarade. Rebhuhngelee.

Nichts konnte ihn aus der Arbeit reißen, den heimlichen Arrangeur dieser gewaltigen Hexerei. Er war, inmitten dieses Chaos, die Ruhe selbst. Lobster arrondierte er mit Trüffelhautwickeln, seine Phantasie ließ einen Pulk ausgelierter Hahnenkämme aus einem Beet Spargelschaum aufragen – jeder einzelne gekrönt von einem Tupfen seiner unerreicht geschmeidigen Sauce allemande. Hasen schuf er, die Köpfe dekoriert mit Kronen aus glacierten Chicoreetranchen, und Zwiebeln, gefüllt mit Kastanien aus Clermont. Lachs mit granatapfelroter Buttersauce, Aal in heliotropgrüner Echalottenfarce – selbstredend aß man nicht. Man kitzelte den Gaumen und genoß das Wirrspiel des Gebens und Nehmens. Alles war recht, Soufflés à la Parisienne; Meringues, gefüllt mit Vanillecreme. Er hätte pure Luft auftragen können, noch die Luft hätte die Menge im Rausch verschlungen. Alles, was Ignaz an diesem Abend ersann, wurde ein Erfolg. Eistorten folgten, Hunderte von Desserttellern. Er verordnete ihnen den Mokka nach Dubelloy, ferner zwei Arten Likör, einen starken zum Magenputzen und einen sanften zum Glätten des Gaumens. Man rief »Bravo« und ließ die Köche einzeln vortreten.

Ein Raunen ging durch den Saal, als Machandel an der Seite Baffours die Bühnentreppe hinaufstieg und den Beifall inhalierte wie Pfeifenrauch. Konnte es sein, daß er, dieser Winzling an der Seite des großen Baffour, so Gewaltiges geschaffen hatte? Etwas so Gewaltiges wie diese Phantasie? Die Welt war auf den Kopf gestellt – Machandels Mütze schien bis an die Lüster zu ragen, er trank alles Tosen und Klatschen und Rufen mit einem Atemzug. Die jungen Damen rissen die Tücher vom Hals, und jede Frau im besseren Alter wollte dieses Kind an ihre Brust drücken. Machandel war überwältigt.

Nicht ein Rezept mußte er in seinem Geiste aufrufen, während seine Hände und sein Löffel all das geschaffen hatten zum Lob des Geschmacks. Des Geschmacks an sich. Denn das blieb sein Ziel: Nicht Menschen wollte er huldigen! Er wollte dem Geschmack schmeicheln, dem Geschmack als Idee und Essenz alles Verführerischen, das war ja eine viel bedeutendere Menge, die danach schrie, erregt zu werden! Gekitzelt! Der Geschmack, nun, das waren potentiell alle – alle, die in der Welt gerade fraßen und soffen. Sie alle wollte er erfassen. Geschmacklich erwecken. Packen.

Dabei gab er nichts auf den Traditionalismus Baffours; nichts auf Frische, sklavische Sauberkeit, Finesse. Der Gedanke an Harmonie war diesem Geist ebenso fremd wie der Gedanke an ein Glück. Allmählich hatte er alles von sich geworfen – und siehe da, dank seiner frechen kombinatorischen Süffigkeit, dank vielhundertfach reicher Essenzen, Öle, Fonds und Brühen, hatte er sein Vorbild in den Schatten gestellt! Übertrumpft! Er war nun die Sonne, die alle Menschen wärmte. Frenetische Bravorufe peitschten an die Bühne, ängstlich wich er zurück und streckte sich auf die Zehenspitzen.

Ungeheurer Stolz erfüllte ihn. Er fühlte sich groß und schön – was galt von diesem Tag an sein Anblick? Seine Winzigkeit hatte sich in strahlendes Licht gewandelt! Alle Menschen sahen ihn nicht länger! Sie gaben nichts auf sein Aussehen, denn sie konnten ihn ja nun schmecken und kosten und trinken und bechern. Nun schmeckten sie seinen Geist. Seinen Witz und seine Fülle und seine Tiefe. Er war seinen Weg gegangen – von nun an mußte er nur Münder und Lippen mit seinem Glanzblick abtasten, um zu ahnen, daß er hier saß, sein Geist, seine Seele. Er fühlte die gleiche satte Ruhe im Innersten, wie man sie nach langem Weinen empfindet. Von nun an würden sie alle diese Welt da draußen mit seinen Augen sehen. Von diesem Tage an würden sie ihn sehen, wie er sich selbst immer gesehen hatte.

Noch im Hinausgehen umgarnte die Menge ihn mit rasendem Applaus. Der Applaus riß über seinen Kopf hinweg, über seinen Löffel; der Applaus streifte noch die Ballonmütze des neben ihm stehenden Baffour, der kaum um seinen Ruhm fürchtete, schließlich blieb dieser Zwerg in seinen Diensten und somit abhängig von seinem Wohlwollen. Dennoch warf der Koch Ignaz einen giftigen Blick zu, der nichts Gutes verhieß.

Hinter der Bühne war die Hölle los. Ein Fremder schüttelte seine Hand und pries begeistert seine Kunst, erst nach einer Weile erkannte er den Lebensmittelhändler Hyrmet. Die Äbtissin des Couvent des Petites-Cordelières stand da, noch der Notar Frédéric Nivet stierte stolz auf ihn hinab. Es war ein Querschnitt durch all die Jahre seines Lebens, die hinter ihm lagen und die in diesem Moment gipfelten, für jede Stufe seiner Entwicklung war ein Vertreter gekommen. Einer, denn all die anderen hatte er unter sich begraben.

»Du weißt nicht mehr, wer ich bin, nicht wahr?« Eine Alte, die unablässig seine Hand schüttelte, streichelte seine Locken – und er rang nach Worten und suchte und stotterte, bis diese Frau ihm ein Stück Käse reichte, und er wußte, daß es die Alte war, die inmitten größten Elends den besten Käse schuf, den er in seinem Leben genossen hatte.

Über die Jahre hatte seinen Blick eine Art gewollter Dunkelheit umnebelt. In Keller war er geflüchtet, in Teigkammern hatte er Zuflucht gesucht. Hatte sich verkrochen. Nun war endlich der Sonnenuntergang zum Sonnenaufgang geworden. Erstmals stand er im Licht. Nein, er war das Licht. Erstmals war er dem Koch entkommen. Er hatte auf seine Weise dem Geschmack gehuldigt – und mit welchem Ergebnis!

Noch die Kritik übertraf sich in lobenden Bildern, der Moniteur Universel nannte Baffour in einer Besprechung einen Titanen und verglich Machandel mit einem »himmelstürmenden Engel«, dessen Gaumen auf der Suche nach dem Paradies sei. Der Geselle konnte sich vor Aufträgen kaum retten. Bisweilen meinte Baffour in den ersten

Tagen nach dem Ereignis, man frage nach ihm wie nach einem sanft verblassenden Stern. Ein Grund mehr, dachte der Koch, diesen Winzling nach Arles zu kommandieren!

6

Alle schienen diesen Zwerg zu lieben! Man mußte ihn lieben, den zum Stadtgespräch avancierten Ignaz Machandel. Noch die Mittwochsgesellschaft lobte seine an Wahnsinn grenzende Produktivität – es war wie verhext. Baffour hatte keine andere Wahl, als sich im Schatten seiner Entdeckung zu sonnen. Er stellte ihn aus wie einen Tanzbären.

Und sein Bär zog die Massen an. Es geht nicht mit rechten Dingen zu, dachte der Koch! Es fehlte nicht viel, und er hätte sich mit Beauvilliers verbündet, um das Geheimnis des Gesellen zu lüften. Der Geselle schuf aus dem Nichts, und er übersah nichts, nicht das winzigste Detail. Es mußte ein Geheimnis geben, irgendeinen faulen Zauber. Einen Essenzen-Trick! Wo kamen sie denn da hin! Unmöglich! Der Winzling verfügte über ein nie versiegendes Reservoir aromatischer Nuancen! Kein Mensch kann Tag für Tag Ideen von dieser Weite und Voluptuosität vollbringen – das war ganz und gar unmöglich!

Selbst wenn es möglich wäre, so war es obszön. Das Unmögliche durfte nicht wirklich werden! Nicht, wenn es nicht aus seiner, Baffours, Schatzkiste stammte. Wo kamen sie da hin! In den ersten Tagen nach diesem Triumph schleppte sich Baffour voran, als habe ihm dieses Wesen jede Energie ausgetrieben. Dann war er ungeduldig, jähzornig. Was waren denn das für Zeiten, daß ein Geselle alle Regeln der Zunft über den Haufen warf. Er dachte darüber nach, dem Winzling den Gesellenbrief entziehen zu lassen!

Zwei Wochen nach jenem denkwürdigen Bankett ließ er ihn zu sich bitten. »Setzt Euch!«

Zögernd nahm Machandel auf einem Stuhl Platz, den Baffour am Stirnende der Tafel eigens für ihn hatte aufstellen lassen.

»Ihr seid nicht ungeschickt, das muß ich Euch lassen.«

»Danke, Ihr seid zu gütig.«

»Euch zu Ehren habe ich diesen Stuhl anfertigen lassen vom besten Tischler der Stadt, Ihr seht, Ihr seid mir teuer.«

Gerührt von so viel Achtung, stützte Machandel den Kopf auf den Handballen. »Haltet Euch ran, dann werde ich Euch in einem Jahr zu meinem ersten Koch erheben – Ihr wißt, welche Ehre es ist, der erste Koch des größten Geschmackskünstlers des Kontinents zu sein?«

»Ihr seid zu gütig.«

»Ja, das bin ich! Und weil ich obendrein außerordentlich gut aufgelegt bin, gewähre ich Euch ein bescheidenes Salär, ich dachte an einen Livre im halben Jahr, was sagt Ihr dazu.«

»Zu gütig, aber ich kann es nicht annehmen …«

»Ihr müßt! Wenn Ihr in diesem Tempo weiterschafft, dann werdet Ihr ein passabler Koch. Womöglich sogar ein Meisterkoch, das hängt von Euch ab. Ihr versteht, was ich meine?«

Versonnen starrte Machandel vor sich hin, mit vor Aufregung trockenen Lippen nippte er an einem Glas.

»Wie Ihr wißt, tut Ihr Dinge, die Euch die Innung nicht

gestattet – nun, wie Ihr ebenso wißt, hat die Innung im letzten Jahr ein Auge zugedrückt.«

Baffour hielt den Atem an, um seine Drohung ganz gemächlich einsickern zu lassen. »Ihr wißt, daß ein Geselle nur auswärts kochen darf, wenn der Meister es gestattet? Wißt Ihr das?«

Ihn schwindelte. Machandels Augen, die soeben noch vor Zärtlichkeit und Vergnügen gestrahlt hatten, verloren ihren Glanz und senkten sich vor Baffours Blick zu Boden.

»Ja, Koch.«

»Es tut mir leid, ich hab die Regeln nicht gemacht, wenn es nach mir ginge, würde ich Euch sofort all das erlauben, aber die Zunft, Ihr versteht …« Der treue Blick einer Dogge.

»Ja, Koch.«

Manchmal hatte er das Gefühl, als hätte er seinen Kopf in einen sehr kleinen Raum gezwängt – eng, still und resonanzlos. Und wie er so nachdachte, musterte Machandel das leicht vorspringende Kinn des Kochs, das außer ihm, der Baffour ja immer nur von unten musterte, niemand in dieser Weise studiert haben konnte. Nur ein Kind vielleicht.

»Unterbrecht mich nicht!«

Er gab sich Mühe, nicht die Beherrschung zu verlieren. »Ich möchte Euch ein Angebot unterbreiten, aus purer Güte: drei Jahre. Ihr werdet drei Jahre Dienst tun und Euern üppigen Lohn erhalten; dazu eine Kammer in meinem Haus. Und sollte sich ein Prinz oder ein Unternehmer finden, der Eure Dienste für den Sommer akquiriert, gebt Ihr mir die Hälfte Eurer Einkünfte und dürft für zwei Monate dort schuften. Drei Jahre, was sagt Ihr dazu?«

»Zu gütig, allein …« Machandel wußte nicht, wie ihm geschah.

»Was wollt Ihr noch?«

»Das Buch …«

»Richtig, schreiben werdet Ihr. Es muß in Druck, die Imprimerie quält mich.«

Baffour hatte sich erhoben, er wies Quenu an, die Reste abzutragen, und wollte sich soeben zurückziehen, um für einen Moment sein Haupt aufs Kissen zu betten.

»Ach, wenn wir einmal beim Buch sind. Ihr werdet die kommenden Wochen in einem Palazzo im Süden verbringen. Meinem Palazzo. Oberhalb von Arles. Mit Bibliothek, prächtig ausgestatteter Küche, persönlichem Diener, einem Schreiber – es soll Euch an nichts fehlen, nur schreiben sollt Ihr, habt Ihr mich verstanden?«

Seine Stimme kehrte zur gewohnten Gereiztheit zurück. »So, jetzt schert Euch davon – ich habe genug Zeit mit Euch verplempert.

… ach, eins noch. Lucette wird Euch begleiten, Ihr kocht doch liebend gerne für meine Tochter, oder?«

»Ja, ja!« Seine Augen flammten auf. Er reckte sich in die Höhe, das Herz raste ihm in der Brust.

»Gut, aber treibt es nicht zu weit. Überschreitet Euer Budget nicht. Paßt auf, daß sie nicht aus dem Leim geht. Das schmälert die Mitgift. Nicht zu viel Schokolade. Kein Kaffee, kein Alkohol. So, und jetzt seid Ihr entlassen. Bringt mir das Buch, wenn Ihr zurückkehrt.«

7

Machandel war die Zeit bis zu seiner Abreise kostbar, überaus kostbar. So unendlich viel gab es vorzubereiten. Konnte er doch einmal eine Sekunde abzweigen, dann verließ er heimlich das Hôtel Galliffet in Richtung des Luxembourg-Parks.

Es war ein warmer Frühlingssonntag, einer der letzten Frühlingstage, und er ging barfuß. Seit er bei Baffour lebte und arbeitete, gönnte er sich an seinen seltenen freien Tagen den Luxus, im Park zu spazieren. Anfangs hatte er die Spaziergänge dazu genutzt, seinen vom Feuer zerschundenen Körper wieder zu spüren. Einen lauen Morgenwind, der seine Haare kraulte und tätschelte; die seine Wangenknochen beißende und stechende Sonne; Kies, der seine Fußsohlen knetete, pikste und an seinen Zehen schabte. Bisweilen rannte er durch den halben Park, um Beine und Knie zu spüren.

Wenn er an diesem Tag in den Park ging, um unter den bis tief auf die Erde herabhängenden Zweigen der Buchen hinwegzutauchen, dachte er nach: über die Schönheit und die beste Art, seinen Saucen Festigkeit und das Leichte, fast Schwebende zu schenken, das er so sehr liebte; er dachte an die Vergänglichkeit eines jedes Genusses und wie es sich wohl anfühlte, die Brüste Lucettes zu streicheln. Mit seinen Händen. Seiner Zunge. Seinem Löffel.

Seit Jahren betete er sie an. Jeden Pouce ihres Körpers hatte er aus der Ferne studiert. An ihren Unterarmen glänzten feine, zarte Härchen gegen das Licht. Er sah ihr Schulterblatt vor sich, sah, wie sich die weiße Haut über dem geschwungenen Knochen spannte – am allerzartesten kam ihm die Haut über ihren Schlüsselbeinen vor. Nicht ein Detail hatte er vergessen, sein Kopf ähnelte in diesen Augenblicken einer wohlgefüllten Scheune. Unter den Bildern, die er in seinem Kopf umhertrug, hatte sich eines ganz besonders tief eingeprägt. Sie war gerade vierzehn Jahre alt gewesen, ungewöhnlich groß für ihr Alter – wenigstens kam es ihm so vor – und sie stand an einem Wasserbecken des Parks, in das sie Kiesel warf, ovale, flache Steine, die tanzten, wenn sie es ihnen befahl.

Bäume und Sträucher um ihn sprachen allein von ihr. Er schmeckte am Kies, daß sie drei Tage zuvor diesen Weg hinab zum Pavillon gegangen war; schmeckte an einer Bank, daß ihre Hüfte hier ihre Wärme verströmt hatte. Haben mußte.

Bedauerlicherweise hatte Ignaz in den letzten Monaten keinen Grund oder Vorwand gefunden, das Wort an sie zu richten. Zwar kochte er für sie, und an Sonntagen durfte er ihr seine neuesten Kreationen auftragen: meist mit den zitternden Fingerknöcheln eines Gesellen, aber nie hatte sich die Gelegenheit eines Gesprächs ergeben. Meist sah er sie nur von weitem. Wenn sie in die Kirche eilte und betete; wenn sie im Park in der Sonne saß; wenn sie in einer Kutsche in die Oper fuhr. Dann lauerte er ganze Abende an einem Fenster und wartete auf den Moment, da sie wieder nach Hause kam. Im Winter trug sie kostbare Pelze, und im Sommer verhüllte ihren Körper das beste Leinen oder die beste Seide, ihr Gesicht war stets umrahmt von der Pracht ihrer dunklen Locken. Und jetzt, bald, würde er Wochen nur in ihrer Nähe verbringen! Jeden Abend vor dem Einschlafen phantasierte er, wie schön es wohl sein mußte, wenn er ihr die Kleider abstreifte, sie nackt vor sich sah und behutsam ihren Mund küßte.

Die Aussichtslosigkeit seiner Träumereien hatte ihn in letzter Zeit unzufrieden gemacht. Bisweilen sah er aus wie etwas, das am Ufer angespült worden war. Es genügte ihm längst nicht mehr, Lucette aus der Ferne zu bewundern – er mußte sie immerzu sehen, berühren, ahnen. Übellaunig war er geworden, ungeduldig. All das war mit einem Mal verflogen, bald wäre sie in seiner Nähe. Nur wenn er an die Übereinkunft mit ihrem Vater dachte, quälte ihn der Gedanke an die drei langen Jahre, bis er es zum Maître gebracht haben würde. Dann wäre sie bald dreiundzwanzig Jahre alt, womöglich verheiratet, Mutter zweier Kinder. Erst dann wäre er endlich in der Lage, um ihre Hand anzuhalten.

Drei Jahre.

Eine Ewigkeit!

Dann wieder tröstete ihn der Gedanke, bald mit ihr für Wochen in Arles beisammen zu sein. Nur mit ihr! Unablässig stand das Bild Lucettes vor ihm, er sah sie, nackt, an einen Pfeiler der Michel-Brücke geklammert, von reißenden Fluten bedroht – und er würde sie retten. Sie war das Abbild der dunklen Seite seiner Seele. Sie verkörperte jenen Teil seiner Persönlichkeit, den er nicht zu lenken vermochte. Kaum ein Tag verging, an dem er sich nicht vorstellte, wie sie die Welt sah. Dann malte er sich aus, wie er ihr den Geschmack des Morgens schenkte, den Geschmack der Liebe, den Geschmack des Hasses. All das würde er ihr offenbaren.

Wie immer er es wendete, Lucette war der Anker, ihn zu halte. Alle hatte er geblendet. Selbst Baffour gab sich der Idee hin, hier wirke ein Lehrling in seinem Geiste – dabei verkörperte er längst das Gegenteil des Meisters und träumte von der Ehre, um ihre Hand anzuhalten.

Tatsächlich galt Ignaz Machandel inzwischen ja auch als glänzende Partie. Zuweilen drängte sich ein Gastgeber an seine Schulter und fragte, ob er den Gedanken ans Heiraten gefaßt habe. Nach der Messe wurden ihm begehrliche Blicke zugeworfen, die Töchter reicher Tuchfabrikanten steckten ihm Billets entgegen. Dann zog er seine Mütze und empfahl sich.

Als er die Expreßkutsche bestieg, die ihn nach Nîmes und weiter nach Arles spedierte, war er in ausgezeichneter und fast euphorischer Stimmung. Er hatte einen Berg Skizzen und Vorarbeiten zum Buch bei sich. Er hatte einige wenige Töpfe und Pfannen verladen lassen, seine Messer. Die wichtigsten Öle und Salze und Kräuter ruhten neben und unter ihm – und wie immer reiste sein Löffel an seiner Seite. Vor ihm, in einer zweiten, viel edleren, auch schnelleren Kutsche, fuhr Lucette.

Das Haus wirkte frostig, düster, beinahe hart. Sobald er die Schwelle überschritten hatte, kam es ihm so vor, als wittere er in jedem Winkel den sprühenden Witz Lucettes. Er schritt die weitschweifige Treppe hinab, wandelte in einem Orangenhain, als er meinte, irre zu sein. Da stand sie vor seinen Augen – er hätte sie für eine Statue gehalten, hätte sie sich nicht in die Höhe gestreckt, um eine Orange zu pflücken, an der ein Blatt hing und der Rest eines Zweiges.

»Soll Ignaz Euch ein Sorbet aus Orangen richten, Lucette? Mit frisch gekochtem Sirup aus diesen Orangen?«

Nichts konnte herrlicher sein, als die Welt aus dieser

Höhe zu beschauen! Sie hatte nur auf ihn gewartet! Auf das Eintreffen seiner Kutsche! Und sie freute sich, ihn endlich zu sehen. Er öffnete den Mund, stammelte, doch sie hob die Hand und gebot ihm Schweigen. »Ihr seid der beste, den er je in seiner Küche gesehen hat, ich weiß es.«

Auf seinem Gesicht stand eine fahle Röte, und er brachte kein Wort über die Lippen. Sie reichte ihm die Hand. Wenn ihn nicht alles täuschte, dann schmeckte ihr linker Ringfinger nach Bergamotteöl. Am Mittelfinger haftete ein Patschulihall, und der Daumen barg eine basische Cremetinktur.

»Was ist mit dem Sorbet, Mademoiselle?« sagte er, von tief unten haftete sein Blick auf ihren Augen, und seine Stimme nahm einen weichen, fast flehenden Klang an.

»Ja, richtig.« Hätten ihre Lippen nicht leicht gezittert und ihre Augen, weil sie feucht waren, noch mehr geglänzt, ihr Lächeln hätte fast ruhig gewirkt, als sie sagte: »Halb acht im Eßzimmer?«

»Halb acht! Und jetzt darf ich mich zurückziehen, die Kunst ruft.«

8

Obgleich er dieses Treffen herbeigesehnt hatte, so hatten ihre Worte und ihre Blicke ihn so sehr verwirrt, daß er vor dem Herd auf einen Schemel sackte und in tiefem Nachdenken versank.

Als der Schreiber eintraf und fragte, wann sie die Arbeit am Buch wiederaufnähmen, antwortete er: »Später.«

Der Diener wollte ihm Kaffee servieren, und wiederum sagte er: »Später.« Erst zum Abend hin hatte er sich aufgerafft und seine ganze Überraschung und Verwirrung in ein Menü gegossen, das er ihr persönlich auftrug. Im Gehen fühlte er, daß sich seine Arme ungewöhnlich leicht und beschwingt bewegten.

»Soll ich etwa alleine essen?«

Machandel trat näher heran. »Ich verstehe nicht, Mademoiselle?«

Sie vermied jeden Blick auf die Gestalt des Winzlings, mit ihren kleinen, geschickten Fingern bestrich sie eine Scheibe Brot mit einem Auberginenmus.

Ohne zu fragen, füllte Machandel die Gläser.

»Wie freue ich mich, daß Ihr bei mir seid! Setzt Euch. Oder ißt ein Koch nicht, was er geschaffen hat? Das wäre ja zu grotesk, oder lauscht ein Musiker nicht seinen Kompositionen? Das ist doch Eure Komposition, habe ich recht?«

»Es ist einem Gesellen bei Strafe verboten, an einem Tisch mit der Herrin zu sitzen.« Er verbeugte sich und ging, rückwärts, aus dem Saal. Wenngleich seine Augen nicht voll Tränen standen, so waren sie feucht vor Rührung.

»Ihr beleidigt mich. Zur Strafe, daß Ihr nicht mit mir an einem Tisch sitzen wollte, werfe ich das jetzt zum Fenster raus, da – seht.«

Mit entschlossenem Blick riß sie einen Fensterflügel weit auf und holte aus. Ihr war alles zuzutrauen. »Halt! Nein! Das dürft Ihr nicht.« Er kauerte sich an die Tafel und stammelte kaum hörbar: »Aber es ist nicht recht, nicht recht. Das wißt Ihr.«

Schweigend saßen sie da, nur gelegentlich stand das gedämpfte Scharren seines Holzlöffels im Raum.

»Köstlich – ich wette, das ist nur der kleinste Teil, den Ihr heute auftragt?« Sie stippte eine Gabelspitze einer Pastete in ihren Mund und bemühte sich dabei, seinen Blick einzufangen. »Wollt Ihr nicht zur Feier des Tages Gabel und Messer nehmen? Und nehmt Rotwein!«

»Ich habe die Nudeln so fein geschnitten wie Euer Haar. Den Tomaten habe ich die Farbe Eurer Wangen geschenkt. Die Feige, das ist Euer Auge, und wenn ich nicht irre, dann ähnelt die Form der Karottenstifte Euren wunderbaren Fingern.«

Eine pfirsichfarbene Röte legte sich über ihre Augenbögen, noch ihre Stirn war für einen Augenblick in einnehmendes, zartes Rosa getaucht.

»Und das da, das ist meine Brust – habe ich recht?«

Ihre Gabel touchierte einen mit Ahornblütenhonig überzogenen Backapfel. In jener Mulde, wo einst der Fruchtknoten geschlummert haben mußte, hatte seine Hand einen Pinienkern gepflanzt. Was ihm eben noch als sinnige Idee erschien, war ihm nun unendlich peinlich. Und auch sie konnte den Blick nicht mehr unbefangen auf ihn richten.

»Hier, Frühlingssuppe, viel Minze, Basilikum, Rauke, fein geschnitten wie das Lachen, das aus Eurem Munde flieht...«

»Oh, ein Kompliment! Das war doch ein Kompliment. Oder macht Ihr Euch über mich lustig?«

Sie lächelte ein nachdenkliches, halbes Lächeln und sah ihn mit einem sieghaft-zärtlichen Blick an. Ignaz schwieg. Um ein Haar hätte er vergessen, Wein nachzuschenken.

»Genug, genug. Oder wollt Ihr mich betrunken machen, Maître.« Sie hob die Augenbrauen. »Für mich seid Ihr ein Maître, jeder weiß es in der Küche meines Vaters, jeder sieht es, nur keiner wagt es auszusprechen: Ihr seid das schaffende Prinzip! Aber seid gewarnt, er wird Euch aussaugen, und wenn Ihr ihm nichts mehr nützt, dann wird er sich Eurer entledigen.

So, und jetzt gebt mir vom Feigensalat. Gebt mir mehr Fisch. Mehr Nudeln. Mehr. Viel, viel mehr! Wie macht Ihr das nur! Und bringt zwei Gedecke, mehr von Euren Desserts und mehr von Euren Fischen. Mehr, mehr, mehr!« Ihr Gabelstiel schlug auf die Tischplatte ein, sie gebärdete sich wie ein Kind. »Mehr Gemüse. Mehr Früchte. Und erzählt, denn vor allem will ich mehr von Euch hören. Mehr.«

Als er den Salon verließ – nach dem Kaffee waren sie ins dezente Dämmerlicht ihres Salons eingetaucht – da glaubte er, sein halbes Leben mit ihr allein zugebracht zu haben. War es möglich, daß sie ihn mochte? Ein wenig? Oder machte sie sich über ihn lustig – verhöhnte sie ihn, ohne daß er es bemerkte?

9

Bis zum Morgen kauerte Ignaz in der Bibliothek und ließ die Feder übers Papier kratzen. Leistete das Flüstern der Winde im Kamin ihm Gesellschaft, zerbrach er sich zuweilen den Kopf über den Antrieb Baffours. Er stand in seinen Diensten, er feilte an ihrem Buch, doch er fühlte sich dem

Koch fern wie nie. Baffour wollte einfach nicht verstehen, daß neben ihm ein Geselle Genüsse hervorzauberte, die ihm trotz jahrzehntelangem Studium nicht gelingen wollten. Konnte nicht dulden, daß ein Dahergelaufener tat, was er sich nicht vorzustellen gestattete: besser kochen. Ignaz sog seine Kraft nicht aus Kalkül, sondern aus chaotischem Probieren; aus der Inspiration, die ihm Lucette schenkte. Der Koch hatte ihn beobachtet, wie er in vollkommener Umnachtung Aromen zog – Baffour sah nicht, was er sich zu sehen verbot.

Wann immer Machandel in letzter Zeit an den Koch dachte, umfing ihn eine lähmende Dunkelheit. Machandel ahnte, daß er dem Koch bald das wichtigste Aroma abpressen würde: Das Aroma des Scheiterns. Er hatte ihn soweit! Ignaz mußte nur warten. Sich verbergen und verstellen. Zeit gewinnen. Er fügte die Notizen des Tages in eine Kladde und atmete kräftig durch. Und sie war da. In seiner Nähe – da, kaum zehn Ellen von ihm entfernt, ging ihr heißer Atem.

Ohne zu überlegen trat er vor den Spiegel und fand, sein silberbestickter Frack mache ihn unwiderstehlich. So würde er am Ende der drei Jahre um ihre Hand anhalten – das wäre sein vollkommener Triumph. Das erst wäre die vollkommene Demütigung des Mannes, der sich erdreistete, seine Kreationen an sich zu raffen und sich damit zu brüsten und damit Gold zu häufen.

In diesen Momenten fühlte sein Denken sich an wie ein halb aufgelöstes Knäuel Wolle. Er mußte Lucette nur einen Zipfel dieses Knäuels reichen, auf daß sie daran zöge, und sie würde sein Genie erkennen. Nein, sie hatte es längst erkannt. Es gab kein Geheimnis zwischen ihm und ihr. Nur wenige Wochen noch, dann würde er sie mit sich reißen und die Welt in einer einzigen aromatischen Symphonie aus den Angeln heben. Dann endlich würde sein Werk erscheinen – Baffour und er zu gleichen Teilen Autoren; dann würde er erhoben in den Stand eines Meisters. Er, Ignaz, würde sein Patent erhalten, seine Küche führen – an der Seite seiner bezaubernden Gattin Lucette. Der Gedanke war wundervoll, und er war entsetzlich in seiner Pracht.

Er trat näher an den Spiegel und goß ein Gemisch aus Bimssteinpulver, Chinarinde und Tabakasche in seine Hand. Zur Feier des Tages mischte er das Pulver mit florentinischem Veilchenwurz und reinigte seine Zähne – vielmehr das, was von seinem Gebiß übriggeblieben war. Nichts hielt er von der modischen Bürste, welche die Zahnfleischklüfte polierte, bis das Gebiß den Zahnreihen eines Schafes ähnelte. Gar nichts.

Verzückt betrachtete er seine Locken. Mit einem Finger zog er seine Gesichtslinie nach. Glich sein Gesicht nicht einer Violine? Als Solist stand er im Theâtre de l'Odéon. Wie damals, als sein Spiel hingereicht hatte, Lüsterkerzen mit Wehmut zu tränken, daß sie ihr Wachs verweinten. Er bestrich seine Unterarme mit *bouillon absolu* und posierte auf der Kante eines geschweiften Sessels – schön saß er da, wunderbar und männlich, etwas zu steif, nur das Lederetui, darin sein Messer ruhte, scheuerte an seinem Schenkel. So döste Machandel, döste vor sich hin. Es war ein Schwebezustand, in dem er sich befand, und er schwebte auf Traumwolken von Erfolgen.

10

Wüst phantasierend lag er am nächsten Tag im Garten auf dem Bauch und beobachtete Lucette. Seine Vorstellungen waren heiß, pikant gewürzt, jedoch gut die Hälfte von ihnen war qualvoll. Sie tat, als sehe sie ihn nicht, und widmete sich den Olivenbäumen.

Machandel hoffte einerseits, sie würde Notiz von ihm nehmen, andererseits fürchtete er sich vor dem Moment, da sie sich zu ihm niederbeugen und seinen flammenden Nacken mit dem feinsten ihrer Creme-Öle massieren würde.

Als er später in den Eßsalon trat, fand er sie in einem durchscheinenden Gazekleid, ihr Haar fiel über beide Schultern hinab, sie saß auf einer Bergère, den Ellbogen auf einen Arm-Polsterwulst gestützt, beide Knie eng an den anderen Wulst geschmiegt. In einer Hand hielt sie eine Champagnertulpe – und vor ihr, auf einem Hocker, funkelte der Flakon im Widerschein eines eisengrauen Salonspiegels.

»Setzt Euch, Maître. Ich darf Euch doch Maître nennen? Ich habe mir erlaubt, das Menü ein wenig zu ändern. Gefällt es Euch?«

Unmöglich! Er wußte nicht, wie ihm geschah. Wußte nicht, ob er toben oder lächeln oder einfach nichts tun sollte. Sie mußte ihm in der Nacht seinen Flakon entrissen haben, panisch tastete er seine Brust auf und nieder. Nichts! Nackt stand er vor ihr, sein Geheimnis hatte sie ihm entrissen. Stumm blickte er zu Boden, ohne sie anzusehen folgte er allen ihren Bewegungen und Blicken. Er spürte, wie sie aufstand, sich ihm näherte, und je näher sie an ihn herantrat, desto schöner schien sie ihm. Größer und vollkommener, denn da lauerte in jeder Pore dieser wunderbaren Frau die Idee des Aromas, das er in all den Jahren geschliffen und gerundet und zu voller Blüte herangezüchtet hatte. Erst sie konnte diese Vollkommenheit entfalten.

»Trinkt – und setzt Euch zu mir, oder gefalle ich Euch etwa nicht?«

»Es kommt mir nicht zu, neben Euch Platz zu nehmen, Lucette.«

»Wer sagt das – mein Vater? Was hat er denn schon zu sagen? Der arme, alte Tropf. Hier gibt es nur dich und mich, und es gibt dieses Buch, das du für ihn schreibst. Du schreibst doch an diesem Buch, habe ich recht? Vergiß für einen Moment dieses Buch. Vergiß das Buch und koste.«

»Ihr macht Euch lustig über mich! Es kommt Euch nicht an, mich zu quälen. Es reicht, daß Euer Vater mich demütigt...«

Sie küßte ihn sanft auf die Stirn. »Soso! Ich quäle Euch! An Eurer Stelle würde ich diese Qual geschehen lassen. Ihr werdet es nicht bereuen – oder wollt Ihr Euch lieber in Eure Notizen flüchten.«

Ihr Lachen war heftig und rückhaltlos.

»Nun, ich habe Euch halt liebgewonnen«, sagte sie.

Machandel legt seinen Kopf zur Seite, beugte sich weit vor, sein Haar streifte ihren Unterarm. Es war heiß, und es verwirrte ihn, das Rosa ihrer Brüste zu sehen. Es erstaunte ihn, wo sie überall ihre zärtlichen Küsse hindrückte. Zuerst ließ sie ihm nur die Wangen ihres Gesichts, dann ließen ihre Lippen seine nicht los, bis ihre Arme seinen Kopf einschlossen.

»Ich nehme an, du siehst, was ich für dich empfinde. Sag es mir lieber, wenn ich einen Fehler mache.« Jede Faser ihres Körpers forderte ihn auf, sich in ihre Arme zu stürzen.

»Einen Fehler? Warum sagst du das?«

»Du wirst denken, daß ich alles ... nun, zu sehr ... überstürze.«

»Ich bete dich an«, erwiderte er. Neigte den Kopf. Küßte sie. Unersättlich war er und küßte sie, wo sein Mund nur immer hinkam. Stumm streichelte sie seine Arme, streichelte seinen Rücken, noch seinen Löffel streichelte sie. Seine Hüften, noch die winzigste Anspannung seiner Muskeln blieb ihr nicht verborgen. Das Herz schlug ihr bis zum Hals.

All das war so ungewohnt herrlich, daß ihm vor Freude die Augen feucht wurden. Wenn sie einander in den folgenden Tagen liebten, dann war die Luft draußen voll und klar, die Sonne wieder war herrlich und schön, und stolz zog sie ihre Bahn. Nur alle paar Stunden schlichen sie in die Küche und verschlangen, was immer sie begehrten.

Mit ihr zu reden war angenehm, noch angenehmer war es jedoch, ihr zuzuhören. Nichts liebte er mehr, als Lucette zum Lachen zu bringen, und ihr Gesicht war noch lieblicher, wenn die Neugier sie plagte. Unentwegt sah sie ihn mit einem Blick an, dem er sich nicht entziehen konnte. Noch wenn er einen Moment in der Küche stand, umschmiegte ihn dieser Blick. Bei jeder Sauce, die er kreierte, bei jedem Fisch, den er füllte, bei jedem Brot, das er buk, wollte sie sofort wissen, wie er es angestellt hatte, sie so zu verwirren. Wäre sie gefragt worden, so hätte sie ohne zu zögern behauptet, glücklich zu sein. Glücklicherweise fragte sie niemand, denn sie waren ja ganz auf sich gestellt.

Dann schliefen sie drei Tage ohne Pause, und als er am vierten Tag spätabends erwachte, fühlte er sich, als hätte er ein Leben lang geschlafen. Er eilte in die Bibliothek, setzte die Feder auf einen Bogen Papier, schrieb.

Drei Nächte und drei Tage schrieb er. Schrieb, ohne ein einziges Mal auch nur aufzuschauen. Es war wie ein Rausch. Drei Tage lang hatte er nichts gegessen, drei Nächte keinen Augenblick geschlafen. Er hatte nur geschrieben und fühlte sich trotzdem frisch und gesund. Es war soweit – er hatte das *Opus magnum* abgeschlossen. In diesem Moment war er fest davon überzeugt, ohne weiteres fliegen oder ein ganzes Haus von der Stelle rücken zu können, falls es notwendig wäre.

Mit zitternden Händen hüllte er den Packen in ein Tuch, legte ein Band darum, formte eine Schleife – eilte in den Salon, klopfte, lauschte, riß die Tür auf – und fand: nichts. Ernüchterung überkam ihn wie eine Woge, er hatte das Gefühl, in Bedauern zu ertrinken.

Lucette war nicht im Garten, nicht im Keller, nicht in den Weinbergen; er fand sie nicht am Fluß, nicht in den Ställen, nicht in der Küche. Nicht einmal ihr Aroma fand er, es war, als hätte sie keine Sekunde in diesem Palast zugebracht, der ihm vorkam wie ein finsterer Kerker.

11

Während er noch suchte und bereits ahnte, daß er nicht finden würde, was er vor Tagen erobert glaubte, saß Lucette in einer Diligence, die über Lyon die Rhône hinab und weiter auf Paris zuflog. Feiner Regen fiel, und es war ungewöhnlich kalt. Die Peitsche des Chauffeurs tanzte durch die Luft, Bauern und Pilger sprangen zur Seite, doch Lucette hatte keinen Blick für Peitschen, Bauern und Pilger, denn sie ahnte, was nun folgen würde.

Aus Mitleid hatte sie nicht gewagt, Ignaz einzuweihen. Schließlich hatte Baffour sie rufen lassen, weil er gefunden hatte, wonach er suchte: einen Gatten. Als der Abendnebel verklungen war und sie in Paris eintraf, lag die Stadt in tiefer Stille. Bisweilen, dachte Lucette, ist jene lähmende Stille, die dem Sturm vorausgeht, grauenvoller als der Sturm selbst.

»Soso, da ist mein Täubchen also zurück – und hat es sich hoffentlich überlegt? Wenn du nicht wählst, dann wähle ich. Du wirst keinen besseren finden als Epernasse. Den Sohn des mächtigen Epernasse aus Lyon.«

Wie er so vor ihr auf und ab schritt kam er sich ungeheuer gütig vor, schließlich war es überhaupt nicht seine Pflicht, ihr Rechenschaft abzulegen über die Wahl des Gatten. Er, der Vater der Tochter, hatte gewählt; und sie sollte dankbar sein.

»Igitt.«

Kaum zu glauben. Die eigene Tochter spuckte ihren Vater an.

»Wie? Du widersetzt dich deinem Vater?«

»Nein, ich tue nur, was mein Herz sagt. Mein Gefühl …«

»Gefühl, Gefühl, Gefühl.« Er starrte sie an. »Ich kann es nicht mehr hören: Gefühl, Gefühl, Gefühl.«

»Vater, ich werde ab heute nichts mehr essen. Keinen Bissen bis zu jenem Tag, an dem Ihr Machandel zu Eurem legitimen Nachfolger ernennt.«

Um ihre Aufregung zu besänftigen, begann sie zu weinen. Dann wieder versuchte sie, dem Tränenstrom Einhalt zu gebieten, aber es gelang ihr nicht, und so schluchzte sie leise vor sich hin.

Sie spinnt. Sie spinnt vollkommen.

»Was hast du da gesagt? Du glaubst, ich würde einen dahergelaufenen Wicht zu meinem Nachfolger ernennen? Habe ich dich richtig verstanden? Dieser Machandel mag über ein gewisses Talent verfügen, womöglich über eine ganz besondere Gabe, aber bist du nun völlig verrückt geworden?«

»Er wird mich heiraten, er und kein anderer.«

»Das werden wir ja sehen!« Jäh fuhr er auf, sein ganzer Körper sträubte sich. »Draußen lungert der Sohn des reichsten Bankiers des Landes herum, er frißt mir aus der Hand. Ein Schnipsen meines Daumens genügt, und er wird mit einem Meer aus Rosen hineinstürmen und um deine Hand anhalten! Seit Monaten drängt der Erste Konsul – der Zar schickt mir Fabrikanten, die nur nach deiner Hand lechzen! Erst gestern war der pausbäckige Holländer bei mir, der den gesamten Asienhandel unter sich hat – und da soll ich dich an einen Waisen vergeben, den ich an meinem Busen genährt habe. Einen Schmarotzer. Ohne meine Güte wäre er ein Nichts.«

»Ich fahre zurück, nach Arles. Zu ihm.«

»Nichts wirst du tun. Es reicht!«

Da sah er ihn vor sich, seinen Gesellen, und der Ton leiser Verachtung lag in seiner Stimme. Er sah ihn vor sich, sah Lucettes flammendes rotes Gesicht mit den verdächtig glänzenden Augen. Sollte es dieser infame Geselle gewagt haben, seiner Tochter den Kopf zu verdrehen? Ein Liebhaber seiner Tochter! Es war grotesk! Dieser Winzling hatte sie geblendet. Verführt. Allein der Gedanke war ungeheuerlich...

»Du heiratest Epernasse. Das ist mein letztes Wort. Und bis du zur Vernunft kommst, werde ich dich an einen sicheren Ort bringen. Quenu, Ihr wißt, was Ihr zu tun habt.«

Baffour setzte sich auf einen Stuhl, er streckte seine Beine auf seinem Sessel aus und schloß die Augen. Je mehr er über diese Ungeheuerlichkeit nachdachte, desto klarer wußte er, was zu tun blieb.

Indes Machandel, im weit entfernt gelegenen Arles, drei Tage benötigte, um einen klaren Gedanken zu fassen; und zehn weitere Tage benötigte er, bis er schließlich in Paris eintraf – pausenlos murmelte er irgendwelche Worte, um das Entstehen neuer Phantasiegebilde abzuwehren. In irrem Flüsterton wiederholte er die Worte: »Sie ist weg.«

Nur die Schwelle des Hauses in der Rue de la Convention mußte er passieren, da ahnte er, was geschehen war. Im Haus ging es zu wie in einem Bienenstock. In jedem Winkel stand eine Kiste, stand ein Koffer, ein Heer von Helfern packte kostbare Vasen und Folianten in gepolsterte Kisten.

Machandel stieg in den ersten Stock, schlich vor Lucettes Tür auf und ab. Bald wäre sie sein. Er meinte zwar, ihr Aroma läge nicht in gewohnter Intensität auf ihrer Türschwelle – aber weil er müde war und naiv, zog er nicht die nötigen Schlüsse. Seine Zunge liebkoste das Holz ihrer Schwelle. Die Berührung der Klinke glich dem Druck ihrer Hand, und ihn durchströmte das Verlangen, ihre Luft zu atmen. Zehn Tage, fern von ihr, lagen hinter ihm. Nichts als ein Tuch besaß er, darin sie geschneuzt hatte.

Er verstellte einem Packer den Weg, ein häßlicher Mann mit schiefstehenden Zähnen. Bedauerlicherweise konnte ihm der Kerl nicht helfen, also riß er ein Fenster auf, starrte in den Hof. Nichts.

Als er Quenus befremdete Miene sah, fürchtete er, ihr wäre etwas zugestoßen. »Ihr wißt es nicht?«

Bei Gott, dachte er, es ist ihr etwas zugestoßen.

»Baffour läßt bitten. Er ist soeben eingetroffen.«

Ungewöhnlich schlank schien der Koch, beinahe dürr. Er hatte viel Gewicht verloren und war sehr knochig, seine Schultern stachen scharf heraus. Seine sonst von Sorgen zerfurchte Stirn war so glatt, wie sie es am ersten Tag gewesen war, an jenem denkwürdigen Morgen, da er, sein erster Geselle und erster Koch, sie mit seinen Fingern und mit seiner Zunge erkundet hatte.

»Koch, es muß ein Ende haben! Gebt mich frei.« Er konnte nichts mehr sagen, weil die aufsteigenden Tränen ihm die Kehle zuschnürten.

Louis-Sébastien Baffour musterte ihn mit verhangenen, rotdurchäderten Augen. »Ihr leidet, habe ich recht? Wegen ihr. Keiner könnte das besser verstehen als ich, ihr

Vater, glaubt mir! Ihre Offenherzigkeit und Spontaneität sind wahrlich ein Fluch.«

»Ja, Koch!« Machandel zögerte. Und nach einer Pause murmelte er: »Ich vergöttere sie.«

»Auch ich war einst ein junger Mann.«

»Es war nicht recht. Machandel hat Euch stets geholfen – hat das Buch für den Meister geschrieben – es kam mir nicht zu, Eure Tochter …«

»Schweigt und behaltet Eure Details für Euch.« Das ist ja widerlich, dachte Baffour. Seine Wut stieg ihm geradewegs ins Gesicht, sie brannte aus zwei hektischen Flecken unter den Augen zu beiden Seiten der Nase.

»Schweigt! Ich kann Euch auf die Straße werfen! Und sobald sich herumspricht, daß Baffour Euch rausgeworfen hat, werdet Ihr nirgendwo mehr auch nur Haferbrei kochen. Das wißt Ihr, oder?«

Wie war er es leid, an den Koch gekettet zu sein. Machandel beugte sich weit vor, eine Träne rann seine Wange hinab, und er winselte kaum hörbar. Es verlangte ihn danach, freigegeben zu werden, doch tief in seinem Innersten wußte er, daß dieser Mann ihn nie freigeben würde.

»Wo ist das Manuskript?«

»Hier! Es wird uns unsterblich machen.«

»Gut.«

Panisch riß Baffour ihm den Packen Papier aus den Händen. Reichte den Packen Quenu, starrte dem Diener hinterher, der das wertvolle Stück an einen sicheren Ort verbrachte.

»Wann? Machandel kann nicht mehr. Er ist nicht mehr der Jüngste. Ihr seht es nicht, aber ich habe alle Kraft und alle Inspiration verschleudert. Die Lebenszeit verrinnt, wann, Koch? Wann wird unser Buch erscheinen? Wann darf ich Lucette sehen?«

»Meint Ihr, ich bin dumm oder taub oder nicht selbst jung gewesen. Es war ein Fehler, Euch in Arles zusammenzupferchen, aber das wird ja nun so bald nicht mehr geschehen.«

Machandel trat näher an den Koch heran, er hielt den Löffel in der rechten Hand, und für alle Fälle tastete seine linke Hand ans Etui des Messers.

»Das Streben nach Perfektion erfordert stets Geduld«, verkündete Baffour salbungsvoll. »Höchste Geduld! Wißt Ihr das nicht? Wir alle leiden an unseren Wunden, aber das ist noch lange kein Grund, schwach zu werden. Ihr werdet meiner Tochter nie mehr den Kopf mit geeistem Nougatparfait verdrehen. Lucette wird in vier Wochen heiraten.«

»Ich verstehe nicht. Vier Wochen, sie will mich schon in vier Wochen heiraten?«

»Vollkommen! Ihr spinnt vollkommen. Natürlich wird Lucette heiraten. Einen gewissen Jean-Michel Epernasse, Sohn des reichsten Bürgers aus Lyon ...«

Vor Baffour kauerte ein Bündel des Elends und der Niedergeschlagenheit.

»... ach, und eins noch. Laßt Euch ja nicht einfallen, zu verbreiten, Ihr hättet an meinem Buch geschrieben. Ja, Ihr habt richtig gehört: Selbstverständlich denke ich nicht im Traum daran, Euren Namen auf dieses Meisterwerk zu setzen. Es ist doch ein Meisterwerk geworden? Es wird unter meinem Namen erscheinen. Und wenn Ihr jetzt klug und weise und folgsam seid, dann verlaßt Ihr auf der Stelle mein Haus und verlaßt auf der Stelle diese Stadt. Nehmt diese zehn Livre oder zehn Franken und laßt Euch nie mehr blicken! Nie! Ein Wink meiner Hand genügt, und Ihr versauert auf ewig in Bicêtre.«

Kaum entlassen, sah sich Machandel von Quenu in den Flur gezogen und von dort in eine Kammer dirigiert. Er hatte die Vorhänge zugezogen, das Feuer im Kamin ruhte. Nur eine Kerze stand da, das Wachs rann den Schaft hinab.

»Es ist ein Drama, Ignaz.«

Machandel verstand nicht. Es war abgemacht, er sollte seine Zeit dienen, sollte mit all seinen Kräften und mit seinem Ingenium helfen, den Ruhm und die Börse und das Buch des Meisters zu voluminieren. Dann endlich wäre es an ihm und an Lucette, einander zu sehen.

»Epernasse, an Epernasse aus Lyon hat er sie vergeben. Es heißt, man habe ihm eine halbe Million geboten – ihr Vater ist nicht der Mann, ein solches Sümmchen auszuschlagen, wenn Ihr versteht, was ich meine.«

Wie ein Stein, der in einen riesigen Teich fällt, hatte die Nachricht ihre Kreise gezogen. Es riß ihm das Herz entzwei. Es konnte nicht sein. Lucette mußte hinter dieser Tür kauern – und gleich würde sie auf ihn zustürmen, ihn umarmen, dann würde er diese Lippen kosten …

Vernichtet hatte er ihn. Nein, betrogen. Wenn kein Wunder geschah, dann würde er zerbrechen an seinem Unglück. Zehn Livre! Allein an seinen Suppen und seinen Pasteten hatte Baffour Hunderttausende verdient. Und sein Buch würde ihm ewigen Ruhm schenken – komponiert hatte er, redigiert, Nacht um Nacht daran gearbeitet.

Gerade eben die Tür vermochte er aufzusperren, als er das Haus verließ, so schwach fühlte er sich. Sein Leib trieb über Straßen und über Plätze, mitleidgebietend wirkte sein Stolpern. Mit dem Löffel tastete er nach einem Stück Baguette, nichts konnte er mehr schmecken. Nichts schmecken. Nichts ahnen. Alles hatte er um sich erahnt, nicht das leiseste Arom konnte man vor seiner Zunge verstecken – nur daß man ihn getäuscht und ausgebeutet hatte, das gerade hatte er nicht geschmeckt.

Es war ein Witz. Und es war eine Tragödie.

Wieso ausgerechnet verschenkte sich Lucette an den Sohn eines Bankiers? An einen Mann, den sie nicht liebte und der ihr niemals bieten konnte, wonach sie verlangte? Ihm schwirrte der Kopf, und je mehr er nachdachte, desto wirrer wurde alles um ihn. Am Ufer der Seine stand er, und seinem Mund entströmte der feine Hauch erster Herbstkälte. Seine Zunge strich über die Innenseiten seines Gaumens, vollkommen träge fuhr sie den Unterkiefer hinab – Ignaz wußte mit einem Mal, daß er seinen Weg so gut wie ausgeschritten hatte. Nicht viel, und er wäre am Ziel. Da lachte er aus vollem Hals, saß still da, vielleicht eine Stunde lang. Neigte das Haupt zur Seite. Lachte. Grinste. Losgeschlagen fühlte er sich, entkettet. Was immer er getan hatte, er fühlte sich frei von jeder Schuld.

Bitter, die Tränen schmeckten bitter wie kalter Tee. Machandel weinte. Seine Zunge witterte an einem Tropfen des göttlichen Doyen-Fond, er wischte sich den Schweiß von der Stirn und rieb sich die Tränen aus den Augen. Schöpfte Atem, blickte in den Himmel. Nun konnte er nicht einmal mehr weinen wie ein Kind. Unendlich müde fühlte er sich, älter als die Erde. Wie ein toter Flußarm lag er da, träge, und nur für einen letzten Zungenschlag lang strahlte es noch in ihm. Dann füllte ihn unendliche Dunkelheit aus. Endlich, nach dem Verlauf einer Woche, übergab Quenu, er hatte Ignaz am folgenden Tag halb tot am Ufer der Seine gefunden, den Körper einem Gesellen der Irrenanstalt von Latour-Cerfleur.

12

Baffour war es zufrieden. Mit sich, mit der Welt, und mit dem Werk des Winzlings war er es ganz besonders zufrieden. Sein Instinkt hatte diesem Wesen abgepreßt, was er zu wissen begehrte, er hatte ihn sein *Opus magnum* niederschreiben lassen – und jetzt, wo dieser Geselle für Tage und fast eine Woche verschwunden sein sollte, da hatte sein geschmeidiger Geist die Existenz seines Wirtstieres nicht nur vergessen; sein Geist und Körper schienen obendrein jede Erinnerung daran verloren zu haben, daß er, Louis-Sébastien Baffour, der Parasit war, den der Winzling gemästet hatte.

Alles war getan. Das Buch war vollendet – in wenigen Monaten würde er es der Öffentlichkeit vorstellen. Im Collège. Dem Ort seines größten Triumphes. Das Stöhnen der Drucker konnte er förmlich hören, er sah sie schwitzen im Atelier. Es würde ein Dutzend Auflagen geben; um sein Ohr toste das Jubeln der Buchhändler, allein L'art du cuisinier würde das Salär eines Jahres in ihre Kassen spülen. Und wo immer man ging, überall in dieser Stadt und auf diesem Kontinent würde dieses ganz ausgezeichnete Lüftchen durch Parks und Fenster wehen, Feinheiten, die kein Geringerer als er selbst ersonnen hatte, ja, seine Suppen und Fonds wären in aller Munde. Bald würde er seine bescheidene Unterkunft gegen einen Palast eintauschen, der seinem Status entsprach. Endlich würde er die Rive Droite für immer hinter sich lassen, dieses primitive Terrain. In wenigen Wochen würde er endlich aufs andere Seine-Ufer ziehen. Kurz nach der Hochzeit seiner Tochter. Dann endlich – entbunden von allen Pflichten eines alleinerziehenden Vaters – wäre es soweit, dann könnte der große Baffour endlich daran denken, seinerseits eine Gattin zu finden. Eine stattliche *épouse.* Ein prächtiges Weib, ganz wie es sich gehörte! Es fehlte nicht viel, hieß es, und der Kaiser böte ihm die Hand seiner Nichte. Ein kaiserlicher Sproß, allein für ihn, den König der Köche! In weiser Vorausschau seiner hohen Ehe hatte er seit Wochen keinen Fuß in die Küche gesetzt. Das lag ja nun hinter ihm! Ginge es nach ihm, dann würde er seine Zunge und seine Knie und seinen Rücken nie mehr dieser perversen Strapaze aussetzen. An Saillands wäre es, seinem Souschef, all seine lästigen Pflichten zu übernehmen.

»Quenu, ruft sie.«

Lucette stand vor ihm, groß und ungebeugt, ganz wie er sie kannte, doch so blaß, als hätte sie über Monate das Haus nicht verlassen, dabei war sie erst aus dem Süden heimgekehrt.

»Wie ich sehe, hast du dich auf dem Lande ein wenig abgekühlt. Willst du noch immer nicht mit mir reden?«

Ruhig, beinahe apathisch stand sie vor ihm, das linke Auge war geschlossen und von scharfen Fältchen umgeben, die Nase gerümpft, die Oberlippe gekraust wie im Ausdruck tiefster Verachtung. Sie schwieg.

»Es liegt nicht in unserer oder meiner Macht, Lucette! Ich wäre ja nicht abgeneigt, auch wenn es natürlich nicht geht, wie du verstehst. Wir, der gute Quenu und ich, waren ganz und gar nicht abgeneigt, ihn dir als Koch nach Lyon mitzugeben, nur bedauerlicherweise wird er dazu kaum mehr in der Lage sein …«

Sie fächelte und fuchtelte mit den Händen, während sie sprach, begann ihr Kinn zu zittern. »Was? Was soll das heißen?«

»Fragt Quenu, fragt den Vorsteher des Irrenhauses von Latour-Cerfleur. Fragt, wen immer Ihr wollt: Von ihm ist nichts übrig. So gut wie nichts. Nichts, nur ein jämmerliches Häufchen Mensch, das immerzu stöhnt und sabbert …«

»Stimmt das, Quenu?«

Er nickte.

»Wir trauern. Wir alle trauern um ihn, du weißt, was er geleistet hat. Für uns. Ich persönlich werde dafür sorgen, daß es ihm gut ergeht in der Anstalt. Was meint Ihr, Quenu? Eine Einzelzelle? Das mindeste, was wir ihm schuldig sind.« Mit großspuriger Geste wischte er über seine Brust.

»So, genug. Und nun zu den wichtigen Dingen. Hast du die Tage in der Bretagne genutzt, um nachzudenken? Epernasse wartet. Noch wartet er. Aber ein Mann wie Epernasse, das wirst selbst du verstehen bei deiner Intelligenz, wartet bedauerlicherweise nicht ewig. Zum Glück! Du hast die Wahl. Wenn du nicht einwilligst, wirst du zugrunde gehen: Entweder du heiratest – oder du wirst auf all das verzichten müssen. Bis zu meinem Tod wirst du in einer Dachkammer vegetieren und danach in vollendeter Armut hinter den Mauern eines italienischen Klosters versauern, oder Spanien? Quenu?«

»Galizien, Maître.«

»Also, wie wirst du dich entscheiden? Ach, ich vergaß. Wenn du dich weigern solltest, was ich nun nicht erwarte, dann werden wir Mittel und Wege finden, den verehrten Irren leiden zu lassen. Sein Geist ist für immer dahin, aber sein Körper scheint ganz gut beisammenzusein, nach allem, was man hört.«

13

Die Heirat war für Ende September angesetzt.

Noch im hintersten Winkel des Hôtel Galliffet sah man eigens für dieses Fest eingestellte Diener und Gehilfen, Zofen und Boten. Baffour hatte darauf bestanden – gegen den Willen Epernasses, mit dem er ein Geschäft auf den Weg brachte – die Hochzeit in Paris auszurichten. Bis ins winzigste Detail hatte er Feierlichkeiten für einen drei Tage währenden Reigen planen lassen. Alle waren entzückt, noch Clotilde, das in den zurückliegenden Jahren merklich gealterte Kindermädchen, konnte sich nicht daran erinnern, einen schöneren Augenblick erlebt zu haben als die Trauung dieses wunderbaren Mädchens. Dieser Frau.

»Ja, und dann geschah dieses Unglück.«

Clotilde brachte ihre letzten Jahre in einem Kloster zu, es war ihr innigster Wunsch, nachdem sie es nicht länger ertrug, an der Seite Lucettes zu leben.

»Alles war bereit, es war eine so prächtige Feier, ich habe nie etwas Schöneres gesehen.« Sie faltete die Hände, starrte an eine Wand ihrer Kammer. Betete.

»Nie werde ich dieses Haus mehr betreten. Es ist eine Schande. Alle hatten gekostet, alle hatten Brot gegessen, Wein getrunken; alle hatten Muscheln und Pasteten gekostet – ein Rätsel. Der Herr selbst hat entschieden, daß der Koch an seinem schönsten Tag abberufen wird.« Sie seufzte und trocknete ihre Augen mit einem Tuch.

»Baffour starb am Hochzeitstag seiner einzigen Tochter. Was haben sie nicht geredet und sich das Maul zerrissen. Schuld an seinem Tod sei ein Konkurrent gewesen, der Kaiser persönlich – aus Rache, daß Baffour geplant habe, nach Wien zu gehen. Nein, was haben sie nicht alles geschrieben und geätzt. Dreiste Stimmen behaupteten sogar, sie sei es gewesen, Lucette! Eine Lüge, eine dreiste Lüge! Nie würde sie etwas so Abscheuliches tun. Nicht sie, Lucette!« Sie dämmerte kurz in einen unruhigen Schlummer, dann fuhr sie fort. »Quenu will gesehen haben – gut, sie saß den ganzen Abend neben ihrem Vater, das wohl, aber das kann nichts beweisen, weil die Tochter immer neben dem Vater sitzt! Will gesehen haben, wie sie aus einem Flakon einen Tropfen Gift in seine Creme gegeben hat, Vanillecreme … Undenkbar!« Beide Hände patschten auf ihre dürren Knie. »Unmöglich! Könnte eine Tochter ihren Vater töten, wo sie ihn so sehr geliebt hat? Einen Vater, der einen so wunderbaren Ehemann für sie gefunden hat, für meine Lucette. Epernasse, ja, das ist ein Mann …«

Drei Tage nach dem Tod ihres Vaters ließ Lucette den Druck des Buches unterbinden. Ohne eine Begründung war sie in der Librairie und Imprimerie Pillet erschienen, in der Rue Christine. Und dort, unter den staunenden Augen des Druckers Pillet und seines staunenden Gesellen, raffte sie sämtliche Fahnen und Manuskriptbögen zusammen, sogar Vor- und Andrucke, Präliminarmatrizen und Rohbögen – und drückte dem erstaunten Besitzer des Hauses einen Sachet in die Hände, der nicht weniger als dreitausend Franken enthielt.

»Da! Für ihre Auslagen, Monsieur. Bonsoir.«

14

Fünf Jahre später – Lucette lebte längst in Lyon, drei Kinder hatte sie zur Welt gebracht, darunter einen bezaubernden Jungen – suchte Machandel (oder was von ihm übriggeblieben war) nach seinem Löffel. Hektisch streckte er seine Glieder aus, asselte über feuchte Ziegelbrocken, langte in diese Ecke, langte in jenen Winkel, doch sosehr er um sich griff und tastete, er fand nichts. Sein Löffel war verschwunden. Natürlich war sein Löffel schon seit Jahren verschwunden, doch erst jetzt, in diesem einen lichten Augenblick, drang der Verlust bis in sein Innerstes vor.

»Und dann«, gab Hippolyte Lestiboudois zu Protokoll, sein Aufseher und Totengräber und Küster der Anstalt, »obschon Machandel in all den Jahren kein Wort über die Lippen gekommen war, fragte er unversehens nach seinem Löffel. Und dann brach dieser Schrei los.«

Lestiboudois war eine klapperdürre Vogelscheuche von einem Mann, doch er hatte irre Augen. »Ich habe viele schreien gehört, alle schreien sie über kurz oder lang, ob mit oder ohne Folter, die einen aus Irrsinn, die anderen, weil sie der Hunger zerreißt. Aber von dem da«, seine klapperdürre Hand wies in eine Ecke der Zelle, »habe ich keinen Laut erwartet. Selbst wenn ich ihn einmal im Jahr mit kaltem Wasser gewaschen habe, nie hat er einen Laut ausgestoßen – und dann dieser Schrei.« Er nickte, wie um seinen eigenen Worten zuzustimmen.

»Das war kein Schrei, das war ein Schlag.« Er wischte sich über den Kittel. Wie stets, wenn ein Neugieriger eintrat, hielt Lestiboudois die Hand auf und strich einen halben Livre ein, einen guten halben Franken nach neuester Währung, dann öffnete er die Luke und ließ den Zahlenden einen Blick auf seine kostbarste Kuriosität werfen.

»Nur zwei Minuten! ... Was haben wir nicht versucht! Wollten ihm die Zunge rausschneiden. Wenn er nicht redet, zu was braucht er dann eine Zunge, dachten wir.«

Mit weit aufgerissenen Augen hielt Lestiboudois inne, er wußte, wie er Wirkung erzielte. »Und dann fragte er nach einem Löffel. Aber dieser Schrei –« er zuckte bei dem Wort »Schrei« jämmerlich zusammen.

»Nie hat ein Mensch einen solchen Schrei gehört, selbst Fournier, der fast taube Greis in der Zelle neben dem Winzling, bettelte um Ruhe.«

Lestiboudois hielt sich die Ohren zu. »Es heißt, gegen diesen Schrei ist der Glockenboden hoch oben auf Notre Dame kurz vor der Christmette ein wahrlich stilles Eckchen.«

»Alles haben wir versucht. Binden, Schnüre, einen Sack haben wir herbeigeschleppt. Wir haben seinen Kopf in einen Eimer gestopft, diesen kleinen Kerl in ein Faß gesteckt, allein, es half nichts. Er schrie.«

Aus einem rostigen Becher soff er einen Schluck Tresterschnaps, der Handrücken fuhr über Lippen und Bart, er schüttelte den Kopf. »Aber das Schlimmste – Sie glauben es nicht! Das Schlimmste an jedem seiner Schreie war die Stille danach. Die Stille nach dem Schrei. Ha!«

Er griff sich ans Herz.

»Das war keine Stille. Das war der Tod.« Dann fuhr er fort, von diesem Schrei zu palavern. »Aber der Schrei«, fing er praktisch von vorne an. »Laut wie tausend Donnerschläge!« Mit beiden Fäusten hieb er auf seine Brust ein. »Das Geschrei war durchdringender als der Schrei einer Gebärenden; so ergreifend wie der Schrei eines Säuglings, dem man das Hirn raubt.« Er kraulte sein Kinn. »Wißt Ihr, einst, unsere Grande Armee, sie schrie aus bald siebenhunderttausend Mäulern. Ich sage mal, das war ein Flüstern gegen diesen Schrei.«

15

Eine gute Woche nach Machandels Tod saß Lucette vor dem Kamin ihres Salons, das Manuskript lag in ihrem Schoß. Seine letzten Fetzen und Kleider hatte sie sich vom Leiter der Irrenanstalt überbringen lassen, der sie über die Jahre mit Briefen darüber informiert hatte, wie es um Machandel stand. Seine Mütze und seinen Reisesack hatte sie erhalten; und gegen ein Entgelt obendrein den Flakon, darin schlummernd der Fond Doyens, das wahrhaft allergöttlichste Aroma, das sie je gekostet hatte. All das gehörte nun ihr.

Aus einer Laune heraus tauchte sie einen Augenblick in die ersten Seiten des Manuskripts ein, sie versenkte ihren Geist in die Präliminarien der Aromen, und sie erinnerte sich der Tage in Arles, da Machandel ihr daraus vorgelesen hatte. Sie las und las, ihre Augäpfel waren in ständiger Bewegung. Nichts konnte sie stören, kein Windzug, kein Diener, kein Lärm.

Als sie all das gelesen hatte – es hatte ihr einen Tag und eine Nacht geraubt – wußte sie, was zu tun wäre. An ihren Vater mußte sie denken, jenes Ungetüm, das Machandel ausgesaugt und in den Irrsinn getrieben hatte. Der ihr diesen Widerling Epernasse angehängt hatte – und diese drei wunderbaren Kinder, die aus ihrer Ehe hervorgegangen waren. Nun, es war auch schon das einzig Gute an dieser Ehe, die sich kaum von anderen Ehen unterschied. Sie ließ sich in Paris melden und stieg zwei Tage später in eine Eilkutsche.

Natürlich hatte sie sich nicht irgendwo melden lassen. Sondern dort, wo nach dem Tod ihres Vaters alle Fäden der Feinschmecker zusammenliefen. Dort, wo die Aromen der Welt wohnten. In der Rue de Richelieu Numero 26.

Dort, am Ende einer unvorstellbaren Folge von stillen Winkeln, düsteren Kabinetten, von prunkvollen Haupt- und Nebensälen, Boudoirs und Studios und Tischen und Bänken und Stühlen, in einem Privatkabinett der Grand Taverne de Londres, thronte der berühmte Antoine Beauvilliers. Er las die wenigen Zeilen und grübelte, was die Tochter Baffours bloß von ihm wolle. Zu einem Schluß kam er nicht, was ihm nicht behagte, denn gemeinhin zog er die Fäden, und die anderen sprangen.

Merkwürdig, dachte nun Beauvilliers, er feilte seine Nägel, den vorletzten verbliebenen Zahn feilte er obendrein nach neuester Mode, und er ließ Austern und einen frechen Chinon auftragen. Man konnte nie wissen.

Mit bleichen Fingern griff er in die Austern, die Eminenz, denn nach dem Tod Baffours konnte keiner ihm das Wasser reichen. Méot, dieser Stümper, der die Rue de Valois mit seinem üblen Gestank verpestete, konnte es nicht; nicht Barthélémy und schon gar nicht Véry, der Blender – so ging er einen Namen nach dem anderen durch, und je weiter sein Geist sich auskünstelte in jenem Metier, das darin bestand, etwas so Vergängliches wie Aromen zu schaffen, desto winziger wurden die Stufen. Winzig wurden die Stufen – und erst die Treppen dieser Pyramide, die vor ihm aufragte. Schmaler und brüchiger kamen sie ihm vor, und da endlich, ganz oben, da war auf der Spitze dieser Pyramide nur Platz für den einen. Für einen Gott. Für ihn. Antoine Beauvilliers.

Jeden einzelnen hatte er ausgestochen, ausgesessen. Und die Zeit hatte für ihn gespielt. Revolution, Pocken, Inflation hatten seine lästigen Konkurrenten hinweggerafft. Sogar der Kaiser hatte ihm geholfen, er hatte Laguipierre auf seinen Schlachtzügen zerrieben, die Guillotine hatte Druot aus dem Weg geschafft und Doyen. Der Kaiser hatte die besten ihrer Zunft verschenkt, auf seinen Feldzügen oder auf Reisen waren sie verreckt, oder sie waren in Prag oder London oder Petersburg all ihrer Inspiration verlustig gegangen – in den Jahren, die er am Herd gestanden hatte, wußte er: Nur er allein, Beauvilliers, hatte sie alle an die Wand gedrückt.

Nur ihn gab es, und wenngleich er in letzter Zeit kaum noch etwas sah und kaum noch ein Wort hörte, so konnte er noch das eine oder andere Jährchen zusehen, wie die Welt an seine Brust drängte. Und alle würden sie kommen, um an seinen Töpfen zu schlemmen. Polen, Engländer,

Russen, die Preußen und Österreicher – egal ob Freund oder Feind, vor dem Topf sind alle gleich hungrig. Gleich begierig. Er sah, wie sie ihm an den Lippen hingen, denn er allein hatte das gewisse Händchen – und er hatte die Verbindungen, und die Macht …

»Herrgott, ja! Herein!« So, die Tochter Baffours. Gott sei seiner Seele gnädig. Wie alt mochte sie sein? Verheiratet war sie, wie er wußte. Lebte in Lyon. Hatte Kinder.

»Was verschafft mir die Ehre Eures Besuchs?«

»Geschäfte, Maître! Geschäfte.«

Schlank stand sie vor ihm, und trotz ihrer bald dreißig Jahre noch ungewöhnlich rosig, kein Zweifel, das war eine noch überaus schöne Gestalt. Er sah sie vor sich als Mädchen, wie sie in den Tuilerien Goldfische gefüttert hatte, was kaum anging, denn die Revolution hatte die Tuilerien ja nun bedauerlicherweise so gründlich verwüstet, daß sie unmöglich dort vor zwanzig Jahren mit Goldfischen gespielt haben konnte … Egal, er hatte sie jedenfalls gesehen, wenn die Zunft ihr Jahresessen gab, von Jahr zu Jahr war sie feiner und schlauer und auch frecher geworden. Es gab sogar einen Moment in seinem langen Leben, da hatte er mit dem Gedanken gespielt, auf seine alten Tage noch einmal um die Hand einer Frau anzuhalten, und wenn er es denn getan hätte, dann wäre sie, Lucette …

»Ich trage nichts weniger in meinen Händen als die Kunst des Kochens. L'art du cuisinier.«

»Was soll das sein, ein Buch?«

Was faselte dieses Weib, er hatte sein ganzes Leben kein einziges Buch gelesen, wann immer er etwas lesen mußte, gab es Lakaien, die diese niedere Arbeit für ihn erledigten, dann lasen sie ihm vor oder sie schrieben für ihn, basta!

»Natürlich, nur ist das hier nicht irgendein Buch. Es ist das Buch der Aromen.«

Kein Tag verging, an dem nicht ein Drucker vor seiner Tür schleimte und seinen Namen für irgendwelche Kreationen erbettelte. Vor Wochen hatte ihn sogar ein Engländer belästigt. Oder ein Preuße? Er hatte sie alle auf die Straße geworfen. Nie hatte die Idee seinen Geist beschwert, die Feder in die Hand zu nehmen, weil er der Schriftsprache nur in Umrissen mächtig war! Anders als ein Bressehuhn oder der Kreuzkümmel und die Tamarinde war das geschriebene Wort sein persönlicher Feind.

»Schwachsinn! Wer scherte sich schon um Worte! Hä? Es geht um Genuß, um Aromen, um Geschmack...«, seine trotz seines Alters kräftige Hand strich über einen Bauch, den nichts erschüttern konnte. »Der Geschmack schreibt sich nicht aus oder auf oder vor. Der Geschmack läßt sich überhaupt gar nicht aufschreiben.«

»Es ist nicht von irgendwem. Es ist von Machandel, Ihr erinnert Euch, dem kleinen Koch, der Euch eine Lobstersuppe entworfen hat und vieles mehr und der später in die Dienste meines Vaters getreten ist. Zeit seines Lebens hat er von Euch geschwärmt, von Eurer Küche, Eurem Gaumen.«

Machandel. Warum peinigte sie seinen klaren Verstand mit diesem düsteren Namen. Mit dem Namen eines Verräters, denn er hatte ja, wenn er sich recht erinnerte, seine Küche verlassen, um bei Baffour zu lernen, der, wie es hieß, besessen war von der Idee, ein Buch zu schreiben... Soso.

»Lest, Maître. Lest und laßt mich morgen wissen, ob Ihr es unter dem Namen Machandels herausgeben wollt.

Ich biete Euch ein fürstliches Honorar – und es wird Euren Ruhm fördern, mit einem so meisterhaften Koch in einem Atemzug genannt zu werden.«

Diese Frau vor ihm war so vollkommen übergeschnappt wie ihr größenwahnsinniger Vater. Aus Höflichkeit, umweht von einer Prise Neugier, strich sein Finger über diesen gewaltigen Packen. So sehr er sich vor Geschriebenem fürchtete, so machte es doch einen gewissen Eindruck auf ihn, wenn es in diesem Umfang daherkam. Mit einem Mal wich alles Feindselige aus seinem Gemüt, und es kam ihm so vor, als striche er über eine wunderbar glatte, nervenzerreißend freche Espagnole.

»Gut, mein Entschluß steht zwar fest, aber weil Ihr es seid: Ich werde Euch benachrichtigen. Aber glaubt nicht, daß ich mir die Nacht um die Ohren schlage. Es muß warten, Wochen, Monate. Ihr hört von mir.«

Sie wollte soeben das Haus verlassen, als der Maître hinter ihr herirrte, er war es nicht gewohnt, lange Strecken zu eilen, folglich ging sein Atem rasselnd, und er wäre um ein Haar über eine Vase gestolpert.

»Halt. So geht das nicht! Ihr müßt es mir vorlesen. Müßt einem alten Mann Eure Aufmerksamkeit schenken, Eure Stimme, Eure Schönheit.«

Im Schein einer geduldigen Lampe las Lucette einen Tag und eine Nacht. Es gab nichts als sie und ihn und das Manuskript; Beauvilliers ließ sich verleugnen, hatte sein Kabinett verschlossen. Auf jede einzelne Silbe lauschte er. Als sie das allerletzte Wort über ihre Lippen gehaucht hatte, preßte er seinen Rücken in die Lehne und seufzte.

»Vollkommen unmöglich. Ganz und gar unmöglich!«

Er stand auf, ließ die sechshundert Seiten durch seine

Finger gleiten, es kam ihm so vor, als wiege er einen Spankorb Périgord-Trüffel in seinen Armen. Erdig war das und satt, voluminös. Und leicht und frech und spielerisch zugleich. Gemächlich strichen die Blätter an seiner Nase und seinen Lippen entlang.

L'art du cuisinier erschien im Jahr 1814. Antoine Beauvilliers ließ das Werk, von dem er sogleich wußte, daß nur sein genialer Geist es der Welt geschenkt haben konnte, zwei Jahre später in stark erweiterter Form wieder auflegen – bevor er 1817 im achtzigsten Lebensjahr den letzten Atemzug tat. Er hatte es geschrieben, es konnte keinen Zweifel geben, er, nicht dieser Winzling.

16

Bedauerlicherweise, dachte Lucette, hatte sie Beauvilliers vertraut – das einzige, was sie zu trösten vermochte, war die Tatsache, daß er bald nach dem Triumph der Veröffentlichung starb. Wie eine gerechte Strafe kam ihr dieser Tod vor. Was nun Machandel anging, so ließ sie im Luxembourg-Park ein Denkmal aufstellen: Direkt gegenüber jener Küche, wo er seinen größten Triumph gefeiert hatte, wuchs die Statue eines Buckligen in den Himmel, den Löffel in die Wolken gereckt.

Lucette war allein. Saß in ihrem Salon, kein Diener weit und breit. Ihre Kinder waren mit ihrem Gatten aufs Landgut an der Saône gefahren – trotz beißender Kälte, und sie hoffte, daß ihr Jüngster sich nicht die Grippe zuzöge. Ach, dachte sie, es wird schon gutgehen. Allmählich begann sie, die Einsamkeit zu genießen. Nichts würde sie an diesem Abend tun. Nicht in die Oper würde sie eilen, nicht in die Kirche; nicht in den Musiksalon. Nur hier, vor dem Kamin, würde sie sitzen und die Menschen beobachten, die trotz Schneesturms – in schwere Mäntel und Pelze gehüllt – am Quai der Rhône entlangeilten.

Nichts würde sie tun, nichts als essen. Folglich hatte sie ihren Koch instruiert, einen seit drei Jahren in ihren Diensten stehenden Italiener, der so merkwürdig klein und verwachsen und gedrungen aussah wie jenes Wesen, das nicht mehr bei ihr war.

»Tretet ein.«

Manolo war in genau jenen Rock gehüllt, den Ignaz in seinen letzten Jahren getragen hatte – ein arg ramponiertes Stück, von Flicken und Stopfgarn zusammengehalten, so gut es eben ging. Zwar verfügte dieser Manolo über einen geraden und keinen buckeligen Rücken, und auch ein Löffel war nirgendwo zu sehen – statt dessen fuchtelte er immerzu mit einem vom Ruß geschwärzten Messer herum. Aber es gab sonst kaum etwas, das seine Erscheinung von der Machandels unterschied. Weil er des Französischen kaum mächtig war, schwieg er, wie Ignaz geschwiegen hatte. Weil er die Einsamkeit liebte, kauerte er in seinen freien Stunden in einem Dachwinkel, der ihm allein gehörte. Noch die Mütze hockte über einem Gebirge aus Locken – Machandels Mütze! – nur schwarz waren die Locken, nicht durchlodert von rötlicher Bräune. Wenn dieser Manolo sprach, eilten auch seine Augen auf und ab, als suchten sie in der Höhe oder suchten sie auf dem Boden nach einer Spinne oder einem Staubkorn; oder nach einer Antwort auf all das, was man von ihm verlangte.

»Was serviert Ihr heute, Manolo?«

»Maronensuppe, ganz wie befohlen. Hummer mit Eurer geliebten Hummersauce. Und Feigensalat. Vanillecreme à la Machandel…«

»Gut«, sagte sie. »Ausgezeichnet. Ihr könnt auftragen.«

Weil kein Diener im Hause weilte, mußte er persönlich auftragen, aber bevor er auftrug – so hatte sie es verfügt – sollte er sämtliche Vorhänge zuziehen und dem Feuer einheizen, daß die Fensterscheiben zu zerspringen drohten. Heiß sollte es sein. Sie wollte jene Hitze in jeder Pore ihrer Haut tragen, die damals in Arles ihren Körper umfing, und weil es rasch heiß wurde, trug sie kaum mehr auf dem Leib als jenes durchscheinende Kleid aus Seidencrêpe, das sie an jenem Tag getragen hatte, als sie von dieser wunderbaren Brühe kosten durfte.

Neugierig stippte sie den Löffel in die Suppe. Weil sie wußte, daß dieser arme Manolo alle Mühe der Welt aufbot, um ihre Maronensuppe aufzutragen – nach jenem Rezept, das im Buch stand – da sie aber andererseits ahnte, daß ihr noch immer das einzigartige Aroma fehlte, ließ sie den Koch in die Küche eilen. Sie beugte sich über die Suppe, riß den Stopfen aus dem Flakon, dann endlich träufelte sie mit zitternder Hand einen kostbaren Tropfen *bouillon absolu* hinein.

Es fehlte nicht viel und sie hätte zu weinen begonnen. Da stand er vor ihr, der größte Schatz, der Doyen-Fond. Alles lag in ihm, noch ein oder zwei Jahre und sie hätte den letzten Tropfen aufgebraucht. Aber sie dachte nicht an die Zukunft, sie lebte ja nur in diesem wunderbaren Augenblick, der ihr ihre Jugend geschenkt hatte. Mit einem Mal stand sie wieder in jenem Alter, da sie an der Seite Machandels im fernen Arles seine Gabe in aller Tiefe hatte auskosten dürfen.

Tropfen für Tropfen streichelte die Suppe ihren Gaumen, und je tiefer sich ihr Gemüt in dieses Aroma versenkte, desto klarer stand alles vor ihr. Sie sah Laguipierre auferstehen; sah den göttlichen Robert in die Mittwochsgesellschaft eilen, wie immer trat er als letzter ein und sprach kaum ein Wort. Sie sah Méot – natürlich sah sie auch Barthélémy, da erinnerte sie sich all der Tage, die sie an der Seite Machandels in den Trois Frères Bouillabaisse gelöffelt hatte; es war all das so klar und rein und schön, und es wäre perfekt gewesen, drängte nicht auch das Bild Beauvilliers in ihre Erinnerungen, der das Manuskript unter seinem Namen veröffentlicht hatte.

Plötzlich tauchte vor ihr die Grand Taverne de Londres auf, sie sah all die Räte und Deputierten in den Kabinetten beratschlagen; sah Mörder, Hungernde, Plünderer; sah Danton, Robespierre. Hunger und Not in aufgerissenen Augen der Mütter; Hoffnung in den Tränen der Bastillestürmer; all das glitt an ihr vorüber – und mit einem Mal sah sie ihn selbst. Doyen, wie er aufs Podest stieg (fast hochmütig wirkte er!), sah, wie er nickte, dankte – sah, wie sein Haupt fiel. Ein Schluck rann ihre Kehle hinab, und da stand mit einem Mal Machandel vor ihr. Mit tastenden Schritten glitt er durch die Porte Saint-Martin und putzte an der Seite eines alten Weibes Rüben. Als Waisenknaben sah sie ihn, als Kochburschen an der Seite jenes Bruder Johannes, von dem er so oft erzählt hatte.

Sie schwelgte in diesen Bildern, wach waren sie, es kam ihr so vor, als sprächen diese Bilder, was selbstredend nur eine Idee sein konnte, ein Irrbild, denn sie sprach nur mit sich selbst. Als endlich die Tür aufsprang und Manolo eine winzige Schale Vanillecreme auftrug, da meinte sie für einen Moment, niemand anderen als ihn zu sehen. Dann, sie stippte ihren Löffel hinein – ein alter Löffel aus Holz – meinte sie, ganz weit hinten in ihrer Erinnerung, jene Hütte zu ahnen, in der er geboren worden war. Mit blanken Füßen ging sie in dieser Hütte auf und ab, dort, wo der Säugling gelegen hatte; beugte sich über diesen Korb, darin der Säugling Ignaz Machandel schrie …

Wenn sie endlich den Löffel an ihr Ohr hielt, hörte sie jenen Schrei, den er ausgestoßen haben mußte am Tag seiner Geburt. Und mit der Idee dieses Schreis sog sie diesen fast perfekten Geschmack ein, den er der Welt geschenkt hatte – dabei hatte seine Gabe all das hervorgebracht, seine verfluchte Gabe.

Originalausgabe
1. Auflage 2010

Umschlag: Andrea Schneider, b3K Hamburg–Frankfurt a. M.
Umschlagmotiv: © GettyImages / SuperStock
Satz: Wilfried Schmidberger, Nördlingen
Druck und Bindung: Bercker Graphischer Betrieb, Kevelaer
Printed in Germany 2010
ISBN 978-3-7160-2648-9

www.arche-verlag.com